这是一个20世纪50年代开始的故事，一段发生在曾经喧嚣土地上的故事。

粉墨归尘

王沂力

著

山东文艺出版社

图书在版编目（CIP）数据

粉墨归尘／王沂力著．—济南：山东文艺出版社，2022.4
 ISBN 978-7-5329-6576-2

Ⅰ.①粉… Ⅱ.①王… Ⅲ.①长篇小说—中国—当代 Ⅳ.①I247.5

中国版本图书馆 CIP 数据核字(2022)第 034508 号

粉墨归尘

王沂力 著

主管单位	山东出版传媒股份有限公司
出版发行	山东文艺出版社
社　　址	山东省济南市英雄山路189号
邮　　编	250002
网　　址	www.sdwypress.com

读者服务	0531-82098776（总编室）
	0531-82098775（市场营销部）
电子邮箱	sdwy@sdpress.com.cn

印　　刷	山东新华印务有限公司
开　　本	890毫米×1240毫米　1/32
印　　张	10
字　　数	210千
版　　次	2022年4月第1版
印　　次	2022年4月第1次印刷
书　　号	ISBN 978-7-5329-6576-2
定　　价	49.00元

版权专有，侵权必究。如有图书质量问题，请与出版社联系调换。

目录
Contents

1	捡了个孩子	1
2	小戏子常春兰	3
3	华侨亓卡	12
4	一个私孩子	26
5	老白、老乔和亓卡	33
6	冬冬重回	51
7	三角关系	63
8	书记驯马	77
9	公鸡的传说	87
10	亓卡的秘密	91
11	懂事的冬冬	101
12	又见小戏子	111
13	闲话缘分	118

14	无心之助	122
15	亓卡的拯救	126
16	可乘之机	138
17	新婚之夜	142
18	首次买粮	152
19	掐捏着过	163
20	亓卡之子	169
21	饥馑	175
22	变卖	182
23	偷粮贼	191
24	霜霜之父是谁	198
25	摘去帽子	204
26	买了小鸡	212
27	老白暴露	215
28	真相大白	227
29	揭扁担而起	232
30	小院养鸡	254
31	风雨之声	273
32	悄然出走	285
33	结局	298
	后　记	310

1 捡了个孩子

初冬的早晨,在铺满白霜的机耕道上,右派分子亓卡捡了个很小的男婴,消息迅速传遍全雁湖农场。

一整天,亓卡宿舍的门里门外都团团地围满了人。

包在黑底粉红桃花小被子里的孩子不哭不闹,像一截蜡烛样横在亓卡的床上。孩子和其他人家的孩子没什么不同,也没有什么稀罕,换了人家和地方,谁也不会注意这样一个小孩子。

可是,孩子是捡来的,是那个连中国话都说不好的归国华侨亓卡捡来的。孩子是什么人扔的?亓卡将如何处置这个孩子?亓卡无法也不愿意回答任何人。人们只能团团围着亓卡的宿舍,好奇着,关注着。

亓卡把一块馒头掰碎放进一个搪瓷茶缸里,用一把小勺将泡软了的馒头盛起一小块,笨拙地放孩子嘴边。孩子吭吭了几声,闭着小嘴不肯吃。

有人说太烫了,有人说太凉了,有人说勺大了,有人说水少了。亓卡急得脑袋冒热气,孩子仍然不肯吃饭。

颜秀春来了,人们互相传递着眼色。颜秀春并不看谁,甩甩大辫子拨开人群,从上衣口袋里掏出一包白糖,打开,捏一点儿搁亓卡端着的茶缸里,示意亓卡再喂孩子。孩子仍然吭吭着不吃。

炊事员老白看看孩子,拍拍亓卡的手臂,摇摇头无言地走开。

邻居臧奶奶踮着小脚,挤进人群,拿起亓卡手里的馒头,掰一块搁缺少一颗门牙的嘴里细细地嚼,然后将孩子抱在胸前,低下头撮起嘴唇嘴对嘴地把馒头糊糊喂给孩子。亓卡见状操着蹩脚的中文大声叫着:"不行的,不讲卫生,细菌多,会死人的!"

人们嘿嘿哈哈地笑了起来。臧奶奶不管,又喂了几口,把孩子放下,对满脸不高兴的亓卡说:"别说什么卫生不卫生细菌不细菌的,算你有福气,这孩子好喂得很。"看着盯着自己嘴巴的亓卡,臧奶奶说,"听我的话,就这样喂!小孩子跟小猫小狗一样,肯吃东西,活得就旺相。"臧奶奶边往外走边神秘地对看热闹的人说,"大冷的天,没冻死,说不定是个贵人呢。"

贵人?亲爹亲妈都不要的孩子,怎么能是贵人?

第一眼看到那个捡来的孩子时,二丫就嘴巴张开眼睛瞪大了,却立即用手捂住了嘴巴闭上了眼睛——是小戏子的孩子!喘匀了气息,二丫再定神看去,没错,就是小戏子的孩子。黑底粉红桃花的小被子,和自己夹袄一样花色的小被子就包在那个小孩子的身上。小孩子不哭不闹,很乖的样子。

二丫很奇怪,小戏子那么疼她的孩子,怎么会扔掉不要了呢?

周围看热闹的人们还在议论纷纷,说孩子的爹娘狠心,说这孩子是男孩子却比女孩还俊,说被人捡的孩子命大,说这个孩子最多也就刚满月。有的竟说哪里哪里有一只猴子生了个小孩,还有的说哪里的狼也生了个小孩……大人们快活地满嘴跑车,小孩子过节样地在人群中钻来钻去,却没有人注意黑底粉红桃花的小被子。二丫注意到了,所以二丫认出那是小戏子的孩子。

　　二丫不说也不道,不跑也不走。二丫心里纠结着:要不要告诉大家,孩子是小戏子的呢?自己已经答应过小戏子不告诉别人。那要不要告诉亓卡叔叔呢?已经答应过小戏子不告诉别人,亓卡叔叔也算是别人了。二丫咬了咬嘴唇,决定谁也不告诉。可是小戏子为什么要把自己的孩子扔掉呢?她多疼自己的孩子啊。

　　二丫只是一个小学一年级的学生,小小的黄毛丫头,所以没有人注意二丫此时此刻在想什么,更没有人知道二丫此时此刻想的事情跟未来发生的事情有多么密切的关系。大家仍乱糟糟地猜测那个孩子不知所以的来历。

　　一切就从二丫认为孩子是小戏子的线索说起吧。

2　小戏子常春兰

　　小戏子叫常春兰,是一个走镇串乡的柳琴戏班子的台柱子。柳琴戏班子在当地不少。戏班子有大有小,小的三俩人,一把柳琴,一把胡琴,这样的班子一般只是说唱,不化装不走台,在村上的场院屋、户里的过道房就能开台演出,同说书差不多;大的十几二十人,有生旦也有净丑,戏装也光彩鲜亮,不光演折子戏,也能演整台大戏。小戏子所在的班子不大不小，观众少就演上几段折子戏，观众多就演整台戏。

戏班子从一个村子转到另一个村子，叫转台。无论在哪里演出，一般都不会超过三天五天。一来是时间长了，村里负担不起，二来下一个村子也等得不耐烦，所以戏班子总是转台。转台的时候，戏箱子、行李卷大都是由班子里的人自己用独轮车推着，有的时候是村子派了牛车或马车来迎接。转场的时候有人迎接的戏班子是很排场的，这种排场不论是对戏班子还是对请戏班子的村子都是很光彩的事。小戏子的戏班子就是一个经常被迎接的戏班子。有的时候，相邻的两个村子分别同时请了戏班子，这样两个村子就唱起了对台戏。观众很内行，小戏子的戏班子的台前人山人海，另一个班子台前就稀疏寥寥。对台戏的结果是小戏子的名声见长名气渐大。

草台班子的演员，没有什么角色分工。小戏子演穿彩衣的红娘也演穿青衣的窦娥，扮皇家金枝也扮渔家女儿，挂帅的穆桂英、击鼓的梁红玉、女扮男装的花木兰也演得神采飞扬，有时还反串老旦、小生、白花脸，可谓老小正生一脚踢。看过小戏子演的戏，大家都说小戏子天生就是唱戏的材料，戏路宽，演什么像什么，唱什么是什么，男女老少没有不喜欢小戏子的。

二丫和小伙伴们在看过小戏子的戏后，最乐此不疲的就是趁大人不在家的时候把床铺当舞台，身披被单，翘着脚尖细细碎碎地走台步，尖起嗓子学小戏子唱戏：小咪小丫鬟哎——哎哎咿呀——嗯——。

小戏子令一方土地着迷，令一方土地疯狂。那年月，人虽狂热但生活贫穷，请戏班子不是常有的事，每年只在年头岁末才有个一次两次的。不常有才更稀罕，一个村里来了戏班子，周围村庄的人都赶来看，看一晚上戏要回味十天八天，甚至冬天看的戏夏天还没有嚼咕完。这样就不由小戏子不出名。小戏子九岁就上台演红娘，一演就演红了。小戏子长大了，十六岁了，人们也还是叫她小戏子。

小戏子瓜子脸，一双眼尾吊起的丹凤眼，一只周正的小鼻子，嘴唇薄薄红红的。上过妆的小戏子，丹凤眼更被高高吊起，明亮的汽灯下，小戏子扭动着柳枝样的小蛮腰，翘着莲花瓣样的脚尖，脚后跟贴紧地面，带起轻盈的身子碎碎轻轻地在台上风样地飘来飘去，丹凤眼和头上身上的彩饰便一起流光溢彩，光彩照人，甜美响亮的嗓音萦绕夜空。

今年，小戏子的戏班子忽然就住进了胡林完小。这是胡林完小周围几个村子的主事人共同出面找校长联系说定的。戏班子以完小为中心，一个村子一个村子轮流着演。戏份子各村共同商定凑出，有的村出粮，有的村出钱，有的村出布匹，还有的村出日用杂物，各村所出价值相当，搭配合适。对戏班子来说有了这样的商定，既免去了很多口舌麻烦又能保证较长一段时间的温饱，还不用频繁地转台，白天有一个固定的地方休息，戏班子很乐意接受。对观众呢，用老百姓的话来说就是：赡等着看戏吧。

胡林完小是这一片的中心小学，从一年级到六年级都有，学校在一处古旧的祠堂里。祠堂在旧中国是一处综合建筑，有议事堂、私塾、戏台、藏书楼，是一处大院套小院，有很多间房屋的家族政治文化中心。新中国成立后，祠堂成为一所公办学校。

学校让一个戏班子住了进来，这让小学生们兴奋不已。尽管校长让老师们在各班嘱咐学生不要因为学校住进了戏班子影响了学习，也不要没事去戏班子的住处添乱，学生们还是不由自主地把心思放在戏子们的身上。毕竟从没有这么近距离地看到过没穿戏装、不勾脸、不化妆的戏子。

早晨，大家比平时早许多到达学校，想看看戏子们都住在哪间教室。转了一圈，发现戏子们并没有住在教室，而是住在学校的后院，后院是老师们的伙房和几间闲置的破房子。戏子们的行李都已经卷叠起，后院里空空的。远处的胡林隐约传来戏子们咿咿呀呀吊嗓子的声音。

胡林是大家经常去玩耍的地方，那里是古时候一个翰林的墓地，有一片很古老的柏树林，林子里有很高的青石牌坊和或站或卧的石人石马。夏天的时候，胡林里凉爽无比，大人们都说林子里阴气十足，很少到那里去。胡林却是孩子们的天堂。眼下是冬天，大家就不常去了。吊嗓子的声音让孩子们知道，戏子们也喜欢胡林呢。

不知道那些咿咿呀呀的声音中有没有小戏子的声音，大家很想去胡林看看，但怕是来不及了，要上早自习了。如果迟到了，校长肯定怪罪，校长一生气就会把戏班子撵走，那可就糟了。于是，大家只能在失望中倾听那些来自胡林的咿咿呀呀，猜想着，分辨着。

下课的时候，大家蜂拥着挤出教室。校园里没有大家想象的到处都是戏子们身影的场景，只是偶尔有人在井边打水，在院子里晒衣服。小学生们远远地看着戏子们。

不在戏台上唱戏，戏子们跟平常人没有什么两样。走路和平常人一样的姿势，说话和平常人一样的声音，他们甚至穿比平常人补丁还要多的衣服。二丫和大家一起远远地辨认着，这个人是戏里的谁谁，戏里的谁谁就是那个正吃东西或洗衣的人。

一个课间，大家看到了小戏子。后来大家就经常在课间看到小戏子了。小戏子比其他人更频繁地出入着。台下的小戏子看起来比台上的小戏子要瘦小得多，头发也不像戏台上那样浓密乌黑，甚至有些干黄，头发编成两条咸鱼样的辫子挂在脑后，走起路来，也没有像在戏台上那样云样地飘。

小戏子发现大家在看她，眼光躲闪着，躲不过，就朝大家笑笑。小戏子和其他人一样，到井边打水，在院子里晒衣服——小戏子太过平常，这让大家多少有些失望。有时小戏子还会抱一个很小的孩子在门口溜达，嘴里哼着曲儿。孩子被包裹着，看不见头脸，不哭不闹很乖的样子。

二丫班上的臧建国声音很大地说："真可恨，谁的孩子啊，总让她抱着，这不是欺负人嘛！掐死龟孙子！"臧建国是臧书记的大儿子臧奶奶的亲孙子。臧建国有好几个弟弟妹妹，经常被妈妈硬逼着带他们，所以他最讨厌的事情就是看孩子。

钱振铃回头看看臧建国，讨好地说："就是，晚上演戏，白天还得看孩子，累死算了。"钱振铃的后面有响铃、改铃、停铃一串妹妹，她最烦的事也是帮大人带孩子。

二丫不接他们的话茬。二丫也有弟弟妹妹，但二丫有会干活的大丫姐姐，弟弟妹妹由娘和大丫姐姐照看，所以她用不着像臧建国、钱振铃一样痛恨看孩子。

又一个课间,大家又挤在教室门口远远地看小戏子。小戏子抱着孩子坐在门槛上,一个男人从屋里出来,很生气地拽着小戏子的肩膀,小戏子不情愿地站起来,男人凶狠着面孔推搡着小戏子进屋了。

大家认出那个男人就是戏台上演张生的人,大家就叫他张生。台下的张生比台上的张生显得粗壮老相。可是,在台上对小戏子那么好的人,在台下为什么要对她那样凶呢?他为什么不让小戏子在门口呢?他不知道屋里闷,小孩子喜欢出来吗?

后来,大家又有几次看到张生把在院子里抱孩子活动的小戏子拖拽着回屋的情景。晚上演戏,白天还要看孩子,凭什么还要叫你推搡拖拽?大家都非常生张生的气,也生那个孩子的气。大家很想上前质问张生,也很想去告诉小戏子:张生再拖拽你,下次就不要再给他当红娘!谁的孩子谁抱去,凭什么让人家小戏子抱?

大家只是愤懑着抱不平,事实上什么也没说,什么也没做。

小戏子仍然频繁地出入,也仍然不时地抱着孩子哼唱着。二丫觉得,那么小的小戏子不顾张生的拖拽,不怕累地去心疼一个小孩子,小戏子是个可亲的人。

班主任宋老师也喜欢小戏子,她可不像同学们那样只是远远地看着小戏子,她把小戏子请进了教室,站在了讲台上。宋老师太棒了!

小戏子毛毛的一条发辫垂在胸前,一条发辫垂在肩后。可能是不习惯站在不是舞台的讲台上,她不太敢看台下的小学生们,只好用好看的丹凤眼盯着跟她并排站着的宋老师。宋老师说:"不用我介绍,大家都认识常春兰姐姐。今天我把常春兰姐姐请到这里,一呢,是想让她为咱们唱几段,二呢,是想跟大家说,以后不要戏子、小戏子地乱叫。戏子是旧社会对她们不尊重的称呼,解放了,人人都是平等的。有那么多的人喜欢常春兰,你们也很喜欢她对不对?"

大家很响亮地回答:"对!"

宋老师接着说:"所以,大家要尊重她,就不要再小戏子小戏子地叫她。"

"那叫什么呢?"是臧建国。臧建国从来都是这样不管前不顾后的。一次,宋老师让大家用"绿油油"这个好听的词造个句子,臧建国积极举手要求。老师刚一允许,臧建国张口就来:"下课了,同学们绿油油地走出教室……"大家哄堂大笑。很快"绿油油"的事情传遍校园,大家都会用"绿油油"打趣臧建国。高年级的学生比低年级的学生更会造句:你的铅笔给我"绿油油"地用一下。放学咱们"绿油油"地一起走啊。

臧建国为此和人打了无数次架,可是总也堵不住别人说"绿油油"的嘴巴……不过,这次臧建国向宋老师提出的问题是大家都想知道的。

这样的问题当然难不住宋老师。她说:"叫演员啊,演话剧的叫话剧演员,演京剧的叫京剧演员,演电影的叫电影演员,演柳琴戏的当然就是——"

"柳琴演员!"大家异口同声。

"小戏子就是柳琴演员!"仍然是臧建国。大家大笑着回过头去看臧建国。

"对，常春兰就是柳琴演员！"宋老师用手将柳琴演员常春兰肩膀上的发辫轻轻地顺在背后，"现在大家就欢迎柳琴演员常春兰为我们来一段。"

在大家的掌声中，小戏子一下就自如了，一点儿也没有忸怩地亮闪着丹凤眼开口就唱："北风那个吹，雪花那个飘，雪花那个飘飘，年来——哎——到……"柳琴演员还会唱歌！而且唱得跟"白毛女"一样好听。大家把手都拍红了。

宋老师把柳琴演员常春兰请到教室里，是大家最高兴的事。有机会近距离地看见自己喜欢的小戏子，太令人高兴了。可是大家心里都有一股说不出的别扭，那就是对柳琴演员常春兰的称呼。叫小戏子吧，宋老师说过是对人的不尊重；叫柳琴演员吧，戏班子的人都是柳琴演员啊；叫常春兰吧，大家那么崇拜的一个人，怎么可以直呼其名呢？叫常春兰姐姐？更别扭。

对小戏子，二丫的心里却有一个更别扭的秘密。

课上到一半的时候，宋老师发现粉笔没有了。宋老师说："乔兰，你去拿一盒粉笔来。给你钥匙，出来后记着锁上门。"乔兰是二丫的学名。宋老师从口袋里掏出钥匙，二丫答应着从座位上起身接过钥匙。二丫是班上的好学生，老师喜欢把一些事情交给好学生去完成。

好学生二丫握着钥匙去拿粉笔。粉笔存放在学校后院的一个储物间里，二丫不止一次地去过那个储物间，里面破课桌坏凳子乱七八糟的什么都有。高年级的同学们勤工俭学制作的粉笔一盒一盒地就摆在储物间的一个角落里。

二丫快步走着，到了储物间门口，忽然发现门上没有锁。二丫想起来了，今天这间屋子住了人。宋老师也忘记了。屋子的门槛就是小戏子抱孩子坐过的门槛。二丫有些激动。门里似乎有些响动，二丫轻轻地将门推开，光亮照进黑暗的屋内，二丫看到令人吃惊的一幕：小戏子正在奶那个她平时抱着的孩子！小戏子的衣襟掀起，一抹耀眼的胸脯堵在那个孩子的鼻子嘴巴上，也堵在二丫的眼前。

看见站在门口的二丫，小戏子吃了一惊，连忙放下衣襟。二丫不知所措。"谁？干啥？"一声粗壮的声音吓了二丫一跳。定睛看去，一摞课桌后的地铺上躺着一个人。好一会儿，二丫才胆怯地回答："老师让我来拿粉笔。"那人又翻身睡去。

二丫的心怦怦地跳着，赶紧拿了粉笔转身出门，不想，胳膊却被人拉住。二丫惊恐地回头，是小戏子。小戏子一手抱孩子一手拉着二丫，二丫一脚门里一脚门外地侧身站着。小戏子回头看一眼睡觉的人，压低嗓音对二丫说："求你，好歹别告诉人家。求你。"这么近地和小戏子站在一起，二丫应该高兴，但此时，二丫只是低着头，眼睛不敢看人。

小戏子的手更用力地晃了晃二丫的胳膊，二丫抬起头。"求你。"小戏子亮闪闪的丹凤眼信任地盯着二丫，门外冬日的阳光照在小戏子母子身上。一年级小学生二丫郑重地点点头。二丫双手托着粉笔盒，向孩子指了指："他的小包被和我的夹袄一样呢。"然后跑掉了。

二丫的夹袄是黑底粉色桃花，包孩子的小被子也是黑底粉色桃花。

那个孩子是小戏子的亲生孩子呢！那么小的小戏子怎么会有亲

生孩子呢？大丫姐姐、刘场长家的安娜姐姐都跟小戏子差不多大，她们可不会生孩子的。小戏子晚上唱戏，孩子放在哪里呢？那个老管着小戏子不让她抱孩子出来的"张生"是小戏子的什么人呢？生孩子肯定是不好的事，不然，小戏子不会不让说……二丫心存着一份秘密，一连好几天都呆呆的。

宋老师发现了，摸摸二丫的额头，又摸摸自己的额头问："乔兰，哪儿不舒服吗？"二丫摇头。"家里出什么事情了吗？"二丫仍摇摇头。宋老师走开了。二丫又添了一份心思，觉得对不起宋老师，宋老师多好，我却有事瞒着她。可是，我是先答应了小戏子不说的。

宋老师再让小戏子来班上唱歌时，二丫看不到小戏子眉宇间有一丝不高兴或发愁的样子。小戏子如常地吊着眉梢声音好听地演唱，身边的同学一阵阵拍着手。二丫眼前却晃动着和自己夹袄一样黑底粉色桃花的小被子，满脑子乱糟糟的，高兴不起来。

3　华侨亓卡

不是因为那个捡来的孩子，亓卡和小戏子之间不会有任何瓜葛，也就没有好多后来发生在许多人身上的故事。二丫一直这样认为。

在很多人特别是孩子们的眼中，亓卡非同一般，非同一般得如同天外来客：说话的腔调和一般人不一样，穿着打扮不一样，生活习惯更是不一样。别人下班就是洗洗手擦把脸，亓卡却喜欢洗澡。他站在老白伙房的水井旁，摇出一桶桶水来，将水劈头盖脸从头浇到脚，嘶嘶哈哈地用肥皂搓得满身泡沫，再兜头盖脸地浇一桶水，完了水鸭子样摇头摆脑甩出一串水珠。夏天倒也罢了，冬天很冷了，亓卡也光着膀子，哗哗地往身上倒水，不一会儿头发上就白花花一片冰碴。老白常拿一块被单等在亓卡一旁，不等洗完就将被单披裹上去，嘴里嘟囔着："这哪是讲卫生，分明作死呢！"

孩子们见状却赞慕不已：亓卡叔叔到底是华侨，华侨是不怕冷的。

亓卡是归国华侨，是南亚一富人家的儿子。亓卡家里有大片的橡胶园，有遍及很多国家的商铺。父亲和亓卡同父异母的两个哥哥常年在世界各个国家间奔走。亓卡的祖籍是中国山东。亓卡的"亓"根在山东。据说，全世界的"亓"都是那一条根上生出来的，绝没有第二旁系。

亓卡小时候见过爷爷，现在爷爷的模样在亓卡印象中已经很模糊了。记忆中爷爷总是躺在一张藤椅上，拿一本破旧的线装书用和周围人完全不同的乡音向孙子亓卡述说。说到高兴处，爷爷会孩子样摇头晃脑，脸上每条皱纹每块老年斑都会充满欢乐。如果爷爷用身边的手帕擦拭眼睛，亓卡知道一定是故事让爷爷伤感了。爷爷快乐、爷爷伤感，亓卡都会将小脸靠近爷爷，任由爷爷枯枝样的大手在亓卡头上身上抚摸。对于爷爷说的故事，亓卡似懂非懂，但是被爷爷温热、粗糙的手掌抚摸的感觉亓卡忘不掉。

爷爷去世后，亓卡看着爷爷躺过的藤椅常常莫名地发呆。长大了，遵照爷爷的遗愿，亓卡带上爷爷常读的线装书，就读于一家华语学校。后来，亓卡熟读了爷爷留下的线装书——一套装在香樟木匣子里的《聊斋志异》。亓卡尽管说不好汉语,却并不妨碍他迷上聊斋故事。亓卡有时甚至觉得自己就是那个长了六个手指的孙子楚,要不就是王子服、宁采臣……亓卡在渐渐读懂了聊斋的同时也渐渐读懂了爷爷的喜怒哀乐。

　　亓卡最终决定回到祖国的原因是因为一幅地图,一幅搁置在香樟木匣中《聊斋志异》下面的《大清国疆域图》。地图描摹在轻柔的桑蚕丝绢上,丝绢微黄,蝇头小楷的字迹很多已经模糊不清,大清国桑叶形状的国界却清晰可辨。山东的位置定是被爷爷重新描过,墨色界线粗重有力,显得奇特而重要。小的时候,亓卡并不知道这张地图对自己意味着什么,只因为是爷爷的遗物而小心珍藏。上了大学,对比着床头的世界地图,再看那张古老的地图,亓卡感觉如同穿越了一个混沌的未知世界看到明朗的目标,明确而兴奋地知道自己从哪里来,现在在哪儿,又将要到哪里去。

　　看一回地图,想一回故事,亓卡嘲笑自己十八年来竟像生活在没有意义的睡梦中,一直在睡梦中的日子那是一种多么不正常的生活状态!对祖籍的情感,是融在骨子里刻在灵魂中的东西,那种东西是有温度的,如同爷爷手掌的抚摸,亲切而温热。随着年龄的增长,温度逐渐升高,以至后来,一想到回归,就像全身心都在沸腾——一定要回到亓姓的发源地,回到奇异而美妙的故乡。

　　亓卡归国的时候,正是新中国成立第五年。

　　那时的省城大街小巷到处充满节日气氛,"庆祝国庆""中华人民共和国万岁""伟大领袖毛主席万岁"等标语和横幅,或悬挂或张贴。街上敲锣打鼓,秧歌阵阵,亓卡却茫然着,不知道聊斋的发源地、亓姓根的所在地正在发生着什么。

身穿皮夹克、半高腰靴子的亓卡在省政府大门前碰到几个身着旧军装的人。

亓卡赶紧上前用半生的汉语比画着打听他要去的归侨办事处。

刘子龙场长（那时亓卡并不认识）说："归侨办事处？还真不清楚，大概就在大院里吧。不过，这马上要过节了……"

"过节，什么节？"亓卡不明就里。

"国庆节呀，庆祝中华人民共和国成立五周年。你刚归国吧？走吧，我们帮你找归侨办。"刘场长主人样地热情招呼。

臧书记（亓卡同样不认识）却问："你是华侨？从国外来的？会开拖拉机吗？"

"哎，你怎么跟谁都说拖拉机。拖拉机不是还没有正式拨发下来吗？"刘场长说。

"你别管。缺乏战略头脑。"臧书记继续问亓卡，"会开吗？拖拉机。"

亓卡似乎听明白了："拖拉机，犁地，运输吗？当然，会驾驶，会修理。"

臧书记又问："你找归侨办干什么？"

亓卡说："办手续，找工作。"

臧书记当胸一拳："好啊，说定了，华侨小伙子，归侨办的事情我帮你。然后你得跟我走！"

"去哪里？"

"鲁西南，雁湖农场！"

"山东吗?"

臧书记指指身旁白底黑字的省政府牌匾:"当然是山东。"

"有王子服,有宁采臣吗?"亓卡有些迫不及待。他大概是想问一下有关《聊斋志异》的事情。

臧书记莫名其妙着有些失望:"你不是回来开拖拉机的?不是回来参加祖国建设的?是来寻亲访友、找人的?"

刘场长却笑了:"你是说《聊斋志异》?聊斋里不光有王子服、宁采臣,还有婴宁、阿宝、张素梅和毛纪,对吗?"

边上的老白也插嘴:"张素梅、毛纪俺知道,《姊妹易嫁》。"

这家伙打听的是什么人啊,怎么大家都认识?臧书记正抓脑袋,亓卡兴奋地握住臧书记的手:"走,我跟你们走!"

亓卡一路绿灯地跟随臧书记来到了筹建中的国营雁湖农场。

亓卡是那种除了中国话说不好其他什么都行、都好的人,尤其是开拖拉机和修理拖拉机更是比别人在行,这令臧书记很得意自己的眼光。

那天,秋末的阳光中大家站在场部前,向刚刚可以通行的机耕道的尽头张望着。

场部已经从帆布帐篷搬进刚刚落成的一排红砖墙蓝瓦顶的平房,门前挖了些树坑,还没有树苗种进去。场部不远处的职工宿舍还只是几处帆布帐篷和几排草屋。高粱秸秆围挡的草棚就是老白负责的食堂。不过,草棚、草屋之间已经矗立起排排的脚手架,国营农场场部的形状以及规模正初现雏形。

可眼下大家关注的不是住房,也不是老白食堂里是否飘出饭菜的香味。大家关注的是机耕队长老钱、拖拉机手颜秀春、亓卡三个人如何把四台拖拉机从百里之外的火车站开进场里。

由远及近的轰鸣让大家停止了喧哗,睁大了眼睛。大家看清了:亓卡,亓卡,是亓卡!亓卡头戴深棕皮质航空帽,身穿黑色皮夹克,脚蹬马靴,骑一辆闪闪发光的摩托疾驰而来。

摩托在众人面前兜了一个漂亮的弧圈,一股黄土冲天而起。停车,熄火,摘下航空帽——好一个风尘仆仆、英姿勃勃的亓卡!

随后而来的钱队长和颜秀春各自驾驶一台火红的四轮拖拉机,厚厚木板加长的车厢里是稳稳当当的两台履带式拖拉机。颜秀春大辫子一甩:"就为等这辆摩托——亓卡问他父亲要的,我们在火车站多待了两天,不过,值!多亏亓卡和他的摩托前后照应,我和队长才能一路放心地把拖拉机顺利开回来……"

臧书记当胸一拳:"好样的,亓卡,被褥都不要却要了摩托车!大家看到了没有,这就是态度,一定建设好大农场的态度!这就是决心,一定把农场建设好的决心!"

让臧书记得意的还有一件私事。

臧书记家有一辆很破旧的自行车,臧书记很宝贝,说是打鬼子时的战利品,搁角落好久了。自行车是臧书记的私家车,全场只此一辆。办公室去县城邮局发信件取邮件,医务室去医院取药等公事都靠这辆自行车。现在车坏了,很误事,臧书记很着急。

休班时亓卡鼓捣了一上午,竟新车样可以上路了。就此以后,自行车有毛病,臧书记就找亓卡。车子修好后臧书记总是说:"这辆车子离了小亓还真就成了废铁一架,小日本的东西也不抗造,这才几年,前后不过十几年,就不行了。"

亓卡呵呵笑着:"臧书记,你好搞笑啊,一辆车子骑十来年已经很好了。"

大家都喜欢热情开朗、说话大舌头的亓卡,可是亓卡却成了右派。

本来说好春节的时候结婚的,因为右派,事情就拖了下来。亓卡的对象是机耕队的女拖拉机手颜秀春。颜秀春是省农机训练班的优等生,是臧书记费好多力争抢来的。颜秀春是全国第一批女拖拉机手之一,开拖拉机的照片上过画报,事迹登过报纸,连五元人民币上的女拖拉机手大家都说是照颜秀春的样子画上去的呢。开拖拉机的时候,颜秀春穿工作服,发辫盘进工作帽,跟男人一样驾驶拖拉机驰骋沃野,不开拖拉机的时候,两条扎了蝴蝶结的齐腰大辫子在胸前背后甩来甩去,漂亮得让人心里发烫。

颜秀春也喜欢说话大舌头的亓卡,两个人就成了令所有人都羡慕的对象。在颜秀春面前,亓卡经常神情恍惚。颜秀春笑起来的时候,亓卡就说"你婴宁啊";颜秀春帮亓卡打饭洗衣,亓卡会说"你小翠啊"。颜秀春通常笑着捶打一下亓卡:谁知大舌头的亓卡在说什么呢,心里却无限甜蜜。

成了右派的亓卡自动疏远了颜秀春,更不再提结婚的事,令颜秀春很难过也很无奈。事实上,亓卡已没有时间也没有心情沉浸在如同美妙故事般的恋情中。

亓卡成为右派后,便被清除出机耕队,不开拖拉机,也不修理拖拉机了。亓卡去了积肥组。亓卡每天扛一把铁锨和扫把,推一辆胶皮轱辘的推车，负责打扫整个宿舍区以及办公室、修理间的八处厕所。厕所是一排长长蹲坑的公厕，亓卡每天将蹲坑内的粪便铲挖进粪桶，将满桶的粪便倒进推车内，推到远处的大粪坑，再推回干沙土撒在厕所的蹲坑中，八处厕所每天让亓卡满身热汗。在崇尚干一行爱一行的年代，只有分工不同，没有高低贵贱之分，但说归说，事实说明行与行之间差别不仅有而且非常大，亓卡深有体会。亓卡成了右派，不开拖拉机，去打扫厕所，打扫厕所的工作就是惩罚和低贱的意思，而开拖拉机的工作就高尚了。一名低贱的打扫厕所的右派和一名高尚的拖拉机手谈婚论嫁，无论如何也不是件现实的事情。

亓卡在机耕道旁捡孩子的前一天，一台履带式拖拉机坏在六号条田里已经两天了，很多人都去修过，却怎么也修不好。修不好，又拖不回，大家急得不行。已经下班好久了，臧书记发火："活人还叫尿憋死啊，怎么不叫小亓，叫亓卡去修！"

党委书记发了话，亓卡被临时叫去加班，去条田修拖拉机。臧书记大声说："吕秘书，让亓卡骑上我的车去！"又想起了什么似的，在吕秘书身后又加了一句，"骑车快，省得耽误事！"吕秘书心里清楚，臧书记也得避嫌。

在亓卡成为右派的问题上，臧书记的心里是存了很大的歉疚的。亓卡那些反对他这个党委书记和苏联老大哥的话，后来想想，其实并没有什么。

场里的一排火红的"富克森"四轮拖拉机是从苏联老大哥那里进口的，大家都引以为豪。亓卡却说不行。

亓卡原是见过世面的,家里庄园中的四轮拖拉机是美国产的,他很小的时候就开始摆弄。就像很多孩子喜欢、熟悉自己的玩具一样,亓卡对拖拉机的各种部件,部件的各种功能、性能烂熟于心。来到农场后,四轮拖拉机是苏联产的,排一长溜,乍一看很气派,可亓卡一上手就断定:不行,苏联的东西比美国的差远了。当时大家都戏谑着说他吹牛。亓卡很认真地说:"不吹牛。"

果然,后来就有了麻烦。拖拉机陆续出了毛病,一坏就得停。不是亓卡他们修不好,是没有合适的备件,坏了就只能把拖拉机停下。事情反映给臧书记,臧书记像指挥打仗一样指挥若定:"不是停了两台吗?两台肯定不会坏在同一个毛病上吧,那好,把一台上的配件拆下给另一台!"

亓卡连比带画地说:"短短的(暂时)可以,很久不行,这样来去(拆来拆去),结果,拖拉机都不会动了。"

臧书记说:"那你说怎么办?"

亓卡说:"建一个工厂,小小的工厂,车床、刨床,搞几台,专门生产备件。你看,拖拉机并没有坏得太厉害,常用备件,螺栓,汽缸套啊,都可以自己做的。"

臧书记一听又火了:"开玩笑。建工厂,连远水不解近渴的道理都不懂!再说,你会做,还要人家苏联老大哥干什么?报告已经打上去了,备件不久就会来的。"

亓卡说:"不久,不久会是多久?我们不可能永远都等备件。"

臧书记不想跟亓卡说太多,他只想春耕时期,拖拉机能少停一台是一台,便说:"废什么话,赶快拆,赶快修!"

按臧书记的办法，拖拉机开起来的多，停的少，大家并不太过在意。亓卡却看到其中的危机，几次去找臧书记，要求场里买车床生产备件。自知语言表达能力不行，亓卡就用书面报告的方式将自己想表达的东西写出来，说明生产备件的必要性，甚至将某种车床去哪里买，某种刨床去哪里买，大约需要多少钱，一年可以生产多少常规备件，有了这些备件拖拉机的完好率可以达到什么水平等，都明确地写在报告中。

用今天的话说就是亓卡拟定了一份操作性很强的"关于建立拖拉机修配车间的可行性研究报告"。臧书记对亓卡的请求不以为然，后来就有些烦了，臧书记不喜欢别人对他的工作指手画脚，而亓卡偏偏却又是极其认真的人。臧书记耐着性子说："给上面的报告已经打上去了，配件就要来了，你就不要操心了。"

"我们不要太过相信老大哥了。卖给人家拖拉机，却不及时给人家备件，算什么老大哥？"亓卡又说，"臧书记你只会说打鬼子的事，办农场的事情你不会，是外行。"亓卡的意思是说办农场得科学管理，科学管理得学习。

臧书记跳脚："打鬼子的事是说的吗？那是流血牺牲打下来的。外行，小鬼子进中国前谁打过鬼子？谁都是打鬼子的外行！外行怎么了？照样打得鬼子无条件滚回东洋。办农场我不会？农场是什么？是种地！打鬼子以前，我就是种地的农民，是祖祖辈辈种地的农民！我不会种地，喊，你会？"

"不……不是说打鬼子，是说农场，是说修理拖拉机……"

"不能仗着有点儿修拖拉机的本事就逞能！"

"不逞能，是想多一些拖拉机跑，少一些拖拉机停。"

"这不结了，你还废什么话！"

……

刘子龙场长就在亓卡和臧书记中间和稀泥："你们两个啊，就是一棵树的树根和树枝，生长的方向相反，可生长的目的是一样的。"可他们是人不是树，一来二去，亓卡和臧书记之间就有了因公而生出的矛盾。因公而出的矛盾也是矛盾，矛刺盾挡的，彼此就有了很多的不愉快。

到了大鸣大放给领导提意见的时候，场里的拖拉机已经是停着的多、能开的少了。亓卡在会上把对臧书记的不满又提了出来。后来，亓卡就成为猖狂向党进攻的右派。后来，苏联老大哥成了和"美帝"并列的"苏修"，被国人高喊打倒。再后来，农场也真的建起了能生产许多农机配件的修理厂。于是，臧书记便觉得亓卡有些冤枉，亓卡身上那种不撞南墙不回头，甚至撞了南墙也不回头的性格，还真是让臧书记觉得他其实是个很对自己脾气的人。

可是，对亓卡成了右派，臧书记还真没有什么很好的办法去补救。材料一签一报，再报再签，经过层层批转，亓卡档案里的案卷已经厚厚一摞，右派的事情便铁板钉钉。连日本鬼子都不怕的臧书记还真犯了难。右派肯定不好，但亓卡这个右派却真的和反党反社会主义的右派不同。然而这样的问题作为场党委书记，又不便和别人去讨论，弄不好，"为右派说话"的帽子扣过来可不是闹着玩的。上过战场打过鬼子的臧书记深知，作为一名战士，勇敢很重要，但首先要保自己的命，命没了，还能是战士吗？可是，可是……老八路臧书记在没有鬼子好打的现实中,很窝憋。

经历过反右斗争,臧书记的火暴脾气并没有改变多少,但在亓卡面前,脾气会显得好一些。让亓卡去六号条田修拖拉机,还让他骑上自己的宝贝自行车,臧书记对亓卡的偏爱,吕秘书感觉得到,嘴上不说,心里却酸溜溜地不舒服。

修条田是亓卡来农场后接触的第一种工作。广袤的鲁西南平原,千百年来全盘接受着所有的天灾和人祸,呈现的是荒野一片。大旱之年,平原上如野火烧过般开裂着巴掌宽的地缝,庄稼颗粒无收;大涝之年,大水在平原上平铺而过,等大水退去,庄稼已经无根无梢地烂掉,同样颗粒无收。不水不旱的年份,马子(土匪)又豺狼虎豹般横行乡里。

新中国成立后,马子彻底绝根。农场经营几年,自然面貌也得到改观。改观的方法就是修条田:将广大的平原用灌渠分成条块状,灌渠的一头连着水库,水库与灌渠之间被粗大而结实的木质闸门管束着。闸门提起,水流便欢快顺畅地流出。灌渠的一侧通常是机耕道,便于运送肥料和庄稼。另一侧则栽种着杨树或柳树。就这样,大地被灌渠和道路分割成网格,网格中的田地旱可灌,涝可排。网格中的庄稼连年丰收。

修条田很辛苦,是一项在冬天农闲时刻进行的工作。所谓农闲,是庄稼不须打理的季节。地闲人却不闲,人们不论大雪飘飞,还是寒风凛冽,都要在旷野中工作。新的沟渠要开挖,旧的沟渠、路面要整修。在猎猎飘扬的红旗和高音喇叭播放的《社会主义好》的乐曲伴随下,人们心中的热度足以消融刺骨的寒冷。

亓卡出生在南亚的炎热中，却很快适应了眼下的山东气候。尽管手脚开裂，布满冻疮，亓卡总是兴致盎然。六号条田，是亓卡付出最多的一块条田，那里离场部远，地形高低不平，高的是一座小山般不知什么朝代遗留的烟墩（烽火台），低的是一个方圆一里多的万人坑，是旧时官府和土匪处决人的地方。亓卡开一辆大马力的履带式拖拉机日夜不停，一个冬天，推平了墩，填满了坑，开挖出水渠，修出机耕道，荒地变成了六号条田。条田修好后，亓卡曾豪情万丈充满诗意地写信告诉远方的父母：知道儿子修的这块条田有多么伟大吗？告诉你们吧，儿子站在条田的一头，另一头就是地平线啦……

黎明的时候，坏在六号条田的拖拉机修好了，突突突地继续耕地了。亓卡两手油泥一身尘土地骑着自行车沿机耕道往回赶。他要在大家还没起床前把厕所清理一遍，晚了，有人，特别是女人进厕所了，就得等在厕所外，既尴尬又误事。

已经骑过去好远了，似乎有什么不对，有件什么东西在眼角的余光中一闪而过。亓卡调转车子往回骑，路边的一棵小腿粗的树下果然有一件东西。走近了看，是一个包裹，下车子捡起包裹，再看，原来是个婴儿。晨曦之下曚昽之中，亓卡看到孩子正瞪着一双眼睛看着自己。孩子在初冬冰冷的清晨中不哭不闹，这让亓卡非常吃惊。孩子可能发现被人抱起，声音不大地吭吭了两声，亓卡立即疼爱地将孩子紧紧搂在胸前。一手抱着孩子，一手扶着车把，飞快地骑行在机耕道上。那一刻亓卡忘记了需要打扫的厕所，觉得自己有点儿像……像怀抱阿斗的赵子龙。

去臧书记家还车子的时候，臧书记发现了亓卡怀里的孩子。臧书记当机立断："从哪里捡来的，去哪里扔掉！"

"怎么可能，他也是一条生命！也是人民！"亓卡毫不让步。

"那你得赶快给他找家人家，找家合适的人家。"臧书记退让一步。

亓卡近前一步，将孩子托送到臧书记眼前："书记来养好了，孩子很乖的，不哭的。"亓卡认为自己的主意很好，臧书记家有建国、保国、卫国、爱国、强国一群孩子，多一个没什么关系。

臧书记正不知所措着，刚生过强国不久的臧书记夫人王月英却冲了出来，推搡着亓卡："快给我远远地走开，我家可不会要这样一个不明来历的孩子，谁要给谁去，快走，快走！"

臧书记的老母亲，人称臧奶奶的小脚老太太却在后边喊："快看看，是小子还是丫头！"臧奶奶只有爱国是孙女，其他都是孙子，可是臧奶奶看重的仍然是孙子。尽管臧建国调皮得上天入地，经常把奶奶气得说不出话来，奶奶还是认为孙子好。奶奶不喜欢儿媳王月英，可是对不喜欢的儿媳为她生的一群孙子却疼爱有加。对捡来的孩子，臧奶奶关注的也还是男女。

将自行车还给臧书记，亓卡将孩子抱回宿舍。

不一般的亓卡，在人们心中更有了另一番的不一般：无家无业的右派亓卡，连媳妇都没有的亓卡要当一个捡来的孩子的爹了。

小小的二丫在心里已经把亓卡叔叔和小戏子用那个孩子连在了一起。

4 一个私孩子

亓卡捡孩子的那天夜里,二丫发烧了,烧得很厉害。天亮的时候,烧退了,娘和乔爸都说不让二丫去上学了。下午的时候,钱振铃和臧建国为二丫带来了宋老师留的家庭作业,同时也告诉二丫,小戏子和他们的戏班子昨天夜里已经走了,是在白溪汪村演出完就连夜转场了。

二丫问去了哪里,钱振铃说不知道。二丫的心里顿时空荡荡的,人也没有了精神。臧建国却说:"管他们,就是去了天边,我爸总能找到他们。"

钱振铃说:"又吹,都说了多少回了。"

臧建国说:"这回是真的,谁不信,谁是孙子。"

"你编瞎话怎么让别人当孙子?"钱振铃算这样的账时总是很清醒。

"不信拉倒,我爸让吕秘书去找戏班子了,我听到的!"臧建国的脸都红了,脖子上急出了青筋。

农场要组建一个文工团的意向很早就有。丰富职工的文化生活是党和军队的传统,场领导班子成员大都是部队转业的军人,深知文体生活对部队建设的重要性。由于建场初期工作繁忙以及后来的反右斗争,组建文工团的事情就一直搁置着。每年的冬天,农场职工奔走着到处蹭周边村庄老乡的戏看,这让臧书记心里一直很不是滋味。

有几次，演戏的村庄离场部远，臧书记便指示："今晚开出一部拖拉机拉大家去看戏！"在拖拉机上看戏成为戏台前最火爆的一道风景。农场种庄稼用拖拉机、收割机；农场人住房是砖瓦到顶的房子；农场人吃饭是白面馒头。农场在四里八乡人们的眼里是个了不得的地方。如今眼见农场人看戏竟也要坐轰轰隆隆的拖拉机而来，车灯的耀眼光芒照亮了台上台下，让搭台唱戏的村子备感荣幸，让唱戏的班子也平添几分荣耀。

臧书记却手托下巴心里想：职工和家属不易，有个自己的文工团，他们何苦去蹭人家的戏。有了！小戏子的柳琴戏班子这么受欢迎，打个报告把小戏子的剧团收编过来得了！这样就不用组建文工团，重打锣鼓另开张了。当然，农场不是臧书记一个人的，臧书记的心里话也得拿在党委会上先讨论、后决议。这样深得人心的事，党委会没有任何异议地全体通过了。说干就干，党委秘书吕大同一边起草报告，一边着手了解、打探戏班子的消息。

虽然是小范围决定的事情，却传播得很快。臧书记家的饭桌上，"收编戏班子的事我觉得还是仓促了。"场工会主席王月英一边伸筷子夹菜，一边说。

臧书记往嘴里扒拉着饭菜，说："决定了的事情就不要背后乱说了。"

儿子臧建国可不像爸妈那么有组织有纪律，而且臧建国足够聪明和敏捷，只听了那么简单的两耳朵，就迫不及待地把小戏子就要成为农场职工的消息到处传扬，并口气坚决地加以声明："绝不撒谎，不信去问我爸，是我爸亲口对我说的。"

　　臧建国好吹牛，他的话二丫大都不以为然，左耳听右耳冒，可关于收编戏班子的消息二丫宁愿相信是真的。其实往外传播消息的还有臧奶奶，臧奶奶曾拍着巴掌对人说："这下可好了，坐在家门口就可以听小戏子唱戏了，真没想到这辈子还有这份福好享。"

　　二丫心里还有另外的心事：小戏子来农场唱戏，见了那个包在黑底粉红桃花被子里的孩子会怎么样呢？

　　可是消息传扬了很久，一直也没见戏班子成为农场文工团。事情总是说起来容易做起来难，大人们理解，孩子们却耿耿于怀。

　　戏班子转到了哪里，二丫不知道。戏班子十几个人在学校住了十几二十天，一走，校园显得空旷起来，二丫的心里也空旷了。储物间的门槛上再也没有抱着孩子的小戏子了，二丫的鼻子竟有些酸酸的，心里很难过，但她不知道是为谁难过。

　　接下来，就是戏班子不可能再来农场的坏消息。

　　是吕秘书带来的确切消息。他向臧书记汇报说："我跑了几天，去问过了，小戏子确实已经被县剧团招收过去了，还有那个扮张生的也是一同招的，最近就转户口了。臧书记，您看还要不要招班子的其他人……"

　　不等吕秘书把话说完，臧书记就火了："招什么招！吃屎也赶不上热的，台柱子被拆了，其他人顶个屁用。别人拣剩的，老子也不会要！好了，成立剧团的事以后再说吧……可惜了那个小戏子了。"王月英撇撇嘴，心里很是畅快。

　　小戏子去了县剧团，那就是县剧团的人了，就是有户口的人了。

二丫知道户口是怎么回事，因为她转过户口。娘改嫁老乔的时候，就转户口了，不光娘从农村户口变成吃国库粮的人，二丫以及姐姐大丫、哥哥柱子都变成了吃国库粮的。开始，二丫可不懂迁户口是怎么一回事，还以为户口是像马、牛、羊、驴一样可以牵着走的畜类，"牵"户口嘛。其实不是。户口虽然看不见摸不着，却是时时事事能感受到的东西。农村户口变成了城镇户口，二丫一家才算真正有了户口，二丫不用再跟娘大冬天的出门讨饭，娘不用每天操心哥哥姐姐吃不饱，读不起书。小戏子要是进了县剧团，也就有了户口，有了户口，就不用住在学校的储藏间了，她有孩子的事情也就不用瞒着了吧。二丫一时很为小戏子高兴。但二丫心里还是想不通，有户口的小戏子为什么还要把那个孩子扔在冰冷的机耕道上呢？

臧奶奶听说小戏子要进县剧团的事，左手背拍着右手心，非常痛心地说："完了，小戏子进了县剧团，就听不到她的戏了。"

臧建国说："怎么听不到，去县城听啊，县里的礼堂可好了，有一排排的座位，不点汽灯点电灯。"臧建国最愿意做的事情就是到离家远的地方去，只要能走出家门，再远也不怕。

臧奶奶不拍手心了，她拍了一下孙子臧建国的后脑勺："臭小子，你以为奶奶是你啊，大脚板。"臧奶奶一双尖尖的小脚，当然不能走那么远。二丫一时很为臧奶奶遗憾。

场部办公会上，大家也正式地讨论收编戏班子失利的事情，都表示很遗憾。臧书记听大家发言，很焦躁地吼了起来："他奶奶的，我慢了一步，让他县里抢了先，全场老少还得四下跑着去蹭人家的戏。真是可惜了那么好的一个小戏子……"臧书记是在检讨自己的失误。如果自己当初抓得紧点，小戏子就不会被县剧团挑了去。

工会主席王月英一直都热心支持党委书记的工作，唯独对成立剧团的事，表现得不冷不热。丈夫热衷于一个戏子的事，在曾经的妇救会长看来太不靠谱："可惜什么，那样的人来不来的呗。不看戏又不会耽搁工作，耽搁打粮食。一说小戏子就鸡飞狗跳地瞎热闹，一说小戏子就蟹子过河——都瞪起了眼。"在工会主席的眼里，原来热衷于小戏子是这么回事。不过大家无法反对，是啊，偌大的国营农场，的确不应该都去热衷聊一个小戏子。

好在大家都还不算太寂寞，看不到小戏子的戏，亓卡和他捡来的冬冬一时成为大家拉不够的热门话题——冬冬是亓卡为孩子起的名字——冬天里来的孩子。

亓卡从不参与大家的议论，只知道飞快地干活，他惦记着躺在家里的冬冬。亓卡总是在别人休息的时候飞跑着回宿舍看顾冬冬，给冬冬喂饭喂水。亓卡幻想着：等春天暖和的时候，冬冬就会长大些了，就可以背上冬冬去干活了；夏天的时候，冬冬大概可以站了；秋天……右派亓卡的苦寒日子因为冬冬的到来竟有了丝丝温暖。

就在这时小戏子却找上门来。小戏子当然不是来找臧书记，不是来看望惦记她的农场职工家属们的，她是来找她的孩子的。

小戏子急如风火扑进亓卡的房门，扑向她的孩子："孩子！我的孩子，真是我的孩子啊！可找到了……"小戏子压低的哭声不似在戏台上作戏时那样嘹亮，那样余音缭绕，而是悲愤惊喜交加之声。亓卡惊呆了，呆得说不出话。孩子许是感应到母亲的到来，许是受了惊吓，一反常态地大哭起来，大哭的声音一如小戏子的声音，嘹亮而余音缭绕。母子俩哭成一团。

小戏子一边哭一边麻利地将大哭的孩子用小被子包起，紧紧地抱着，对亓卡深深地鞠了一躬，说了一句"大恩大德，日后相报"后便头也不回地向门口冲去。亓卡惊醒般一把拉住小戏子问："凭什么说孩子是你的？他是我的冬冬，冬冬是我的！"

"你的？凭什么是你的？"小戏子细密的牙齿咬着下嘴唇环顾四周，转身回到床前，一屁股坐下，飞快地解开衣襟。冬冬立即将奶头噙在嘴里再也不肯松开。

亓卡无话可说。

小戏子起身，掩起衣襟，恭恭敬敬地又向亓卡深深鞠了一躬，抱起孩子头也不回地走了。大家闻讯向亓卡宿舍围来的时候，小戏子母子已经不见了踪影。

冬冬的走如同冬冬的来一样，使全场哗然。大家吃惊的是孩子是小戏子的，很多人说转一百圈也想不到那孩子会是小戏子的。臧奶奶说："原以为是个什么金贵的孩子，到了私孩子一个。知道什么叫戏子了吧，自古以来最无情的是戏子，最无德的也是戏子。下九流。"

奶奶的话臧建国不懂，却知道奶奶说的不是什么好话，就反驳奶奶："奶奶又迷信，前几天不是你夸小戏子好吗？'小戏子去了县剧团，不知道以后还能不能再听小戏子唱戏了，听不到小戏子唱戏，白活了，搁旧社会小戏子会大红大紫的'。"臧建国瘪着嘴学着奶奶说过的话，虽很夸张，却不是跟奶奶开玩笑。奶奶对小戏子的评价反复无常很让臧建国生气。

"两码事,跟你小孩儿们说也说不清。总之呀,鱼儿离不开水,瓜儿离不开秧,冬冬啊找着了亲娘是他有福。"

臧建国立即纠正:"奶奶,冬冬连坐还不会,怎么会找亲娘,是小戏子找着了冬冬!"

工会主席很高兴,幸亏小戏子被县剧团弄去了,要是来了场里还不知道会有什么样的麻烦,这下好了,小戏子不来,也省得那些男人们操心,还有,那个孩子也被抱走了,多省心!

二丫更多听到的还是私孩子这个词。过去大人骂孩子,或大人之间互相骂,总会听到说你个私孩子如何如何。对此二丫并不太懂。这回大家很当回事地议论:"这个小戏子,不知道跟谁整出的孩子。肯定是个私孩子。"

"那是,不是私孩子,怎么会扔掉?"

"不是又抱回去了?"

"抱回去也是私孩子。好好的孩子有扔了又要回去的吗?哪天又扔出去也是说不准的事。"

私孩子,冬冬是私孩子。怪不得小戏子总被那个张生恶狠狠地拖来拽去的,原来是因为那个私孩子。平时很宽泛的骂人话,一时有了非常明确的指向。二丫更加茫然起来。

二丫就回家问娘:"什么叫私孩子?"

娘却绷起脸来:"小孩子不学好,瞎打听啥?"却又忍不住小声嘟囔,"小戏子也遭罪了,小小年纪,十月怀胎,藏着掖着的,不易。也不知道是谁造的孽。"二丫本想告诉娘,孩子是小戏子的事她早就知道,可是娘既然说打听小戏子是不学好,就不想再告诉娘了。

再说，大家都已经知道了，说不说的没啥意思了。不过，二丫有点儿生小戏子的气：当初是她不让我告诉别人的，现在她自己先张嘴告诉了。小戏子的形象在二丫脑子里多少打了些折扣。

不管二丫说不说她知道的事情，大家总是在说小戏子和冬冬。大家就像往日看小戏子演戏一样兴奋，打饭买菜的队列中，田间地头上，会前会后时，任何场合都能听到大家添油加醋的议论。

有人说，小戏子那么小，那孩子不一定是小戏子生的。

有人会接茬说，你见过没生孩子的人有奶水的吗？

有人又说，你见小戏子的奶水了？

那还用说，鼓胀着呢，呛得冬冬呱呱的。

奶水那么好，好多时不奶冬冬，还不胀死了！

活人还能叫尿憋死？有冬冬的爹呢。

冬冬的爹是谁，亓卡吗？

说什么呢，亓卡最多只是个路边捡孩子的干爹。

……

说的听的，无一不是眉飞色舞信口开河。

5　老白、老乔和亓卡

大家都在凭自己的想象编排着小戏子的故事。老白不编排，也反对别人编排。老白总是在大家说得最热闹的时候大声说："别说得那么难听好不好？戏子怎么了？戏子也是人啊！不能那样乱糟践人……"

老白在抗美援朝时,一双脚有七个脚趾在朝鲜的冰天雪地中冻掉了,走路小脚老太太样很不稳当地拐着脚后跟迈步。老白是小戏子的戏迷。食堂的工作很忙很累,忙累了一天的老白,总是不嫌累地拐着脚追赶着小戏子的班子看戏到深夜。老白能把小戏子演过的戏词倒背如流,时不时地还要扯起公鸭样的嗓子来上一段。小戏子生了私孩子让老白很伤心,也很失望,但是老白舍不得跟别人一起议论糟践小戏子。老白是真正爱惜小戏子的人。

老白不和别人一起拿小戏子的事情寻开心,还有一个更重要的原因,就是那个捡来的孩子。孩子是小戏子生的,却是亓卡捡的,小戏子再不好,孩子是无辜的,亓卡更是无辜的。无辜的亓卡不顾一切照料着一个非亲非故的孩子,也就亓卡能做得到。小戏子的事情牵连到已经很不幸的亓卡,老白打心眼里为亓卡担着一份心。

亓卡在省政府门前遇见的几个穿旧军装的人,其中就有老白和老乔,老白、老乔和亓卡是同一天跟随臧书记来到农场的。可老白常埋怨:"唉,算我老白倒霉,一个大舌头华侨,一个秃舌头湖南蛮子,弄得我连个全乎话都说不成。"埋怨归埋怨,老白知道他和亓卡、老乔最投缘,大家也都知道,他们三个人最要好。

老白感觉,和老乔虽不是一个部队的,但还就是有一股浓浓的战友味。老乔平时话不多,可办事雷厉风行,对工作极认真,对家庭有担当,让老白觉得老乔是条真汉子;和亓卡,老白觉得这位来自遥远国度的华侨,放弃优越的生活,甘心在这里吃苦受累,实在不简单,所以老白会像哥哥照顾弟弟一样关心照顾着亓卡。

老乔老白亓卡刚来农场那会儿，亓卡和机耕队的拖拉机手们成天驾驶着拖拉机，开垦荒地，老乔则赶着马车将老白做好的饭菜送去机耕队。

"老白，好了没有啊！"听到老乔吆喝，老白探出身子，看见老乔的马车已经停在食堂门口。

老白一边回答："就好了！"一边用力拉拽房梁垂下来的一条绳子，蒸笼上的盖子被吊了上去，雪白的馒头笼罩在蒸汽中。老白麻利地将馒头捡拾在一个笸箩中，盖上笼布，笼布上面又盖上厚厚的棉被。

老乔将馒头端上马车。

老白又将大米稀饭盛进铁桶，盖上木质锅盖。老乔将稀饭提上马车，又将一盆大锅熬白菜也装上马车。

马车里有老乔用草编的"瓮"，稀饭桶、菜盆蹲坐在草瓮里，稳当又保温。

老乔扬扬鞭子："走了啊！"

老白却提一只小水桶追过来："他们用巴掌吃啊？给，马勺、碗、筷子，都在这里了。"老乔嘿嘿笑着接过水桶。

老白又递过一个小布包："亓卡吃饭的家巴什儿。他还不习惯用筷子。还有，你的那份也在了，跟他们一起吃吧，回来再吃就饿坏了。"

荒野中，履带式拖拉机和四轮拖拉机一前一后工作着。衣衫褴褛的老乡跟随耕地的拖拉机奔跑着欢呼着。古老的土地上，没有人见过这样的场景。

履带式拖拉机身后是十二排银光闪闪的铧犁，铧犁翻出的是泛着油光的土。跟着履带式拖拉机的是一台四轮拖拉机拉着的一排极大的圆盘耙。圆盘耙将片状的土块切割细碎。圆盘耙拖着一排钉齿耙，钉齿耙掠过，土地平整而绵软。

"拖拉机，拖拉机啊，耕一趟比一头牛耕一天还多哟！"一位老人叹息着说。

"那还用说，人家还不吃草，不吃料，我都看了一头午了，连口水都没喝呢！"接话的是一位壮年汉子。

"可不是，夜里也不歇息。"另一位跟随拖拉机奔跑的人说。

"夜里也能看见？"

"不说谎话，我昨夜里就在这里了，那俩眼瞪得，晃得你都站不住，能亮出二里地去！"汉子连说加比画。

把马车停在机耕道旁，老乔提桶端笸箩向田野深处走着。听着老乡们的议论，老乔会心地笑了。老乔将饭搁一处稍高稍平地方，扬起毛巾向拖拉机手们挥舞。

远处，拖拉机轰鸣声停下来。

亓卡穿藏蓝劳动布背带式工装，白毛巾系在脖子上，脚蹬棕色深腰翻毛皮鞋，从履带式拖拉机上跳下，老乡们呼啦一下围了上去。亓卡友好地龇一下白牙向大家笑笑，拉下脖子上的白毛巾，边擦手脸边向老乔走去。

颜秀春也穿藏蓝劳动布背带式工装，白毛巾系在脖子上，脚蹬棕色深腰翻毛皮鞋，从四轮拖拉机驾驶室跳下，边走边摘下头上的工作帽，两条齐腰大辫垂了下来。人群先是呆了，顷刻便惊呼起来：

"女的!她是女人!驾拖拉机的是个女人!快来看啊,女人驾拖拉机!"

人群呼啦地围向颜秀春。

颜秀春紧跑几步赶上亓卡。人群追随着奔跑。

亓卡扭头对颜秀春努努嘴巴:"为你骄傲。"

颜秀春哈哈笑着:"什么呀,他们没见过,你也跟着掺和。"

亓卡想起了什么:"像聊斋里讲的故事呢。古时候,女的很少出门,一出门,很多人都跟着争相观看呢。你就像聊斋里的婴宁呢。婴宁就在路上被人围观。"

颜秀春嗔怪:"说什么呢?"大辫一甩,快步走向老乔。

其他拖拉机手陆续停车,走向老乔。

老乡们不远不近地指点围观。"吃白面馒头呢,还有白米稀饭。皇帝老子的饭食呢。"

"那是,要不怎么会有那么大的劲拉着恁大铁家伙跑恁快。"

颜秀春帮老乔给大家分发饭菜。

"我来吧,赶快坐下歇歇吧。"老乔体谅颜秀春。

颜秀春说:"不累。"

老乔从桶里拿出老白捎给亓卡的餐具,一把叉子,一把勺子。亓卡用叉子叉一大馒头,用勺子吃菜喝稀饭。

大伙或蹲或坐,边吃边打趣亓卡。

"亓卡,下回不许用叉子啊。"一位拖拉机手说。

亓卡举举馒头说:"为什么?老白为我准备的。"一晃,馒头差点掉下来,颜秀春下意识地去抢救。大家大笑。

"亓卡，中国人，特别是咱山东人，哪有用叉子吃饭的？筷子。"那个拖拉机手扬扬筷子说，"老白就会惯着亓卡。"

亓卡嘴里塞满馒头口齿不清地说了句什么。

老乔替亓卡说："他说，没地方洗手，用叉子叉馒头卫生，老白想的主意。"

"亓卡，你真是中国人吗？"

颜秀春不高兴了："他只是不太熟练用筷子，跟是不是中国人有关系吗？你就什么都会啊？"

大家立即开始打趣颜秀春。

"这就护短了？"

"颜秀春向着亓卡！颜秀春护短！"

颜秀春并不畏惧："亓卡有短吗？"

大家大笑："亓卡没有短，都是长。是吧，亓卡？"

亓卡很憨厚，认真说："我个子高，当然长。小时候爷爷就说我可是山东大汉。"

正吃着，亓卡发现了什么，停止咀嚼，站了起来。大家顺势看去，围观拖拉机手的人群潮水般拥向不远处的一个地方。

"来人啊，有人晕倒了！"有人喊。

拖拉机手们快速跑过去。

一个盛着碎馒头、碎煎饼的筐子滚在一边，一个看不清面目的女人蜷缩着身子倒在地上。

老乔拨开人群，一把托起女人，嘴里喊着："让开，让开！"快步向马车走去。

一对小兄妹拾起滚落在一边的箢子，哭喊着奔跑。

老乔将女人放在马车上，指甲掐在女人的人中上，回身道："秀春，快，稀饭。"

颜秀春快速跑去，拎桶，拿碗，跑回。

男孩哭喊："娘，你醒醒，你醒醒啊！"

女孩哭喊："娘，娘，你别死啊，爸死了，你再死了，可不行啊。"

人群唏嘘着，叹息着。

女人哼一声，苏醒过来。老乔用碗给女人喂着稀饭。半碗稀饭喝下去，女人彻底醒过来，看见自己的一双儿女。

孩子们扑在女人怀里。老乔将大手放在女孩乱蓬蓬的头上，抚摸着。女孩回头看老乔。

亓卡面向颜秀春问："怎么了？发生了什么事情？"

"饿的，他们饿。"

亓卡将手里的馒头搁箢子里，拖拉机手们也将馒头搁箢子里，乡亲们也将身上的煎饼、窝头搁箢子里……

大家将吃饭的家什收拾好搁马车上，老乔将那女人扶上马车，将一对孩子抱上马车，在大家的目送下赶马车默默离开。

所有人包括老乔在内，都不知道这次小小的救助让老乔的人生发生了巨大变化。

亓卡宿舍的墙上，钉有一块搁板，搁板上放一排书，一个古旧的木盒子和书放在一起。摩托车停在门后。

书和摩托车让亓卡的宿舍显得和其他职工的宿舍不一样。这天晚上，亓卡正读一本书，忽然想起了什么，起身，吹灯，出门。

一段时间里，大家都在议论一件事，就是老乔和那次晕倒荒野女人的事。亓卡放心不下，他觉得自己有必要关心一下一直老大哥一样关心自己的老乔。

亓卡把老乔叫到老白的宿舍里，就大家关心的问题，询问老乔。

亓卡走来走去，有些兴奋地说："老乔你真要和那个女人结婚？结了婚，你还会和大家在一起吗？那个女人的小女孩很可爱的，老乔你很喜欢那个小女孩对吧？"

老白说："亓卡，说什么孩子话，大家是在商量正经事。老乔，你要想好啊，你才认识那女人多久？见了几次，就把那么大一件事给定下了？"

亓卡却说："老白你应该知道一见钟情吧，老乔和那女人一见钟情呢。"

老白虎着脸说："亓卡，别闹。一个寡妇，三个孩子，可不是闹着玩的，一旦成了一家人，老乔你肩上的担子可就千斤重了。"

昏黄的灯光中，老乔缓缓抬起头，坚定地面对大家："我是个男人，我会担起今后的日子。"

亓卡向老乔伸出拇指说："老乔你很棒！"

颜秀春推门进来，说："一猜就知道你们会聚在这里。干吗呢？"

老白、老乔和亓卡经常聚在一起，或老白宿舍，或亓卡宿舍，或是饲养场的马棚，颜秀春很容易就能找到他们，他们也已经习惯了有颜秀春的聚会。见颜秀春进来，大家并没有客气。

亓卡立即告诉颜秀春："我们在说老乔结婚的事。"

颜秀春问："老乔结婚？是和那女人吗？老乔真打算和那女人结婚？臧书记、刘场长知道吗？他们会同意吗？"

老乔老老实实地回答："报告我已经打给场里了，这一两天就该批下来了。"

颜秀春说："老乔，你是个好人，可是，你不会为了同情，就和她结婚吧？他们一家的确可怜，特别是那个叫二丫的小闺女，真是叫人同情，可是结婚……我不懂，好像是两码事……"

老白赶紧说："秀春说得对，结婚终归是一辈子的大事……我不是说那家人不好，只是担心老乔你……"

"我知道你们是为我好，你们也看到了那一家子的情况。开始我的确是只有同情、可怜，后来，我觉得是我离不开那一家人了。秀英，张秀英，噢，就是那个女人，虽然穷，志却不短。你们不知道，那个家是如何一贫如洗，你从那样一个一贫如洗的家就知道那个女人为了她生病的丈夫付出了什么样的代价，倾其所有啊，就差没把自己的命搭上。丈夫死了，那样一个瘦弱的女人拉扯着三个孩子过日子，几乎完全靠讨饭为生啊。可是你在那个家里一点儿都感觉不到无望，孩子们活泼可爱，老实懂事。秀英咬牙持家，把家拾掇得利落整洁，孩子们虽然破衣烂衫，却干干净净……"

亓卡插话："我已经感觉到老乔非常喜欢那个家的每个人。"

"是的，我很想和那个家一起过日子。你们知道我从小没有父母，很早就参军，过去一直把部队、农场当成自己的家，现在遇到这样一个女人，这样一家人，让我有了从没有过的一种感觉。我想好了，不管前面的路如何，我想和她一起组成一个新家，共同把几个孩子抚养大。"老乔说这番话的时候眼睛闪闪发亮。

"老乔,我支持你,我和你一样也喜欢那个家,喜欢那个家里的孩子。我和你一起养他们。"亓卡的眼睛也闪亮着。

老白一巴掌拍在亓卡的手臂上说:"你小子傻啊。秀春你说亓卡这人,真叫人……"

颜秀春说:"你喜欢是你喜欢,和老乔是两码事。大家在说正事呢,你别添乱。"

"不乱,不添乱。我是说,老乔结婚后,有什么困难,大家都可以帮他。和老乔一起喜欢他的家,不可以吗?秀春,你说。"亓卡有些着急。

颜秀春赶紧表态:"这话还算靠谱,我还以为你犯傻呢。"

亓卡得到赞许,赶紧说:"那大家是不是都同意老乔结婚啊?"

老白表态:"只要老乔想好了,我没意见。亓卡说得没错,以后老乔有难处,咱们大家都帮助。"

亓卡拍手:"老乔,高兴吧,大家都同意你结婚了。"

颜秀春说:"傻子。"

老白说:"大家都傻。跟老乔一起犯傻。"

相对于老乔,老白在亓卡心中除了是兄长还有一份知音在其中。

亓卡不会忘记第一次跟老白去看戏的情景。

完成了一天的机耕任务,天已经黑了。今天的活有点儿多,收工晚了。亓卡将拖拉机停在修理间不远处的车场,仰头看看天,抬手看看腕上的表,打算先去食堂打了饭再去宿舍洗手洗脸,不然老白会一直等着自己。

果然，一向非常耐心的老白今天似乎等急了："好你个亓卡，专门跟我作对是不是？再不回来，我就锁门了。"

原来，离场部五里远的东湖村今天晚上搭台唱戏，这会儿怕是戏已经开演了。老白是戏迷，怎能不急？

老白抓两个馒头拿一块咸菜塞给亓卡。亓卡还在说着"没洗手不卫生"的时候，老白已经锁门拉扯着亓卡去看戏了。

累了一天，亓卡本没有步行那么远去看戏的念头，可是，已经耽误了老白，不陪伴就有些过意不去。

老白脚不利索，速度却不慢，亓卡狼吞虎咽地将两个馒头下肚的时候，二人就赶到了戏台前。戏已经开演好一会儿了。

远远的，亓卡就听见一个女声在唱。老白兴奋地压低声音说："小戏子的《姊妹易嫁》！"台上汽灯明亮，台下密密麻麻坐满了男女老少，后面又围了里三层外三层站着的人。老白拉扯着亓卡拨开人群往前挤了挤，就见小戏子饰演的妹妹张素梅正轻灵地边舞边唱：

怪不得昨晚结灯花，
怪不得喜鹊叫喳喳，
怪不得猫儿光洗脸，
怪不得喜蛛落檐下，
得儿——嘞——咿呀——嗯……

对于戏尤其是北方戏曲，亓卡了解不多，《花木兰》《天仙配》只在电影里见过，《穆桂英挂帅》《女驸马》在广播里听过，真正看搭台戏这还是头一回。归国后,亓卡看了不少国产电影,有国产故事片、国产战斗片、国产反特片,那是了解自己国家的最简单的办法,而对于色彩斑斓的戏剧就不那么感兴趣了。亓卡根据自己不多的地方戏剧知识,有他自己的总结:豫剧高亢,黄梅戏委婉,豫剧关注女性当中的豪杰人物,黄梅戏歌颂爱情。

今天看到听到的柳琴戏和豫剧、黄梅戏不一样,旋律不复杂但很不一般,顶得非常高,高亢,还很清新,活泼欢快中透出很强的冲击力。棚子里的戏,在很冷很旷的夜空里传出很远,那种高亢、活泼和欢快结合起来的东西好像对人有一种洗涤的作用,令人难忘。

亓卡从此像记住常香玉、严凤英一样记住了小戏子,和老白一样成了小戏子的戏迷。尽管小戏子在戏台上说的唱的他完全听不懂,但他喜欢听小戏子唱。戏台上,小戏子的轻啼缓唱,小戏子的妩媚和刚勇,小戏子的悲伤和快乐,在亓卡的心中集合成一个"美"字。成天摆弄拖拉机的亓卡,似乎来到现实中的聊斋。

有空,亓卡便缠着老白问某某唱段是什么意思,某某句的唱词是哪几个字,然后用笔记下来。

老白偏胖,头圆,身子圆,皮肤白,脸膛红。人一胖,就显得慈眉善眼,慈眉善眼便有些显老,很有些胖伙夫的样子。其实老白并不老,三十岁不到。那年月称谓"老"或"小"并非完全按年龄,比如两个年纪都是二十二岁的姓王的人,甲王新中国成立前参加革命,就是老王,乙王是新中国成立后参加工作的,就是小王,而且这个"小"字会跟随乙王十年、二十年甚至一辈子。时光从20世纪走向21世纪了,我们还时常能在街头、公园看到满头银发的老人被熟人称为小张、小王、小李。老白是老早就被称为老白的人。老白1945年6月参军，部队是赫赫有名的八路军115师，那时的老白才十五岁。8月，日本无条件投降。6月到8月，虽然只有短短的两个来月，老白也是参加过抗战的八路军。接下来他经历了东北战场、华北战场、西北战场，1950年出兵朝鲜时，老白二十岁，在朝鲜冻伤脚，治好伤也才二十三岁不到。

　　脚伤后，老白便从一名一线战士成为炊事兵，归国转业后仍然继续做饭的老本行。抗日战争、解放战争、抗美援朝、经济建设，老白一路走来，才三十不出头。正因老白资历老，所以大家一直喊他老白。

　　老白称老，还有一个原因，老白已经结婚，是个有老婆的人。老白从朝鲜归国后，老家的父母便为他成了亲。老家的人并不以为老白有什么了不起，一个少了七根脚趾的人，怎么着也不能算是一个全乎人了，以后耕、种、耙、耪都会受到影响。家乡父老认为老白不会永远待在外面，迟早会落叶归根，不赶紧趁年轻找个媳妇，打一辈子光棍也是说不准的事。老白残疾，家境又不好，所以父母为他说成的媳妇是一个生过癞疮的女子。

　　二十世纪五六十年代，癞疮在农村是常见病，常发在头上，尤其是未成年人，男孩、女孩都有可能患上这种病。先是痒，后来就起脓疱，溃破后黄水淌出，黄水过处又生脓疱，新疮摞旧疮。若生在头上，则满头毛囊多被破坏，大部分头皮变得铮明，偶有几处生出头发，也是稀疏、弯曲、不成片不成绺的细毛毛。老白跟女子结婚时，女子的癞疮已好，但稀疏的毛发遮不住粉红发亮的头皮。按政策老白带家属理所当然，但老白不带，借口很正当：爹娘老了，需要儿媳照顾。其实老白打心眼里看不上秃头媳妇。

媳妇是个贤惠人，打理家务，照顾老人，无怨无悔。

有一回老白休探亲假，邀了亓卡和颜秀春一起回老家去玩。白天老白看不出有什么异样，乐呵着该干吗干吗，到了晚上老白和亓卡睡一屋，让颜秀春和秃头媳妇睡一屋。亓卡和颜秀春知道老白的难，也很同情老白媳妇的苦——老白媳妇一夜一夜地哭泣。老白媳妇是好人，很勤劳贤惠，只是肚里的苦说不出。老白是好人，是朋友。一对好人却过着难以言说的日子。

关于老白的家事，亓卡和颜秀春都无法劝解。假期没满，老白借口场里工作忙，早早返回了场里。

就这样，老白有老婆，却是单身。

单身的老白和同样单身的小亓成了小戏子忠实的戏迷。老白懂戏，越懂戏的人就越爱看戏。老白管柳琴戏叫拉魂腔。老白看其他的戏完全是为了拿去和柳琴戏做比较。

老白看过京剧就说："京剧有什么好，一色的男人，男人扮女人再怎么扮也不行。"人家要问怎么不行，四大名旦多棒，老白就说："棒什么棒，那是男人扮女人的少，看个稀罕罢了。还是拉魂腔好看又好听，男是男女是女的，清清爽爽。"

看过越剧老白就说："越剧像什么！漂漂亮亮的女人扮个小生倒也罢了，还挂上黑的、白的髯口当人家的爹做人家的爷，像什么东西。唉，可惜了那些好模样。拉魂腔多好，不用男女不分。"

说来说去老白喜欢的、真正着迷的还是柳琴戏。老白不仅会哼唱全本的《马古驴换妻》《喝面叶》《拾棉花》《王汉喜借年》《打枣》等轻车熟路的传统柳琴，《西厢记》《秦香莲》《窦娥冤》等爱情戏、苦情戏老白也可以大段大段地哼唱。

别人也愿意逗老白。大家蹲在食堂门口的地上吃饭，看见扎着围裙的老白出出进进，就招呼老白。说别的，老白连连摆手说："你吃，你吃，我忙，忙……"大家要说，今天真累，老白来一段解解乏。老白就说："那就来一段。"老白撩起围裙边擦手边捏起嗓子很认真地唱秦香莲见了皇姑的那段唱词："……她好比三春的牡丹鲜又艳，我好比雪里的梅花受尽霜寒……"调子起起伏伏，很是悲凉凄惨。

大家笑，亓卡却不笑，他在感受老白的那份认真。

老白还经常拿戏词考问别人："谁知道'海岛冰轮初转腾，见玉兔又早东升'是什么意思？"见人家摇头，老白不无卖弄地说，"不知道了吧，贵妃醉酒啊，不知道冰轮、玉兔你根本不知道杨贵妃在唱什么。喊，京剧，净弄这些事儿。"

老白也考亓卡："知道状元吧？"

刚看过小戏子的《女驸马》，亓卡当然知道："女驸马中了状元，第一名。"

"女驸马可不简单，当了状元公。亓卡你不知道，中状元之前，要先经过乡试，再经过会试，最后才是殿试。"看亓卡茫然，老白继续讲解，"乡试第一叫解元，会试第一叫会元，殿试第一才叫状元。古时候最能的人就是连中三元的人，女驸马中没中三元不知道，但一个女人，能过关斩将叫皇帝钦点状元，那也是好样的了——还是小戏子唱得好啊,没做过状元却唱出状元的味道,不是本事是什么?没准小戏子赶在那个时候也真能当一把女状元呀!"尽管亓卡不知道真正的状元是什么样,经老白一解释,亓卡恍惚中就认定古代的状元绝对就是小戏子在戏台上的样子。

老白还说:"不知道谁有福气能娶小戏子当老婆。"听老白这样说,亓卡就很同情老白,知道他心底的惆怅。老白一定是想起了自己那不如意的婚姻,但亓卡不知道怎样安慰老白。

亓卡也不时弄个问题考一下老白:"老白,无后为大我知道,不孝有三是什么?"

这当然难不住老白,他说:"不孝顺的事情有三个。第一,知道长辈有不对的地方,不去劝说,让父母老人犯错误;第二,自己长大了,不好好劳动,还依靠父母老人吃张口饭;第三,你知道的,就是该生孩子不生,叫父母老人看不见孙子——是最不孝的大事。"这样的问题好多人不知道,老白却知道,这让亓卡很开心。可是老白却背过身去,黯然伤神。

很多时候,亓卡也向老白请教战争年代的事情,老白也能头头是道地娓娓道来,什么八路军、游击队、聂荣臻、许世友、杨得志……

二人最痴迷的还是柳琴戏,老白耐心地教亓卡关于柳琴戏的知识,哪些唱段属于连板,哪些属于散板和大调,连板、散板、大调又各自在什么样的情境唱段中使用。这还不算,一些简单的唱腔老白也教亓卡唱。

开会前的空当,大家叫老白来一段,老白就说:"亓卡现在唱得比我好，不信叫亓卡来一段。"大家就起哄亓卡来一段。

亓卡并不太过推辞，吭吭咳咳了几声，直起脖颈晃荡着脑袋唱道：

  大路上来了我陈士铎，
  赶会赶了三天多，
  我想起来，东庄上唱的那台戏，
  一个个唱得真不错……
  哎哎……哈伊……

是柳琴戏里《喝面叶》的著名唱段，很多人都会唱。但熟悉的唱腔从洋气十足、口齿不清的亓卡嘴里变腔变调地唱出，大家立即笑转了肚肠，气都要背过去了。

亓卡憨憨地不明就里："错了吗？老白就是这样教我的。"

颜秀春捅一把亓卡说："你傻啊！"又责怪着众人，"你们也是！"

老白也不无同情地指着亓卡笑道："你个傻小子。"

其实老白知道，亓卡一点儿也不傻，亓卡聪明、好学而执着，善良、诚恳而快乐。老白为有这样一个朋友而由衷地欢欣。

亓卡和老白投脾气，还因为老白知道很多聊斋故事，《胭脂》《墙头记》《崂山道士》老白都知道，并能说出故事里反映的深刻道理。老白会呵呵笑着说："王生想得道成仙，却吃不了苦，学到一招穿墙术，以为成了，去卖弄，却撞一头大疙瘩不灵验了！"

老白也忽然问亓卡："见过山吗？山上有很多风景是不是？"

"当然。"

"可是山上的风景啊不会向你走来,得走过去,走过去才能看清楚景色。"

"远看也行啊!横看成岭侧成峰,远近高低各不同。大文豪苏东坡说的。"亓卡分辩道。

"有道理,那是看大况,真要看山那得往细里看,一草一木、一石一树、山阴山阳,看清了,才能觉出山的一步一景。看人也是一样,一眼看出的是男是女,是高矮胖瘦,仔细看才能看出人的脾性、善恶,才能体察出人心。看书、看戏也是一样,不能只看热闹,要看门道。"

老白在亓卡眼里简直就是一部百科全书,是满腹经纶的大学问家。原本只了解《聊斋志异》和《大清疆域图》的亓卡在老白的教导下,也迷上了戏曲。

只要戏班子在周围唱戏,亓卡总要和老白一起追逐着戏班子,认真聆听小戏子恍如天音的歌声,见识戏台上那个美丽的小戏子。

老白引领亓卡走进了现实中的"聊斋"。

但自从成了右派,亓卡的言行受到管制,不能再在晚上随便出去了,也就不能和老白一起去看小戏子演戏了,这让亓卡感到遗憾。怕连累老白,亓卡自觉远离了老白,远离了老白也就和小戏子远隔千山万水。

不料,冬冬的事情却牵出柳琴戏以外的小戏子。小戏子面对儿子的哭泣,小戏子抱起孩子决绝地转身离去的背影,比戏台上飘动的身影更真切地呈现在亓卡面前,深刻印在亓卡的脑海里。

在亓卡的心中，小戏子不再是戏台上飘忽不定的云，而是实实在在的令人牵挂的人——小戏子是那个冬天捡来的孩子的母亲呢。

可是，真实发生的事情却又虚幻得像做了一场梦，感觉恍恍惚惚。亓卡不由想起了小戏子起起伏伏悲悲切切的唱腔——那是一枝震颤瑟缩在风雪中却傲然独放的梅花啊。不由得想起老白说过的看人如看山的话。亓卡想：我看清小戏子了吗？

6 冬冬重回

大家都万万没想到，小戏子抱着冬冬来找亓卡了。小戏子在夜深人静的时候，轻轻拍开了亓卡的门。

小戏子对睡眼蒙眬的亓卡说："冬冬暂时寄养给你，你还要吗？"不等亓卡说什么，小戏子又说，"你是好人，求你，你一定得要了冬冬，要不冬冬就不知道又要给扔到哪里去了。"

亓卡揉揉眼睛，点亮油灯，发现眼前的一切是真的而不是在梦中。亓卡抱过冬冬凑近光亮，发现冬冬好像比原来更加瘦小，仍然不哭不闹的。亓卡忽然像烫着了一样把冬冬还给小戏子说："干什么又要扔冬冬？"

"这回不扔，是寄养给你。等我转了户口，转了正我就回来领冬冬。"

"你是妈妈，怎么可以离开自己的孩子？冬冬也会想妈妈的。"

泪却从小戏子的丹凤眼里成串地掉下来："我也不想这样……人

家不知道……我有孩子，知道了就不要我了。"小戏子完全失去了戏台上的风采，也无法像在戏台上那样把一件事情的来龙去脉说得清清楚楚。小戏子蓬头垢面哽哽咽咽抽抽搭搭。

亓卡更是云里雾里："人家是谁？谁不要你了？"

等小戏子把跟县剧团的事情说清楚之后，亓卡像明白了，又问："冬冬的爸爸呢？为什么冬冬的爸爸不养孩子？"

小戏子不哭了，惊恐地说："上回就是他把冬冬扔了的，这回说要把冬冬找个没人的地方喂狗……让我再也看不见冬冬。"

"喂狗？拿冬冬喂狗？"亓卡也惊恐起来。

"说不准，他狠着呢。上回，唉，就是你拾冬冬的那次，我抱着冬冬，连夜转场，困得不行，他说替我抱抱，就把冬冬扔了。天亮了，冬冬不见了，我问他，他说早让野狗吃了。我顺着走过的路去找，没看见冬冬的影子，以为走错了路，再走一条道，还是没有。我真以为冬冬让狗吃了，还想着，就是被狗吃了，小衣裳小被子啥的也该看见一丝半缕的啊……我不死心，到处打听，后来听说农场有人捡了孩子……幸亏你，我找回了冬冬……这回，瞒着他把冬冬偷偷给你，我不会让他知道，他知道了，冬冬就没命了……"小戏子不哭了，像拉家常，亓卡却听得惊心动魄。空旷的原野上的确有成群的野狗出没，小被子中的冬冬孤零零地躺在野狗出没的原野中……亓卡顿时毛骨悚然。

冬冬回来的消息风样地传遍全场，又像开锅的热气弥漫在每个人的心里和唇齿之间。

大家争相去右派亓卡的宿舍里看冬冬。其实没什么好看的，亓卡仍然嚼了馒头喂冬冬，仍然化了白糖调水给冬冬喝；冬冬仍然小脸小鼻子地被包在那床黑底粉红桃花的小被子里，仍然不哭不闹。场医务室的安黛医生教迓卡给冬冬蒸鸡蛋羹，冬冬很喜欢吃。

那年月，最不缺少的就是孩子，一家三个四个孩子都算是少的，家里闹的外面跑的到处都是孩子。

男人们说，天下最容易的事莫过于生孩子，痛快地撒上种子，不用浇水施肥，也不用除草捉虫，女人肚子焐一焐，胖小子俊丫头就来了。女人们说，天下事要跟生孩子一样容易就好了，撒股尿的工夫，事情就完了。三顿饭还要盘算盘算吃干的还是喝稀的，一窝小把戏什么也不用盘算就在眼前了。生孩子如同"撒股尿"，孩子如同"一窝小把戏"，在女人们的眼里生孩子是家常事。

冬冬是孩子，却又和所有的孩子不同。冬冬的不同是因为他是小戏子所生，还因为小戏子所生的冬冬没有父亲。没有父亲却能生出冬冬，冬冬是私孩子的身份，这在一开始就已经决定了。能生私孩子的人无疑是不正当的女人，不正当的女人铁定了的是破鞋，是狐狸精。

臧奶奶最先做出了这样的判断："小戏子啊这个狐狸精，不知道狐媚了谁，生了冬冬这个孽障。"

这样的判断几乎让所有的人吃了一惊。小戏子狐媚了多少人，谁能数得过来？包括自己也早已被狐媚得五迷三道，冬冬该不会是自己的吧——怎么可能！那能是谁的呢？于是，大家在田间地头，在劳作的间隙猜测，互相打趣：冬冬是你的吧，冬冬是他的吧……被大家说和小戏子有染，谁也不会太过介意，毕竟是笑话，如果真能和小戏子做出能生孩子的事,那太刺激太过瘾啦!那个能在戏台上飘来飘去的小戏子,在大家的口水中涮来涮去,小戏子变得更加有滋有味。

后来大家对冬冬的身世有些认真了,最先认真起来的是臧书记一家。

臧奶奶说:"咱把冬冬抱过来吧,亓卡像黑瞎子(狗熊)样驮着冬冬,绳捆索绑的,我见冬冬的小脸青紫,冻得也是勒得……咱替他看着点儿,行善积德的事。好赖是个小子,别糟践了。"

臧书记夫人王月英翻了翻白眼,没吭声。她正敞着怀奶强国,饱满富有弹性的胸脯除了强国,大家都视而不见。在这之前,王月英从没把冬冬的事放在心上,一个捡来的孩子,有什么大不了的,不过,要让那个孩子走进自己的家门,可是大事,是绝对不行的大事。

"一头牛得赶,一群牛也是放,不多一个冬冬,你说呢?"臧奶奶把脸转向儿子臧书记。

不等臧书记说什么,王月英把奶头从强国的嘴里拔出,嘀的一声把强国扔在床上。在强国哇哇的大哭中,王月英指点着她的一堆孩子呵斥着:"听见了吗,你们是牛,是一群牛啊,谁想放谁放,我不管了。建国、保国、卫国、爱国,听好了,从今往后就让你祖宗、你老子放你们,别管我叫妈!"

"我说什么了,值当你那样!我是说,上班的时候我帮着看看冬冬,下班了就送回去。"臧奶奶还在争取。

"娘不是没说什么嘛,值当你那样!"臧书记脾气暴,对娘却是极孝顺的。

"娘,你老没说什么,那是我说什么了!"王月英强压下了火气。作为工会主席的王月英,场里的事情完全听从党委书记的,家里的事情则几乎完全做主。但在婆婆的问题上她轻易不敢惹丈夫,丈夫是孝子,老母亲在儿子面前说一不二,对老母亲必须孝顺,这是丈夫的原则。可今天这事,不是简单的媳妇孝顺婆婆的问题。

"娘的主意不错,上班的时候帮亓卡看看也行。一个大老爷们带孩子太为难。"臧书记还是在维护他的老娘。

"行啊,娘帮人家看孩子,谁帮我看着娘?娘吃了一辈子苦,该享清福了,不是你说的?弄一个私孩子,娘可就有福享了是不是?你说!一家老的老,小的小,我容易吗?还要再弄一个私孩子来家……我是牛还是马啊……"王月英抹泪。

"什么弄一个私孩子来家,娘只不过帮亓卡看看……小把戏样的。"臧书记还在帮娘说话。

王月英通红着一双眼睛,冷笑着,手指着臧书记说:"帮着看看,她看过谁?自己的孙子都喊腰酸背疼看不了。小把戏,自己家里没有一大堆吗?凭什么一个私孩子非得她看?"王月英撇撇嘴,冷笑道,"咦,冬冬不会是你和小戏子生的吧?怪不得呢,亲孙子呢!要不怎么那么上赶着给人家看孩子?"

"你看看,你看看,她都说了些什么?"臧奶奶的嘴唇煞白了。

看老母亲生气,巴掌扇在了王月英的脸上,臧书记又一把掐住她的脖子说:"反了你了,再胡吣,我揪下你的舌头炒了下酒!"臧书记一动粗,王月英就只有闭气的份。家里的事臧书记一般不想管,但涉及老母亲就不能不管，而且一管就管得很原则，管得很彻底。

看着儿媳被掐得像缺水鲤鱼一样光张嘴扑腾出不了声的样子，臧奶奶很解气——这女人就是欠揍。但情况似乎又有什么不对，她赶紧上前拉住儿子说："松手，快松手！看打坏了，还怎么奶强国！"强国仍然哇哇地哭，一群国们也都哇哇地哭。

臧书记松开掐脖子的手，像沾了土似的扑啦扑啦手掌，对家中所有的人说："算了，奶奶要看冬冬的事以后再说。"又指着王月英，"你也是老党员、老干部了，长舌头家庭妇女似的，一点儿原则也不讲。那些没影的事你敢再胡呲，看我怎么收拾你！"王月英才知道今天挨打，并不只是违反了家中的原则。

涉及大事，王月英立即觉得背上阵阵发紧，但"看冬冬的事以后再说"，还是让她有一种胜利的喜悦，觉得一顿打挨得还是值得的。

钱振铃知道了臧建国他爸妈打架的事，这样的事，总是钱振铃最先知道。在放学的路上，钱振铃对二丫说："乔兰你知道吗？冬冬是小戏子和臧建国他爸生的呢！"这样的话，在早起上学的路上钱振铃就想告诉二丫的，忍了一天了，这会儿终于有机会说出来。钱振铃显得有些急切。

二丫不明白钱振铃在说什么。钱振铃却非常明白的样子，压低声音："真笨，就是——冬冬的爸，是臧——书——记。"

"谁信！"

"我亲耳听到的。昨天我去臧建国家，他们家正打架，好几个人都在他们家门口听呢。是真的，是臧建国他妈亲口说的。我回家跟我妈说,我妈也说,说不定呢……"

钱振铃正一本正经地说着,突然一个嘴啃地趴在了地上,是臧建国在背后推的钱振铃。臧建国最不喜欢钱振铃背后传话:"叫你又家庭妇女长舌头。"

钱振铃一骨碌爬起来,已经满嘴是血。平时钱振铃喜欢巴结臧建国,但此时,满嘴血的钱振铃却不服软,哭喊着:"我不是家庭妇女长舌头。就是你妈说的,要不你爸干吗打你妈?"

"叫你不是长舌头,叫你不是长舌头!我爸打我妈关你屁事!"臧建国一手揪着钱振铃的小辫子,一手照她的脸上来了两拳,又狠又准,更多的血从钱振铃的嘴里流出来。

钱振铃她妈领着嘴唇肿得小猪一样的钱振铃去臧建国家告状。女儿自己怎么打骂都行,在外面被人打成那样当妈的自然心疼得像蝎子蜇。有人领孩子上门,王月英就知道一定是建国惹的祸。和钱振铃她妈一样,自己的孩子怎么打骂都行,被别人找上门来说孩子的不是,王月英同样不高兴。她抓起一把笤帚拉着脸子问缘由。

看到妈妈手里的武器是笤帚而不是擀面杖之类的硬武器,臧建国放宽了心——笤帚即便打在身上,能有多疼?何况妈妈今天不会打人,妈妈她要真打人往往是不露声色的。于是,不等钱振铃母女说什么,臧建国便大着胆子说出打钱振铃的缘由,最后还加上一句:"妈,钱振铃和她妈都是家庭妇女长舌头,敢说冬冬的爸是我爸,我就得打!"

"打得好,儿子。妈没碰到这样的事,碰到了,照打不误。"王月英说完,钱振铃已经被她妈拉着一路趔趄地走出门去了。

王月英追出去，对着钱振铃母女的后背大声说："回去好好教育你闺女吧，别从小就学老婆舌头！"

臧建国得意地说："钱振铃肯定没跟她妈说我为啥打她，要不她妈不敢来找。"

"你也不是什么好东西，再跟人打架，看我怎么收拾你！"王月英扬了扬手里的笤帚。

臧建国却想到了另外一个问题："妈，家庭妇女舌头和老婆舌头是不是一回事？"

王月英的笤帚刮风样抽向臧建国。

王月英后悔得要命，都怪自己这张嘴，那样的丑事怎么好随意往自己的丈夫身上栽呢？这下砸了，一家子还怎么做人？但后悔归后悔，是不是真的还真说不好。丈夫的确喜欢小戏子，还差点儿把小戏子的戏班子弄来农场，是不是小戏子和自己的丈夫有一腿，自己不知道呢？小小的钱振铃都知道了，别人呢，还不早就传开了。王月英的心里七上八下地乱寻思。都是那个小戏子闹的——这个狐狸精。

趁臧书记不在家，王月英对所有的孩子们说："以后少去开卡那边，右派加私孩子有什么好看的？再随便乱说冬冬的事，我撕烂你们的嘴。"

说完孩子们又说婆婆："你也是，家里多少孩子不够你看的，非要去看那样一个私孩子。真看了，别人还以为真是咱家的孩子呢。你要是想家里太平些，以后少掺和那些八竿子扒拉不着的事情。"看臧奶奶撇嘴，就又加一句，"这些话你要是听着不顺耳，回头告诉你儿子去。"

爱国以为是什么好话，就歪着头讨好妈妈："妈，回头我告诉爸爸去。"王月英打了爱国一巴掌，"多嘴。谁在你爸面前多嘴，我打断谁的腿！"

这话，国们相信，妈妈打起人来，的确厉害得很，板凳腿、擀面杖、扫地笤帚，摸起什么用什么。妈妈最常用的打人方法是用手拧人，专拧大腿的内侧，拇指和食指揪起一小块细嫩松软的皮肉，牙一咬手腕一转，任何一个被打的"国"都会杀猪样地号叫。臧建国跟二丫说，我不怕我妈去拿擀面杖，拿擀面杖的工夫我就跑了。也不怕我妈拿笤帚，笤帚抽身上不疼。就怕我妈猛不丁地下手。二丫说："你那么能，跑啊。"臧建国露出大腿说："可不行，一揪就揪这里不撒手，要跑，除非那块肉不要了——你是不知道，可疼了。"

如今，妈妈埋怨奶奶，爸爸打了妈妈，妈妈又要打断孩子的腿。臧建国恨恨地咬牙想：家里发生的一切都是因为那个叫冬冬的私孩子，等着，我饶不了他。

大家开始还当笑话一样传着臧书记家的事情，后来看王月英当真，便不敢再拿臧书记说事。可是大家在编来编去的过程中，又认定这样一个说法：一定是农场的某人和小戏子生了冬冬，要不，为什么会把孩子扔在农场的机耕道上呢？还不是想让农场的人捡了去。但是那个人到底是谁呢？农场的很多职工都像老白、老乔一样是复转军人，都参加过真枪实弹的战斗，曾经为解放全中国舍生忘死，无所畏惧，不会干这种不耻之事。

和开始的玩笑话不同，每个人在说这个话题的时候，都是用自己的方式将自己排除在外，将自己排除的方法就是更加大肆谩骂诋毁小戏子：

小戏子？别提了，那双不知道多少烂人穿过的破鞋！

小戏子？她算什么东西，送上门去都没人要的破货！

小戏子？十足的小贱人！浪娘们！

……

骂了小戏子，也就洗清了自己。洗清了自己，也就更专注地去寻觅别人：到底谁是冬冬的父亲呢？

过去大家在工余时间，总有事没事地去亓卡宿舍看看，看看不哭不闹的冬冬，给冬冬带些吃的用的。现在则不同了，大家怕连累自己，怕被人说成是冬冬的亲生父亲，就不再去亓卡宿舍。

臧奶奶怕跟儿媳惹闲气，也不来亓卡的宿舍了。

尽管二丫很喜欢亓卡叔叔，可是亓卡叔叔有了冬冬后很忙，而且二丫知道臧建国他们家打架是为了冬冬，臧建国和钱振铃打架也是为了冬冬，二丫也就很少来亓卡宿舍了。但是二丫心里是惦记亓卡叔叔的。二丫甚至记得和亓卡叔叔的每次见面，每次说话。

二丫刚随娘嫁到农场时，所有人都把二丫看成一个黄毛丫头，只有亓卡叔叔像对待大人一样跟二丫说话，向二丫学习中国话。

一次，二丫悄悄来到亓卡面前，看他拾掇摩托车，问："亓卡叔叔，摩托车怎么了？"

亓卡说："检修啊，看它有没有问题。"

二丫问："是不是摩托生病了？我乔爸说，亓卡的摩托成了全场摩托，为全场干事儿呢，它是不是太累了？"

亓卡笑说："它是有点儿累了，所以亓卡叔叔才要给它保养一下。叔叔今天休班。"

二丫点头却换了话题："那秀春姨也休班吗？"

亓卡说："她昨天休息，今天不休息。"

二丫说："你怎么不跟臧建国他爸说一下，他官最大，让他同意你们一起休班。"

亓卡说："你是说告诉臧书记让他同意我们一起休班？"

"是啊，你不是和秀春姨搞对象吗？"

亓卡并不回避，很认真地说："要一起休息，不用问臧书记，问钱队长就行。"

"是钱振铃她爸？"

"是，他是我们机耕队队长，拖拉机手有事跟他说就行。"

"噢。你休班秀春姨不休，她会想你的。"

"是吗？"

"是啊。她是你对象，你们很要好，大人们都这么说，我也是觉得你们好。"

"真的？你也觉得？二丫真好。哎，二丫，把手里的麻雀放了吧。"这回是亓卡转换了话题。

"干吗放了啊？是我乔爸逮给我玩的，新逮的。"二丫看看手上的麻雀。麻雀瑟缩着抓着二丫手里的木棍，二丫一动，麻雀扑棱着飞出，被二丫牵动麻绳拉了回来，"臧建国还想要了去烧着吃，我没给。"

"烧着吃？它还活着，是可以烧着吃的吗？"亓卡起身爱怜地抚

61

摸小麻雀，"看它多可怜。它不回家，他的爸爸妈妈哥哥姐姐会想它的。它呢，也会想它的哥哥姐姐爸爸妈妈。放了吧。"

"一只家雀子，也有爸爸妈妈哥哥姐姐吗？"

"当然有，你看——"周围的确有一些叽叽喳喳的麻雀。

二丫解开麻绳说："那就放了吧，我告诉我乔爸，不让他再逮家雀子了。亓卡叔叔，那你想你的爸爸妈妈吗？"

"当然想，不过亓卡叔叔有很多比想念爸爸妈妈还重要的事情要做。亓卡叔叔脑子里有一副窗帘，想爸爸妈妈的时候，窗帘就打开了，窗子里的爸爸妈妈哥哥侄儿他们都好……"

"后来呢？"

"后来，窗帘就关上了，我去干更重要的事了。"

"什么是更重要的事呢？"

"可多了。场里下达的耕作计划，得快点儿完成，完不成得加班，这时，窗帘就不能打开了。拖拉机坏了，得赶快修理。还有啊，饭得赶快去吃，衣服得赶快洗，戏得赶快去看，家里寄来的包裹得快些到县城去取——噢，差点儿忘了，我爸爸妈妈给我寄来了糖果，我拿给你。"亓卡擦擦手上的油泥进屋去取糖果。

"我不要了，上次你已经给过我了。娘说，亓卡家里捎来的好东西都让二丫吃了。"

"糖果就是要小孩子吃的，吃了才可以长得大，长得漂亮。"

"亓卡叔叔，我只要一点儿就行，糖还是留着你想爸爸妈妈的时候吃吧。我有乔爸，有娘，有姐姐哥哥，你没有。"

……

看亓卡叔叔不说话，二丫懂事地转换了话题："亓卡叔叔，你说话越来越好了，我都能听懂了。"

"真的吗？"

"真的。就是二丫的二还不好，不是饿丫，是二丫，这样，二，二丫……"

"饿丫。"

"不对，二丫，二丫，这样，二……"

这样的对话往往要进行很久，无边无际，没完没了。二丫觉得亓卡叔叔是唯一不把她当成小孩子的大人，她喜欢和亓卡叔叔说话，和他说话让二丫感觉到大人和孩子间的平等。不过这时候二丫并不懂得这些，只是喜欢。

后来人们发现二丫像个小大人、小人精。再后来，就有人说二丫是个早熟的孩子。二丫知道，这些跟亓卡叔叔对自己的影响密不可分。

因为小戏子的孩子引发的很多事情，小大人一样的二丫不得不远离了亓卡叔叔。二丫失落，有些沉默寡言，显得更像一个小大人了。

人们远离了亓卡的宿舍。亓卡的宿舍一下冷清起来。

7　三角关系

颜秀春仍然来亓卡的宿舍。颜秀春是女人，不用担心人家说冬冬是她和小戏子生的孩子。她来，只是帮亓卡收拾一下散乱的宿舍，照顾一下冬冬，看看亓卡有什么需要帮助的没有。亓卡总是客气地告诉颜秀春，冬冬还小，吃得少用的也不复杂，一个人照顾得过来。亓卡的客气和平静让颜秀春难过得心痛，过去，二人是多么无拘无束亲密无间，是多么无话不谈啊。

亓卡和颜秀春要好不是亓卡追的颜秀春，也不是颜秀春追的亓卡，而是相向而行，是顺其自然的事情，是所有人都看好也叫好的事情。

亓卡和老白老乔跟随臧书记、刘场长来报到的第一天，就认识了颜秀春。

刚到农场第一天，臧书记对老白说："不扯闲篇，吃饭是第一件大事，你这个火头军得赶紧的，跟我走，去食堂。大部队等着炊事班打火做饭，食堂的事情一刻都不能耽搁。哎，颜秀春，站那么远干吗，来来来，过来。子龙，还是你跟他们介绍介绍拖拉机的事情吧。"

"亓卡，认识一下。颜秀春，省农机训练班首批结业的优秀学员；老钱，转业军人，会开坦克，省拖拉机训练班的教员，咱们农场的机耕队队长。都是臧书记费了大力气挖了来的。亓卡，国外来的华侨，大学生，会开拖拉机。老钱，昨天你这个队长还只有颜秀春一个兵，今天就三人成伍了。握一下手，认识一下。亓卡，可别觉得你们人少，还就你们机耕队的编制最完善了，用不了几天，第一批四台拖拉机就来了，拖拉机手也会再分配几个过来。颜秀春，你隔壁还有空着的房子吧？"刘场长边介绍边询问着。

颜秀春很大方地回答:"是,还空着一间。不过没有床。不要紧,我进去住地铺,把我的那间让给亓卡,先来让后到的。"

刘场长说:"也好,亓卡可能还没睡过地铺。老钱小颜,亓卡就交给你们了。我得去那边工地看看,还有拖拉机的停车场,拖拉机来了,也得有睡觉的地方。哦,还有,老乔,我也得去安排一下。"

"放心吧,场长。"钱队长说。

颜秀春帮亓卡提行李。

亓卡有些兴奋,但也有些木讷,不是很清楚大家在说什么。亓卡还不习惯家乡的语言。

这是一排干打垒的宿舍。

颜秀春宿舍中一床一桌,桌上放着饭碗、小镜子什么的。床靠墙的一面一块碎花布钉在土墙上。脸盆、水桶等都摆放在床脚的地上——极简单的女孩子宿舍。

颜秀春把亓卡的箱子放在床边,将自己的被褥卷起。老钱帮忙。

亓卡忽然明白了,说:"这不是我的家,场长说有属于我的一间家。"

颜秀春声音温柔地说:"知道,这是我的家,你的家里还没有床,过两天有床了,你再去你的家。"

老钱说:"听小颜的吧。过两天,就有床了。"

亓卡说:"那你?"

颜秀春说:"我没关系,我可以睡地铺,打地铺。"

亓卡说:"我也没关系,我一定要睡在自己家里。"

颜秀春笑说:"那好吧,老钱,搬床。"

亓卡按住老钱的手："不搬床，床不是我家的床。我一定要到自己的家！"

颜秀春大笑，老钱也笑了。

"很好笑吗？"亓卡手指指向自己，"我？"

颜秀春笑得弯下了腰，连连摆手说："不是你，你不可笑，是队长……傻……"

"什么傻？王子服那样吗？"亓卡问得很认真。

颜秀春大笑着说："王子服？你认识的？怪不得，他也该一起来的，哈哈……"

老钱摇头说："这丫头，疯了。这个华侨，还挺难弄的。三人成伍——活宝队伍。"

亓卡的宿舍和颜秀春同一排，隔一个门。

门内空荡荡的什么也没有。颜秀春塞一把笤帚给亓卡说："把地扫一下。"然后和钱队长出了门。

亓卡在屋里扫着，老钱进来，扛一捆秫秸竖在墙边。颜秀春背一捆麦秸进来说："去马棚弄的，马饲料。只铺秫秸太硌人。"

二人把秫秸铺好，秫秸上铺麦秸。亓卡已经明白了，打开箱子，拿出白色的床单铺在麦秸上。颜秀春皱着眉头说："这怎么行？"

亓卡说："不可以吗？你和老钱的床垫加上我的床单，很好，很好的！"

"床垫，什么床垫？"颜秀春听不懂。

刘场长和安黛医生抱着被褥枕头进来。刘场长说："看亓卡的行李就知道没有被褥。亓卡，这是我爱人，安黛医生。"

"你好。"安黛跟亓卡打着招呼。

"你好。来时,我爸妈说要带卧具的,我说不要。"亓卡摊开手,耸耸肩——那表情和动作是自责:给大家添了麻烦。

地铺很快铺好了。

刘场长有些抱歉地说:"凑合着吧,会好起来的。"

亓卡却很高兴地说:"谢谢啊。很好啊,我没有在这样的家里住过。啊,我的家啊,我的家!"

颜秀春一直憋着想不笑,但终归憋不住,就大笑,笑得直不起腰来。

亓卡愣愣地看着大笑的颜秀春,脑海里闪过王子服与婴宁相见时,人未到而"户外嗤嗤笑不已"。

刘场长拍一下亓卡,悄声说:"怎么样,像不像你认识的婴宁?"

亓卡很认真地点头。

从亓卡报到的第一天,颜秀春和亓卡便互生好感,随后便开始了自然而然无拘无束的恋爱。

亓卡虽然没有向颜秀春求过婚,但婚约已经在二人心中。老白可以作证。

在一次颜秀春打两份饭菜的时候,老白问颜秀春:"又帮亓卡打饭啊,哎,是不是该结婚了啊?"

颜秀春大辫子一甩,说:"问亓卡去。"

老白对亓卡说:"亓卡,我看你和颜秀春也差不多了,打算什么时候结婚啊?"

亓卡说:"我还没有求婚呢。"

老白说："求什么婚？国外的那一套吧，不用。你愿意她愿意就好。"

"我爷爷说，老家的人娶媳妇要杀猪，要宰羊，摆宴席，放鞭炮，新娘子要盖红盖头，坐花轿，吹喇叭，拜天地。好美……"亓卡憧憬着。

"哎，新社会不兴那一套了。"

"结婚是大事，总要隆重一些。现在没时间隆重，但大事不能草率。"

虽然没有得到亓卡确切的婚讯，但老白还是很高兴，他知道亓卡心里是有打算的，并不是看起来那么傻愣愣的。

两人要好的时候，亓卡的衣服，特别是劳动布的工作服，油渍麻花的，都是颜秀春洗。冬天冷，颜秀春搓得手通红，亓卡就将那双通红的手从冷水中捞起，握在手里捂着，放在唇边哈着……

亓卡成了右派，不光亓卡认为二人结婚的事已经没有什么可能，颜秀春对此也早已心知肚明。一个全省劳模、先进的妇女代表、刚刚宣誓过的中国共产党党员怎么可能和一个右派分子结婚？亓卡主动在心中设立了屏障，迅速远离了颜秀春。颜秀春也瞬间感应到亓卡的远离。本是亲密无间、万分默契的二人，一时像远隔了千里万里。没有哭闹，没有解释，没有现今影视剧中肝肠寸断、生离死别的场面，甚至不用好聚好散，婚约在二人都明白的现实中很自然地解除了。

所有的人都敏感地意识到了，大家不再打趣二人，既不会在颜秀春面前提起亓卡，更不会在亓卡面前说到颜秀春。

亓卡没有什么事情要颜秀春帮忙，颜秀春却不想立即走开。她是想对亓卡说，一个人已经很不容易，再带冬冬就更不容易，还是尽早把冬冬送走。可话到嘴边却开不了口。自己还有什么资格对人家亓卡说这些，除了冬冬，谁还能跟亓卡这样亲近？亓卡无亲无故，有一个冬冬在身边他还好过些。

这样想着，颜秀春就问亓卡以后有什么打算。亓卡说："很好啊。"颜秀春明白亓卡并不是答非所问，并非敷衍，亓卡的心理活动就跟他半通不通的中国话一样简单。他说好，就是好，亓卡不会作假。

颜秀春明白，两人平静分手，亓卡的心理负担已经减轻。这让颜秀春多少有些释然，毕竟两人还是隔一个门住的邻居，每天能看到亓卡，已经很满足了。

亓卡心里更是明白，不跟颜秀春好，并不是因为颜秀春不好，而是真心希望颜秀春过得好。

正沉默着，吕秘书来了，照样拉了颜秀春就走。

"你怎么又来了秀春？跟你说多少遍你才能听进去！你去哪里？"颜秀春并不直接回自己的宿舍，她只想把吕秘书甩开。离开亓卡宿舍好远了，吕秘书仍然抓着颜秀春的胳膊不松手。

"你是我什么人，管我上哪里去？"颜秀春用力甩开吕秘书。

"秀春，我是你什么人你心里应该明白。"

"当然明白。你是场党委秘书，我是机耕队拖拉机手，井水不犯河水，我的事你少管！"

"你老跟一个右派瞎黏糊，能有什么结果？"

"我什么结果也不要!"颜秀春甩着两条大辫子快步离去。

吕秘书紧追不放,说:"你要不要结果我不管,你不顾你的前途我也不说。你听着,颜秀春,你也别不死心,那个来历不明的冬冬说不定就是亓卡和小戏子生的呢。你和人家好的时候,人家却迷恋着小戏子,你还痴情不断……"

"你当我信?说你和小戏子生的孩子我才信!"颜秀春冷笑着转过身来,月光下的一双秀目寒光闪闪。

"一个大姑娘,也好拿这样的事乱说。再说这样的话,我可要真生气了。"吕秘书紧走几步,脸故意绷着。

"什么叫乱说,我就是怀疑孩子是你和小戏子的,要不怎么就那么怕人家亓卡抱养冬冬,要不怎么就脏水往人家亓卡身上泼?我告诉你,姓吕的,干屎是抹不到人身上的,怕的人才心里有鬼……"颜秀春大辫子一甩继续走路。

吕秘书赔着笑脸追赶着说:"嘿嘿,秀春,就算孩子是我的,事情不也过去了吗?孩子谁愿意养谁养,我不管了还不行吗?你别真生气行吗?为一个右派,不值当……"有几个人从吕秘书身边走过,嘻嘻哈哈地议论着。

吕秘书追求颜秀春,谁都知道,但是任何人也都清楚:有亓卡比着,吕秘书怎么可能把颜秀春追到手?

为颜秀春,亓卡成了吕秘书的情敌,不共戴天。吕秘书比亓卡进场晚。吕秘书开始不是秘书,是刚从省财会学校毕业分配来的中专生,当会计。小吕会计名叫吕大同,身材适中,面皮白净,很有些书生的样子,只是脖子右侧受过伤或生过疮,有明显的疤痕。疤痕皮紧，拉扯着下巴，右嘴角就有些下斜，下斜的嘴角使得书生样的小吕会计整个人都有些阴阴的。

小吕会计进场后住进亓卡宿舍。能和一个有摩托车的华侨住在一起，能见识到过去没有见识过的人和事，小吕会计很高兴。

小吕会计进场后一眼就看中了女拖拉机手颜秀春，可是颜秀春已经名花有主，名花的主是同宿舍的华侨亓卡。小吕会计只好靠边站着欣赏自己心目中的名花，牙根不动声色地阵阵发酸。

不久，恰逢场里要选一位党委秘书。几个年轻人被比较来比较去，最后的人选只剩下亓卡和小吕会计。亓、吕二人都年轻，都有文化，都有能力，一个拖拉机开得飞快，一个算盘打得噼里啪啦响。两个优秀的年轻人，臧书记比较偏重于亓卡，但亓卡人太实，实大了就显重，重了就死性，显得傻气；小吕正好相反，虚，虚就轻飘就灵活，会来事，人也勤快。比如一杯水，臧书记如果指使亓卡去倒，亓卡会说，臧书记你自己去倒吧，你离暖瓶近，很方便的。换了小吕会计，即使离得很远，不等人指使，也会把倒满水的杯子递过去。臧书记军人出身，喜欢亓卡的傻劲。但在选秘书的问题上，臧书记不会太过考虑自己的喜好，从工作的角度考虑得多。做秘书，吕比亓要强。另外，还有一个原因，就是亓卡说话大舌头，舌头不转弯，下个通知、传达个事情不方便。

吕会计探听到自己和亓卡一同被列入秘书候选人，且在考察中，紧张得不行，夹紧了尾巴做人，伸长了脖子打探消息。调换工作很正常，一说选拔就有了竞争的意思。小吕会计酸酸的牙根咬得发痒：天下的好事不能全让你姓亓的一个人独占了去，颜秀春这个天大的便宜已经被你占了,秘书可不能再让你了。秘书的位置在小吕会计的眼里就是个能靠近领导,比当会计更有前途的位置。

开会的时候,臧书记、刘场长轮番在台上哇哇讲,小吕会计在台下唰唰写。边上坐着的亓卡很奇怪,侧脸小声问身旁的颜秀春:"吕会计在写什么?"颜秀春大概知道些内情,就没有好气地悄声说:"不是在写什么也不写什么,人家在为当党委秘书做准备,好和你竞争啊。"

散会后,亓卡便追上小吕会计说:"吕会计,你不用瞎忙活,我不会去当秘书,我只会开拖拉机。"瞎忙活是老白常说的话。别人问老白,你在干吗,忙得顾不得说话的老白就说瞎忙活。其实老白是真的在忙。亓卡却把"忙活"理解为"瞎忙活"有谦虚的意思。

刚来农场的时候,周围的原野中有一些小山头样的土包,亓卡很奇怪广阔的平原怎么会有隆起的山,老白说,那叫烟墩。

亓卡问:"为什么叫烟墩?"

老白说:"它旁边的村子叫烟墩,所以那个土山就叫烟墩。"

亓卡还是不明白,问:"我是说山头,跟村子有什么关系?"老白就说:"亓卡你能不能去忙点儿别的去,瞎打听,什么也不为,烟墩就烟墩。"

一旁的刘子龙场长笑得嘎嘎的,说:"老白也有不明白的事啊。不是烟墩在烟墩村旁叫烟墩,而是村子在烟墩旁才叫烟墩村。烟墩正确的叫法是烽火台。知道周幽王和褒姒的故事吗?就是说的有关烽火台的故事。"

这是闲话,亓卡却认真了,在休班的时候专门骑了摩托去看烽火台。老白不以为然,说:"亓卡你整天瞎忙活。"亓卡以为老白赞许,就说:"是因为不明白,所以才瞎忙活。"老白说:"好好好,亓卡瞎忙活,快去瞎忙活吧。"亓卡更相信"瞎忙活"是个好词。

亓卡觉得小吕会计唰唰地写东西很辛苦,是因为小吕会计看不明白自己根本就不想和他竞争当秘书,所以就好心去跟吕会计说你不用瞎忙活。

小吕会计翻翻白眼说:"你才瞎忙活。"

亓卡说:"我没有瞎忙活,你才瞎忙活。"

小吕会计一边加快脚步一边说:"不瞎忙活你是在干吗?"

亓卡摸摸自己的脑瓜问:"我干吗了?"

颜秀春看得明白,故意问亓卡:"臧书记让你当秘书,你干不干?"

亓卡当真,一双黑亮的眼睛很清澈地盯着她说:"我怎么可以当秘书?我只会开拖拉机。臧书记讲话快,我不会写很快。吕会计写得很快,又不怕辛苦,他可以当秘书。"

颜秀春甩甩大辫子说:"看把你本事的。"

亓卡又不明白了:"本事?"

后来,吕会计真的成了吕秘书。吕秘书便发挥他写得快的优势,妙笔生花般记下了亓卡许多有口难辩的罪状,改变了亓卡的生存状态,也改变了吕秘书的人生轨迹。这是亓卡和吕秘书都没有料到的。

亓卡刚被打成右派的那会儿,吕秘书高兴得一蹦三尺高。他不光自己搬离了亓卡的宿舍,还去颜秀春的宿舍,主人样动手就卷颜秀春的铺盖。颜秀春问吕秘书:"你干吗?"

吕秘书说:"搬家。我已经跟后勤说好了,给你换宿舍。亓卡是右派,一个女孩子和右派搭邻居,太危险,说不定哪会儿阶级敌人起了歹念,咔——你就没命了。"吕秘书比画着,下拉的嘴角以及嘴角流出的话,都让颜秀春感觉出一股邪气。

颜秀春气得发抖,说:"你是我什么人,敢替我做主!你滚!滚出去!"

可是,吕秘书是一个锲而不舍的人,不管颜秀春如何吵如何骂,吕秘书还就是不羞不恼,始终耐心地忍受着。

可是这次不一样。

很快,冬冬是吕秘书的孩子的说法不胫而走,吕秘书简直就是气急败坏了。他去找亓卡,命令一般让亓卡将孩子送走。亓卡说:"不用送,冬冬会走的,不过还小,走不动,长大了会走的。"

"废话,长大了还用我跟你啰唆!"

"不啰唆。"

"是臧书记让我来通知你把孩子送走!"

"让臧书记自己说。"

跟亓卡说不清,吕秘书就去找王月英说:"王主席,工会应该出面管管亓卡的事。一个右派不能说捡一个孩子就捡个孩子吧,影响太坏了。"王月英是场工会主席,吕秘书认为他找的有理由,所以有些理直气壮。

王月英最不喜欢的就是吕秘书除了臧书记对谁都颐指气使的做派,又加上实在不愿意再提小戏子的事,就说:"要是党委决定让我管呢,我无条件执行,别人,工会还没有这个义务。"

碰了钉子才意识到自己眼前的王主席是谁。眼前的女人她不只是工会主席,她还是党委书记夫人。吕秘书马上堆起笑脸:"王大姐,我不是那个意思,我是让那些谣言整昏了头。满天飞啊,这样下去我还怎么有心思工作。臧书记都批评我,说我最近心不在焉。我也是场里的职工,职工有了问题就得依靠工会,依靠大姐解决。你不能看着我崩溃了吧?"嘴上说着委屈的话,牙根却咬得紧紧的——早晚要右派亓卡好看。

"有那么严重吗?既然这样,我就去说说看。起不起作用我可没什么把握。"说是没有把握,王月英还是觉得可以马到成功。亓卡不会不给她面子。

王月英一直对亓卡的印象不错,这不仅因为亓卡是丈夫亲自招来的,更因为亓卡的确是一个不错的人。身材高大挺拔,宽宽的额头,高高的鼻梁骨,闪闪发亮的眼睛,一身阳光,满脸开朗,工作勤恳,技术第一。亓卡大多数的时间更是一个天真的人,他的天真使他的笑容纯净而温和。王月英不止一次地说过,我们家的一窝"国"有一个长成亓卡的模样我就心满意足了。也不止一次地说颜秀春找了个好对象,亓卡多好的一个人。

后来,亓卡却在大鸣大放的辩论会上大着舌头给臧书记提意见:"臧怀仁同志,你总那么厉害,总让我很害怕。你总说打日本鬼子,现在是农场啊,农场种庄稼的,打鬼子不能种庄稼,看到你,我总像看到日本鬼子。刘子龙场长就好,我不怕他啊。"他的发言,引发了大家的发言,说臧书记不懂生产,说他以老革命自居,很狂妄很自大,说他训起人来不像共产党,倒像国民党……

看架势臧书记就要做不成书记了，就连王月英回家也埋怨丈夫说："人家的意见也不是没有道理，成天打鬼子扒火车地挂在嘴上，老子长老子短的。"可是，提意见的亓卡最终成为猖狂攻击共产党攻击社会主义的右派分子，王月英有些说不出的感觉。比起丈夫差点儿就当不成书记的事来，一个有些招人喜欢的亓卡成了右派真算不了什么，大不了自己的儿子以后不要再长成那样的人吧。

王月英和亓卡的谈话并不成功。亓卡正在用脸盆洗着什么，冬冬在床上靠墙坐着玩。"呦，冬冬已经会坐了？"王月英进门打了声招呼便开门见山，跟一个正在管制中的右派说话，架子还是要端一端的，"小亓，冬冬都这么大了，你什么时候把他送走？"

"送走，送哪里去？"亓卡甩着两手肥皂沫说。

"人家是有亲妈的，总搁你这里养着，算怎么回事？"王月英近前看冬冬一眼，"是吧，冬冬？"

"他妈有困难，我要帮她养，冬冬这么小……"

"你和她妈立了生死字据了？没有吧？那凭什么让你来替他拉把孩子？别忘了，以你的条件，怎么可以带一个没有身份的孩子呢？"

"可以的，冬冬是我的孩子了，我带不可以吗？"亓卡的声音不大，也很流畅，好像也没有过去那样大舌头。

王月英却吃了一惊。这个亓卡，还是这么不知死活，他竟敢大言不惭地说孩子是他的！再想说什么，还就没有了理由。

识字班、妇救会时王月英练就了一张会做思想工作的嘴。宣传妇女解放，动员姐妹们做军鞋，动员青年上前线，直至带着一身荣光，跟随同样荣光的丈夫成了大型国营农场的工会主席，当众说话向来都是掷地有声，可是面对大着舌头说话的右派亓卡，王月英还就是觉得有理说不出。人家是右派，已经不在乎再多一份不好的名誉，人家就是说孩子是自己的，你还有什么话可讲？王月英知道在亓卡面前是穿鞋遇到光脚的了。

工会主席都没有了章程，事情似乎就陷入了僵局，但大家却都松了口气。既然亓卡公开承认冬冬是自己的孩子——尽管大家都明白亓卡所说的"冬冬是我的孩子"的意思，再去东猜西猜的就没了意义。亓卡这是破罐子破摔啊，唉，好好的一个归国华侨，怎么就会破罐子破摔了呢？不过，渐渐地大家就像习惯亓卡是右派一样习惯了亓卡带着小戏子生的私孩子冬冬。

8 书记驯马

人们把心思和目光暂时从私孩子冬冬的身上转移开是因为场里来了好多马。马是二丫的继父老乔从内蒙古赶来的蒙古马。老乔历时两个多月蓬头垢面如野人般返回时，全场一片沸腾，整整四十八匹马啊！

老乔却高兴不起来。老乔以军人的姿态向场长书记报告说，他没有完成好任务，六十匹马只活着赶回来四十八匹。新来的马被圈在一片用毛竹竿和木桩围起的栅栏里。臧书记、刘场长、饲养员老乔、陈兽医在栅栏边商谈着什么，亓卡小心地在圈里清理着马粪，许多农工以及二丫、建国、卫国们兴奋无比地一起远远地看着那些马。马们大部分静静地站立不动,也有个别的马在马群里拱来拱去地走动。

二丫很自豪,马是老乔赶回来的,跟其他的孩子一起看马,就像在看自己家的宝贝。臧建国却一遍又一遍地说:"看见了吗?那些马全都是我爸弄来的,他的战友在内蒙古军马场,他有很多很多的马,我爸要多少他就给多少!"

马一下就成了臧建国的了,二丫不服气地皱了皱鼻子说:"马是我乔爸赶回来的!没有我乔爸,哼!"

二丫不管继父老乔叫爸,原因是二丫太喜欢老乔,她以为老乔成为爸就会像爸那样死去。二丫爸得的是那种治不好的粗腿大蛋病(血丝虫病)。村里得这种病的人不在少数,但爸的病最重。爸的一条腿像水桶一样粗,粗得把同样肿胀的脚都罩住了,脚和腿的结合部成为一条深深的缝隙,缝隙里成天发出难闻的臭气。爸的另一条腿却像麻秆样细,爸一粗一细的两腿中间,一团大大的水桶样的肉在裆部吊着。爸的下半截身子被两个"水桶"坠着,别说干活,路都没法走。

后来爸死了。娘带二丫兄妹改嫁老乔。迁户口的时候,二丫和哥哥姐姐都把原来姓着的梁改姓乔,哥哥姐姐也都按照娘的意思称老乔为爸,老乔高兴得脸都红了。二丫也高兴,老乔那么好,一定得好好地叫他,让高兴的老乔更高兴。二丫叫了,响响的、亮亮的嗓门,脆脆地叫着:"老乔!"老乔愣了。娘也愣了。

"你个不懂事的孩子!"娘一把扯过二丫,一巴掌打在二丫的屁股上,很重,很疼。二丫一下就委屈地大哭起来:"我不愿意老乔是爸！老乔是爸就要死了！"二丫边哭边用力地搂紧老乔的脖子。二丫真的是不愿意老乔是爸，爸桶样的腿和裆中沉重的赘物以及爸痛苦的呻吟，二丫依稀记得。老乔要是爸，不也要变成爸的样子吗？要是老乔变成爸的样子，快乐的老乔就没有了！

"好，老乔就老乔，二丫不哭了，乖闺女不哭了。"老乔没计较，仍然把二丫抱得紧紧的。娘也明白了，流下了眼泪。于是，他们采取了一个折中的办法，叫"乔爸"，既区别于"爸"，也显得亲切。

"没有我爸的马，老乔赶个屁去！"

没有乔爸，你爸的马还在天边呢！二丫心里说。对臧建国的不讲理，二丫没有再还口，不是二丫没有理，是二丫不屑去争，臧建国从来都是一副没理还要装得特别有理的样子。臧建国的脾气很像他爸。

孩子们在一边打嘴仗的时候，栅栏边的大人们也在争执。

"路上死了那么多马，还不是因为马不适应草原以外的环境吗？剩下的，应该给它们一个适应的时间。"刘场长说。

刘场长原是齐鲁大学的高才生，抗战后期成为学校地下党组织成员，解放战争中的济南战役后，穿上军装公开身份。刘场长虽也是老资格，资格却次于老八路臧书记，又是学生出身，所以说话办事便不像臧书记那样说一不二。刘场长做过地下工作，有一定的原则性，不过这些原则在刚硬的臧书记面前并不能完全以柔克刚，往往是秀才遇见兵有理说不清。经过反右斗争，臧书记的脾气仍然不好，大家也能体谅，打过仗立过功的人嘛，再说，山难改性难移啊。好在臧书记、刘场长两条汉子一武一文，无论黑脸红脸，唱起来都是为了工作，大家也都心无芥蒂地不去计较什么。

臧书记脖子上的青筋绷了起来，说："适应？我老粗，不像你们大学生懂那么多，我只知道赶了马回来是参加生产的，不是当祖宗供养着的。适应？日本鬼子倒是想着叫咱适应他，还不是赶他们滚回东洋！国民党想着共产党适应他，八百万大军不也得……"

"两码事。打仗不也得知己知彼才能百战百胜嘛！这么多马，你总得对它们有个初步的了解吧，也总得让它们有个看清周围环境的时间吧！"刘场长不想理论得太多，只想说服。

臧书记手臂一挥说："你当它们是客人啊，它们不是人，是我弄来拉车耕地的畜生！"

刘场长仍然坚持说："就因为它们不是人，才需要人去了解它们。这些马要是本地的，那没问题，关键的是它们不是，内蒙古的生存环境和这里完全不同……"

"场长说得对，一路上，我都在琢磨这个问题。看到莫名其妙死去的马我就在想，这些马和当地的马是不同。按说内蒙古的马要比本地的马泼辣皮实，可是却又娇贵得很，铜骡铁驴纸扎的马，一点儿都不假。我的意见是……反正马到家了，过一段时间再驯也不迟。"老乔可能是想起了那些死去的马，所以说话的声音并不高。

臧书记的手指快速点着面前跟他对话的部下说："对个屁！纸扎的马，哼，别给我来这一套。纸扎的马？从古到今的英雄、战将都是骑在纸上的吗？"

正说着，嗵的一声闷响，老乔的脸色当时就变了，说："又一匹马完了。"老乔说着，一躬腰，钻过栅栏。果然，一匹黄棕色的马瞪着眼睛躺在那里。

臧书记的声音更大了:"看见了吗?死马不是因为驯的吧?马是要跑起来的。休息,适应,非全部报销不可。"

"书记的话有道理,跟老乔说的是一回事。"陈兽医有些讨好的口气,"应该熟悉马的情况。我试着接触过这些马,真是些野马,根本不允许生人接近,又咬又踢的,真不知道老乔是吃了多少苦赶回来的。训练这些野马,场里恐怕没有内行人,我怕两败俱伤。"

"什么一回事,谁跟谁一回事?两败俱伤,我看是你先怕了。什么内行,你从娘肚子里出来就是兽医?马驯好了,我敢保你、你,还有你,参加驯马的所有人都是驯马的内行!"臧书记最不喜欢人家说外行不能领导内行的话。

陈兽医不敢说话了。

瘦小的臧书记双手叉腰,披在身后的旧军衣被撑成一面发白的旗帜,说:"我就不信那个邪,当年日本鬼子飞跑的火车野不野?老子照样爬得一愣一愣的。内行,谁是内行?不干,谁都是外行,干起来就都是内行了。当时去内蒙古赶马,还不是都说根本不成的事,怎么样,不是照样赶了回来。老乔赶马的功劳咱以后再说,这些马,就由老乔负责驯,三天之内,要让这些马跑起来。要人给人,要物给物,两个月之内要把这些野马变成建设雁湖农场的工具!就这样。"臧书记的一只手臂在半空里划过,旧军衣一半从肩头滑下,另一半仍挂在肩头,一只袖子肠子样在小腿肚上晃荡着。

二丫侧脸看看身边的臧建国,臧建国很得意的样子。二丫觉得臧书记很像臧建国,很霸道的。乔爸和场长伯伯,甚至那个文静的兽医都比臧书记高大得多，可是他们为什么容许他霸道？

马棚的空地上，一下多了七八个碌碡。碌碡是很大的青石磙子，村庄里打麦场上用的，通常是牛或驴拉着碾压那些收割回来的秸秆。农场不用，农场有脱粒机，小麦、大麦、大豆甚至高粱，根本就不用进打麦场，在条田里一边收割一边就变成粮食，被拖拉机和马车拉回来。不知老乔一下从哪里搞来那么多碌碡。老乔往那些碌碡上钉一些木架子，做成一些假马车，让那些从没有拉过车上过套的马在这些假马车上学着驾辕拉套。臧书记下了三天内让马跑起来的命令，老乔是军人出身，懂得服从。

真是些野马。它们好像根本没有可能被人驯服。一天下来，老乔的碌碡马车全部散架，几位参加驯马的人伤痕累累筋疲力尽。一连几天都是这样，碌碡马车钉好了散架，散了架再钉。马们好像知道人们的伎俩不过如此，总是那样一副宁死不屈的样子，只要被套，就狂奔到假马车散架。几天下来，又有两匹马死去了，不死的马仍然宁死不屈。

新的一天又开始了，一匹被套在假马车里的红鬃马疯了样在机耕路上狂奔，它不等老乔拉紧缰绳就甩下老乔，踢倒了路边的小树，跨过路边的水渠，踏进长势很好的麦田，不管不顾地跑着、跳着、跨越着，直到身上冒汗，直到套在身上的假马车彻底散掉，然后昂扬着头钉子样站在它出发的地方。

老乔气喘吁吁地跑回来，小心翼翼地弯腰牵起拖在地上的缰绳，不想那马照老乔的肩膀就是一口，血立即就渗透了衣服。二丫和小伙伴们以及周围观看的人们惊恐地呼叫着。老乔顾不得自己的伤，死死地拽紧缰绳，企图把马套在另一辆假马车上。马哓哓地叫着、挣脱着。老乔将缰绳紧紧地绕在手上，任马将他拖着。刘场长大声叫着："老乔松开！快松开！"

"看我的！"臧书记甩脱肩膀上披着的军衣，大喊一声一个箭步冲上去，抓过缰绳推开老乔，一转身，三下两下把马拴在一根马桩上。马被拴得很紧，马头几乎贴在马桩上。

臧书记从一个驯马人的手里夺过鞭子，后退几步，又抢前一步，手起鞭落，啪，一声闷响。马屈起前腿，做腾空状，无奈，头被缰绳牢牢地控制着，马蹄只好落地。

啪，又是一鞭，啪，啪，啪，一鞭又一鞭，鞭鞭抽在马的背上头上耳根上。马开始还跳，还刨，但它发现不论怎样反抗都是徒劳的，那个举着鞭子的人根本就不怕。马反抗不得，用碗口大的蹄子铿铿地刨地。臧书记还不肯放手，仍然一鞭一鞭地抽，而且一鞭比一鞭狠，一鞭比一鞭准。马的脖子上、耳根后隆起一道道鞭痕，勒着嚼子的嘴角滴下血水，浑身大汗淋漓。

没有人敢上前劝说臧书记。

亓卡敢。背着冬冬的亓卡不顾一切地冲上前，拽住臧书记大声喊："别打了，臧书记，它要死了！"

老乔用力拉开亓卡，老乔怕伤了孩子。

老乔知道臧书记不会轻易住手。果然，臧书记仍然一鞭又一鞭地抽着。

人们不再出声，周围安静极了，只听见啪啪的鞭子声。

突然，臧书记停止抽打，抢前一步迅速地解开缰绳，一个鹞子翻身跃上马背，双腿夹紧马背，双臂抱紧马脖子。

马又一次疯狂了，它再次冲上机耕路，越水渠，踏麦田，腾空跳跃。但没有用，背上的人粘住了样紧贴在背上纹丝不动。大片麦田狼藉不堪。马却累了，很不服气地弓起脖子斜着脑袋突突喷热气，后来就无可奈何地踏着碎步慢慢走起来。

在人们的掌声和欢呼声中，臧书记如凯旋的将军，高举手里的鞭子向人们致意。下得马来，臧书记旁若无人地用鞭杆杵一下马脖子大声骂着马："畜生，老子连跑着的火车抬腿就上，驯过的马多着呢，别说你个狗日的畜生。再撒野，老子毙了你吃马肉，喝马血！"

臧书记吐一口吐沫，转身将缰绳递给老乔说："再给我套上，它不是野吗？让它野个够！我就不信，它再野还野得过日本鬼子！"

红鬃马重又被套在假马车上，刚要抬腿跑，不知是耗尽了力气，还是想起了别的，总之，它仰天长啸一声，乖乖地、很平稳地拉"车"了。它终于服气了，人们也服气了。服气的人们向臧书记伸出拇指赞叹着，就连二丫在心底也原谅了书记的"霸道"：臧书记还真是行，很英雄的，就连他骂人的话也不显得那么霸道了。

大家又一次被臧书记征服：在桀骜的红鬃马面前，臧书记表现得多么果断和轻松，臧书记想办成的事就没有办不成的，是真正的铁腕！尽管二丫很同情那匹红鬃马，心里也服了，怪着马不听话，早听话就不会被打了。

吕秘书递一块手帕给臧书记，臧书记没看见样一边大步穿过人群一边撩起衣襟擦一把脸，走过亓卡身边竟抬手拍了拍冬冬的小脑袋说："吓着了吧，小把戏。"

人群散去，孩子们仍意犹未尽，围站在马棚外。臧建国很威风地吐一口吐沫，眼睛瞄着二丫说："怕了吧？没见过吧？"臧建国是在学着父亲的样子。二丫装看不见。臧建国从不敢真的靠近那些马，只会远远地向马投土坷垃，一边投，一边呵斥着马："再不老实，让我爸收拾你。"要不就对小伙伴们吹嘘说："我说我爸连鬼子的火车都敢爬，你们还不信，这下信了吧！"

二丫很不服气，说："有本事，你也去爬火车呀。马有什么好怕的，有本事你别站那么远啊！"说着，就从口袋里掏出一小块豆饼，塞到近前的马嘴里。二丫示威样地斜眼看着臧建国。

臧建国就耍赖说："你爸是喂马的，你才不怕马，有什么了不起。"臧建国也不太敢过分得罪二丫，考试的时候，二丫如果真将卷子遮挡起来不让偷看，那可是要命的事。二丫认为，臧建国胆小不认小，输了不认输，就是没有出息。

一段时间，驯马成了雁湖农场的一大景观，每天都能看到机耕路上、大片的麦田里，人和马的搏击。驯服的马多起来了，驯服的马拉着老乔钉的假马车，在路上来回地练着。它们要学会听懂好多拉车的口令，比如，吁（停下），驾（加油前进），超（后退）。还要学会马车驭手无声的指令，如右拐弯，左拐弯，这些无声的指令在驭手握着的缰绳上。马很聪明，也很用心，一匹匹生猛的野马在臧书记规定的日期里成为驯服的能驾辕、能拉套、能耕地、能车水的温顺无比的马。

二丫不止一次地数过，马由开始的四十八匹，减少为四十五匹，四十匹……最后，就只剩十九匹了，其余的都死了。有的马在训练中死去，有的马在夜里悄悄死去。大多数都是在奄奄一息的时候被割开脖子放出很多血，然后被剥皮剔骨，成了食堂大锅里大块的肉。老白煮肉的水平很高，那阵子，农场的上空成天弥漫着喷喷的肉香。

农场原来的三匹马加上后来的十九匹共是二十二匹，二十二匹马的马棚已经很壮观了。马棚不再是过去秫秸搭的棚子了，已经和新建的养猪场、养鸡场一样的青砖墙、红瓦房的正规马厩了，而且也比过去的马棚高大得多，但人们仍然习惯把马厩称为"马棚"。

马棚的边上有一排车库，车库有十架马车的车位和一些零散农具的归放处。收工回来的马车在驭手的指挥下，在"超、超"的口令中，准确地退到各自的车位里后，驭手便卸下马车让马打滚，然后把马分列在新马棚里两侧的马槽边，马们便惬意地吃草料、打响鼻，互相举头向邻居问候着。

像过去常到亓卡宿舍串门一样，马棚成了职工们常来的地方。一来是饲养员老乔的人缘好，二来马总让人有很多的话题。阴天下雨的时候大家便会三五成群地聚集在马棚，溜溜达达地看马吃草料，听马打响鼻，回忆哪匹马被驯的经过。完了，就在车库的某个角落或饲料库堆积如山的麻袋缝隙处谈天说地、拉家常、打扑克。碰上星期天，孩子们也会尾随了家长在马棚内外周围追逐嬉戏打闹。

大家常说的话题还是那个小戏子生的冬冬。说起冬冬，大家就都很怀念和人群疏远的亓卡，怀念聚在亓卡宿舍的快乐。一场反右斗争把亓卡推出很远，亓卡成了右派，大家的心里似乎都有些愧愧的。大家心里都知道亓卡说了不该说的话，可是同样的话怎么就别人说得亓卡却说不得呢？臧书记不像共产党倒像国民党的话很多人都说过。看过一场电影，只要一出现骄横跋扈的国民党军官，大家心里都会想起臧书记。可是，别人说话都没有被吕秘书记录下来，唯独亓卡被记录了，这样一想，大家便记恨吕秘书了。

毕竟右派的话题太敏感，于是避开右派问题骂吕秘书。骂吕秘书的话题就是吕秘书追颜秀春是癞蛤蟆想吃天鹅肉，说颜秀春如果真跟了吕秘书是鲜花插在牛粪上，说吕秘书是巴结场长书记的舔腚官，吕秘书是笑面虎，是奸白脸。

说吕秘书很自然地就说到臧书记，说臧书记那些真真假假的传奇。说电影《铁道游击队》里的老洪就是臧书记，有的则说不对，说鲁汉才是臧书记。说老洪是臧书记的就争辩：老洪马骑得多好，跟火车赛跑呢，嗖的一下就抢过了火车。电影里的镜头大家印象深刻，臧书记驯马又都见过，那架势……说到臧书记就不能不说起臧书记家中的一串囡们，说囡们就扯到各家的孩子们，说来说去话题又回到小戏子的私孩子冬冬身上，说冬冬当然离不开说小戏子……马棚里的闲话太多了，大家感兴趣的话题没完没了——不是人们好事，那年月很少电影广播，缺少其他娱乐，更没有电视、网络，有闲话说说也很不错了。

9　公鸡的传说

忽然之间，冬冬的爸是一只大公鸡的说法在孩子们中间盛传，开始人们并没有在意，后来却惹出了麻烦。先是好几家的公鸡蔫蔫着先后死去，以为鸡得了瘟病，后来发现死去的公鸡无一例外地背上或胸上插了尖尖长长的缝衣针！

钱振铃家往日精神百倍的芦花公鸡蔫头耷脑眼看就不行了，莫不是身上也有针？钱振铃妈捉住察看，背上竟深深地插了三根针！

在钱振铃她妈举起的笤帚疙瘩下，钱振铃立马招供了，说臧建国想看看芦花公鸡是不是会变成人——钱振铃说一半藏一半，没说自己帮臧建国抓住了芦花公鸡，也没说是想看看芦花公鸡变出的人是不是冬冬的爸什么的。钱振铃她妈捏了针提了鸡去臧书记家告状。

这样的事肯定是儿子所为无疑，但毕竟不是人赃俱获，工会主席王月英察看了一下鸡，说：“你先回去，等建国回来我问他，要真是他干的，我饶不了。”

钱振铃她爸是机耕队队长，钱振铃她妈在人前便有一种优越感，嘴巴格外刻薄，一般的人言差语错她从来不依不让，但在工会主席面前多少有些收敛。而这次则不同了，这次有人证有物证，便有些得理不饶人的态度："我说主席大姐，怎么还要问，好像我胡吡扯谎一样。鸡插了针会变成人，也就你家建国想得出。再不管，成妖了。"

工会主席不高兴了，说："针不是拔出来了吗？鸡不是没事了吗？没有调查就没有发言权，就是调查也得等那个冤家来家啊！好了，你不就是要我像你提着公鸡一样提着他去你门上打他一顿吗？真是他干的，我一定不饶他。"

钱振铃她妈仍看不出火候地不想离开，好在钱振铃她爸赶来连推带搡地将钱振铃她妈劝回了家。

钱振铃她妈刚走，吕秘书来了。吕秘书一只手捏一根针，另一只手握着一团乱七八糟的白线。在书记夫人面前，吕秘书忍住气，只把手里的线让工会主席看，说："王主席，大姐，你看这些线是你家的吗？"

线不是一般的线，是那种缝纫机才使用的蜡线，这种蜡线紧密平整地绕在一种精致的木轱辘上，而全场有缝纫机的人家唯臧书记一家。

吕秘书又从衣袋里掏出一团黑色的蜡线，说："前天晚上脱衣睡觉发现一根针拖一根黑线别在我衣服上，只当是不小心挂住的，这么长一根线，我收了老半天呢。今天早晨出门，又发现门槛的这根白线，顺白线找出去，线头扯出老远，拴在路边的一棵小树上。王大姐，你说什么人拿了您家的线——还是这么好的线，想干什么呢？"

王月英转身去拉缝纫机的小抽屉，果然，线少了两轴。

"小兔崽子，建国，看我今天不揭了你的皮！"王月英恨得咬牙切齿怒发冲冠。

王月英拷问臧建国是当着吕秘书的面进行的——并不是王月英想当吕秘书的面，而是吕秘书不走。自己想打儿子怎么打都成，因别人告状打儿子王月英总是不情愿。也算臧建国倒霉，如一头小野马般毫无防备地闯进家门，看到吕秘书，想跑，来不及了，一只胳膊已经被王月英牢牢地抓住。

审问的结果让吕秘书松了口气，原以为是什么仇人想加害于他，没想到却是孩子干的，可也让他无地自容。为何孩子会怀疑他？

臧建国说:"不是找不着冬冬他爸吗?冬冬的爸是大公鸡变的,大公鸡白天是鸡,夜里就成了人,成了人就是冬冬的爸。我就是想弄明白哪只公鸡可以变人,哪个人可以变公鸡。吕秘书最像能变成公鸡的人……"话还没说完,王月英的一只手已经扭住臧建国一条大腿内侧的皮肉,臧建国便杀猪样地号叫起来。臧建国的号叫惊动了出去串门的臧奶奶,臧奶奶拐着小脚赶回来,一边奋力护着自己的孙子,一边扭头呵斥吕秘书:"吕秘书你老大不小的一个人,全场最有文化的人,多有出息,跟一个吃屎的孩子一般见识。多有出息啊,告状还告到家门内了!还不快走!赶快走啊!"吕秘书落荒而逃。

在奶奶的护卫下,妈妈王月英松开手。臧建国却朝奶奶吼叫:"谁是吃屎的孩子?谁吃屎了?都怨你!"

王月英叉腰挡在门口防备臧建国逃窜。臧奶奶并不生气,说:"让你妈打傻了不是?有奶奶什么事?还不是那个发贱的吕秘书,长舌头老婆样地告孩子状。小人。"臧奶奶并不知道吕秘书为什么告状。

"就是你,就是你!你讲的。说马员外的闺女跟人有了孩子,闺女和她妈都不知道孩子他爸是哪里来的,就让闺女偷偷把绣花针别在那人身上,穿上线。那人晚上来,早晨走。走后,闺女她妈顺着线去找,一找就找到家里的鸡窝,针就别在一只公鸡的背上。后来,杀了公鸡……后来孩子得了状元……后来……"

"别说了,什么乱七八糟的!"王月英瞪着婆婆,"你也是,成天跟孩子们瞎叨咕些什么,吃饱了干点儿什么不好!"

书记儿子不在跟前，臧奶奶就显得气短："一个瞎话，谁知道他会去惹祸。扒一个瞎话给孩子们解闷儿，我也没让他拿针线去戳人家吕秘书啊。"臧奶奶管故事叫瞎话，管讲故事叫扒瞎话。

臧建国并不同情奶奶，说："你让了！钱振铃问你，冬冬他爸会不会是只公鸡，你说那可说不准。她还问，吕秘书会不会是公鸡变的，你说，不好说，没准儿兴许是呢。好多人都听见了，不信叫大丫、二丫、钱振铃她们来问，好多人都听见了！奶奶说不准的事还不兴我想办法去证实啊！"

这件事让大家兴奋了好一段时间，爷们、娘们如同孩子样追逐着，你拍我的背我掐你的脖子，说看看是不是被小姐别了绣花针。

吕秘书好久都不敢在众人面前走动，总觉得有人在盯着他的脊背看。芒刺在背的感觉吕秘书算是真实地领略到了，对亓卡更是恨上加恨了。

马员外之妻捉公鸡的故事出自哪里，来龙去脉是怎样的？问孩子们，孩子们虽然认真却大都把故事说得支离破碎、乱七八糟。问臧奶奶，臧奶奶已经接受了教训，再不肯重新讲述。所以故事就成为一个永远的谜。

10　亓卡的秘密

春天过去了，夏天、秋天也过去了。冬冬会走路了，走不太好，但是亓卡已经不用终日把冬冬绑在背上了，而是一手拿锨一手托着背上的冬冬，走到干活的地方就放下冬冬去干活，让冬冬蹒跚着玩，有时走路的时候也牵着冬冬的小手走上一段。

大家看习惯了，也就释然了，小孩子总要长大嘛。可是，亓卡的日子何时是个头呢？大家还是时常为亓卡这样想。

天已经很冷了，冬天的早晨要比夏天晚一两个钟头，场里的作息时间也比夏天推后一个小时，但亓卡却不能睡懒觉，他得给冬冬做早饭，孩子小，正是长身体的时候。过去，亓卡常常不吃早饭，每天早晨都睡不够。跟颜秀春谈恋爱的时候，都是颜秀春打了早饭来敲门。颜秀春边噼噼啪啪拍打着门边大声催促亓卡："快起，快起，上班要晚了！"亓卡醒了，却赖着床故意不起，他喜欢听颜秀春着急的声音。

现在，早已没有了颜秀春叫门的声音，亓卡脑子里却像有一只打鸣的公鸡，不论太阳出得早还是晚，到点准醒，醒了也绝不赖床，一骨碌爬起。冬冬的饭很简单，做起来却很麻烦，要点火，要把一个鸡蛋磕碗里加水加盐打散，要蹲在灶前烧好一阵子火，碗里的鸡蛋羹才蒸得好。蒸好蛋羹，端出放在灶台上凉着，自己刷牙洗脸，给冬冬穿衣、洗脸、喂饭，然后用先前蒸鸡蛋的热水就着昨天剩的馒头胡乱地快速吃早餐。开始的时候，亓卡总是非常忙乱，现在很有些有条不紊的意思了。

这天，亓卡像往常一样早早起来，开门去取柴火。下雪了！天和地没有界线，一片银白。亓卡喜欢雪，雪会让整个世界显得简单，显得辽阔，简单而辽阔的感觉会让人的心胸舒畅。亓卡放眼向远处望着，一个人却从门边站了起来，亓卡吓一跳，问："谁?!"

"我。"一声怯怯的细声细气的回答。竟是小戏子！这让亓卡既吃惊又喜出望外，转身冲向床边，兴奋中压低声音："冬冬，冬冬，快醒醒，看谁来了！"

亓卡不知道该不该让冬冬称呼小戏子为妈妈。小戏子干干瘦瘦，细小的身子孩子样瑟缩成一团，实在也不像妈妈。她怜惜地回过头招呼小戏子："快进来啊，快点！"

小戏子将一只搁了鸡蛋的竹篮递给亓卡，却迟疑着不肯进门。亓卡再招呼，小戏子却说："天要亮了……我该走了，人家知道不好。"

"冬冬在呢。"亓卡有些吃惊。

"要不，等天亮了我再来。"小戏子又说。

亓卡似乎有些明白小戏子的迟疑。亓卡放下冬冬，点亮煤油灯，闪烁的灯光中，亓卡一双眼睛闪闪发亮，对小戏子耸耸肩膀，摊开双手说："没什么了，请进吧。"

小戏子却一下将灯吹灭。

小戏子颤抖着快要冻僵的身体，搂着冬冬不肯松手。亓卡生好火，比平时还麻利地为冬冬蒸好鸡蛋羹，冬冬比平时更听话地大口吃饭。小戏子平静地不错眼珠地看着冬冬。亓卡忽然想起了什么，有些紧张地问："是不是要带冬冬走？"

"带走？带哪里去？"小戏子显得很惊慌。

"带哪里去，我怎么知道？"亓卡松了口气，"你不是来带冬冬走的？"

"你心肠好，冬冬还是放在你这里。我带不了冬冬……得便儿我会……偷偷来看冬冬。"

亓卡若有所思,同时也感到欣慰:她是专程来看冬冬的。

突然,小戏子像受了惊吓似的扔下冬冬,跳了起来,快速将鸡蛋从篮子里拿出,抓起竹篮说:"天要大亮了,我该走了。"说着,竟头也不回地走了。

亓卡抱起冬冬追到门口,冬冬撇着小嘴,想哭,却没有哭声地吭吭着。小戏子灵巧的背影已经上了机耕道,一串脚印很快便被风雪掩盖了。

亓卡怀疑自己在做梦。摇晃一下脑袋,却是清醒的。他很后悔连一口热水都没来得及让小戏子喝,走到县城要二十多里路呢!这二十多里路亓卡多次走过,无风无雪的好天气,快走也要两个小时——唉,可怜的小母亲!

这样的事情此后又发生了好几次。小戏子总是在人毫无思想准备的时候到来,也总是在什么还来不及问的情况下匆匆离去,人不知鬼不觉的。

有时觉得小戏子该来了,亓卡便会在睡醒时打开门看一眼门外,门外什么也没有。可是觉得小戏子不可能来的时候,却会在半夜或凌晨出其不意地听到轻轻的叫门声。亓卡就觉得这个小戏子跟《聊斋》里的某个狐狸精很像,谁呢?青凤,婴宁,聂小倩?聊斋中的妖精都像小戏子一样聪明和美丽呢,或者说小戏子像聊斋里的妖精一样机智善良。

很像,也不完全像。亓卡摇摇头:故事怎么会跟眼前的事一样呢?亓卡没有时间多想,他有那么多的事情要做。偶有闲暇,小戏子鬼狐般的形象才会闪出,然后再一闪而过。这种闪出闪过使亓卡似身处聊斋一般,让寒彻透骨的冬天变得神秘、温暖而亲切。亓卡为这种切身的温暖而由衷地感动。

为了右派的事情亓卡疏远了好些原本亲近的人,老乔、老白、颜秀春,甚至还有那个小小的二丫,但亓卡觉得和他们不是真正的疏远,他们都是好人,就是因为发生了太多的事情,不得不那样做。而小戏子,亓卡觉得她只是一个熟悉的陌生人。说熟悉,是熟悉她在舞台上亦真亦幻的轻盈的飘动和如同天籁的歌声,那是一个可以感天地泣鬼神的精灵。他甚至觉得小戏子是和自己以及自己平时所亲近的人根本不是同类——是一种不是一类人的陌生。为了冬冬,亓卡觉得自己和小戏子的距离拉近了。

小戏子虽小却很像一个真正的母亲。为看到儿子,小戏子不怕天黑路远,不怕天寒地冷,也不怕风大雪猛。小戏子来看冬冬的时间都是整个冬天里最不好的风雪或奇冷的天气。

亓卡对小戏子说过:"天气这么不好,下次再来找一个好点儿的天气吧。"小戏子却嘻嘻地笑着边逗冬冬边说:"走路不冷,还冒汗呢,这样的天才好,这样的天才好来看冬冬啊!是不是,冬冬?"

冬冬抓挠着小戏子的头脸咯咯地笑。嘻嘻笑着的小戏子又一点儿也不像母亲了。亓卡心里说:真怪。小戏子从不让冬冬叫她什么,冬冬也从来没有叫过小戏子什么,但每次母子二人亲热的样子,都令亓卡感动不已。

亓卡和小戏子的凌晨交往简单而温馨。

亓卡很想将小戏子来看冬冬的事情告诉老白和老乔,告诉的目的不是别的，主要是想让好朋友放心：冬冬不是没人要的孩子，冬冬的妈妈很快就会把冬冬接去身边。但亓卡忍住了：既然已经费了许多心思疏远了他们，就不要再去给他们添麻烦了。

亓卡对一再发生在凌晨的秘密，内心充满紧张和兴奋，也理直气壮。那个年代的人很少使用"隐私"这个词——一切不能示人的事情一概都被称为秘密——在很多人眼里，秘密只意味着肮脏和阴谋，持有秘密就意味着犯罪。但亓卡相信，他和小戏子的交往既没有犯罪也没有肮脏和阴谋，对别人也没有丝毫的妨碍。当然，亓卡也不认为他和小戏子之间的凌晨交往属于可以示人的正大光明，更没有觉得这样的交往是一种浪漫行为，保留那样一份秘密，主要是不想受到一些不必要的侵犯和干扰。心存了一份这样的秘密亓卡认为是对一位母亲的尊重，因而他感到有一种神圣在心头。

亓卡和冬冬的寒冷冬天就在小戏子人不知鬼不觉的来去匆匆中温暖地过去了。

春天到了，天气暖和起来，冬冬又长大了不少，已经可以满地跑着玩了。

小戏子偷偷来看冬冬的事情却结束了，结束得戛然而止，结束于秘密暴露在全场人面前之时，令所有人目瞪口呆瞠目结舌。

县剧团的试用演员常春兰——一个从野戏班子招来的小戏子迅速成为剧团受欢迎的"角儿"，大有成为台柱子的可能。自小戏子入团以来，每次演出结束前小戏子要来段清唱作为压轴戏观众才会罢休。一天夜场，正戏是团里的一位主角，演得不是很好，观众便"抽签"——陆陆续续离开剧场，幸好小戏子的一折《拷红》压住了阵脚。团长很高兴，对一起进团的张生、小戏子说："忙过了这段，就研究你们师徒二人转正的事。"

夜场戏谢过幕后，小戏子常春兰没有像平常一样匆匆卸妆匆匆地离开，而是看起来不经意地慢腾腾地磨蹭着。人们互相打着招呼陆续走了，小戏子还没有收拾利索。直到断定没人了，她才左顾右盼着起身从墙角的一堆杂物中拎出盛着几只鸡蛋的竹篮，又从一个旧戏箱里拿出两小包点心搁在竹篮里，前后察看一番，确定真的没有人了，才拎上竹篮悄然走出剧场，向二十里开外的亓卡宿舍走去。

前几天团里发工资，小戏子是试用人员，只有很少的几块钱，还被张生扣下了大部分。小戏子用手里仅有的一点儿钱，陆续悄悄去街上给冬冬买几样吃的东西偷偷藏着。想到就要见到冬冬了，小戏子脚下生风。

开始的时候，她还警惕地向身后看几眼，静静的夜，身后什么动静也没有。不像冬天，大风刮得干草、树枝唰唰响，老像有人跟随着。三九天，凛冽的寒风中小戏子总要走出一身汗，是累得也是吓得。以往每回去看冬冬，都是拣大风或是雨雪天的夜场散戏以后和大家一起回到宿舍，一起躺下睡觉，等同屋的人都毫无知觉地睡着了再悄悄起身，偷偷出门。天气不好，没有人怀疑不好的天气会有人出门。看过冬冬，小戏子并不直接回到宿舍，而是绕道去吊嗓子的场地打一个转，然后才回到宿舍。

小戏子翘翘嘴角，笑笑：以往也太过小心了，净自己吓唬自己。不知是团长的许诺让小戏子一直紧张的心放松了，还是今天的月色让路更好走一些，反正小戏子今天夜里走得格外轻松。

远远地，小戏子发现那个有着冬冬的屋亮着灯光，小戏子很欣喜，只当屋子里的人睡得晚或起得早。不想，屋里却还有别人。

小戏子紧贴墙边站住了，门虚掩着，小戏子往门里看着。一看就明白了：冬冬病了，是一位女医生，安黛医生，小戏子听见亓卡这样称呼她。安黛医生在为冬冬打针，冬冬吭吭地哭着，亓卡和医生说着什么，小戏子不敢进去。安医生收拾了药箱要走了，小戏子本能地赶紧离开，她不想让亓卡以外的人看见自己。

小戏子转身快步向房前的一个草垛走去，就在小戏子蹲下的瞬间，嘴巴却被人一把捂住。惊恐之中，是一声低而重的吼声："贱人！"

小戏子立即就知道是谁了——对外是师傅、干爹，人称"张生"的人。小戏子以为身后什么也没有，没想到他却一路尾随而来。

事到临头，小戏子反倒不紧张了。她拨开捂在嘴上的手小声说："不让我看孩子，我就去死！"

"贱人！说了不要的，又来瞎弄鬼。你以为我眼瞎了，揍死你！"啪，重重的一巴掌扇在小戏子的脸上。张生虽然蹲着，这一巴掌仍然扇得有力，小戏子不由"啊"了一声。张生急忙捂住小戏子的嘴巴——背着医药箱的女医生走出门了。医生就要走过去了，小戏子屏住气息，张生却大声咳嗽起来——张生近来一直咳嗽，走了很远的路又生了一肚子的气，咳嗽就不争气地忍不住了。女医生吃惊地发现了躲在草垛边的人……

在上一次小戏子把冬冬抱回去时，张生吃惊的同时非常生气。作为一个出入江湖多年的人，他深知县剧团的位子对他和小戏子来说有多重要，他不想让那个来得不是时候的孩子影响他们的立足和发达。没想到的是小戏子这么不让人省心，孩子可以晚些生，县剧团的位置可不是什么时候都给你留着！

扔掉孩子，张生以为可以彻底松了这口气，没想到小戏子竟然可以大海中捞出针来。为掩人耳目，张生只说是一个亲戚有事临时把孩子放常春兰这里看两天，背地里紧急寻找机会想将冬冬再次扔掉。小戏子没有办法，只得瞒着张生偷偷将冬冬又送回亓卡那里。张生问过小戏子很多回，小戏子无论如何不肯说出孩子在哪里。张生不相信小戏子会就此放弃，暗中观察了好久，却看不出破绽。

这次，小戏子不露声色地悄悄准备，却没有逃过张生的眼睛。张生跟踪了小戏子，他只是想知道那个孩子在哪里，然后再找机会把那个早晚会惹事的孩子处理掉。没想到事情却突然不可遏止地爆发了。张生失控了，他恨不能一把抓过那个叫冬冬的孩子一下摔死。

小戏子深夜来看冬冬的事情一下就大白于天下。更让人们想不到的是冬冬的亲爸终于现身。黎明前被吵起来的邻居们在看到"张生"的时候，便不约而同地认定那个大家早就熟知的"张生"就是冬冬的亲爸。冬冬的眉眼、鼻子、嘴巴，无一不是缩小了的"张生"。

此刻，冬冬的亲爸可不是戏台上那个风流倜傥文弱清秀的张生，他凶神样地一次次扭拽着小戏子的胳膊，一次次撕扯着小戏子的头发，试图冲向亓卡的宿舍。小戏子奋力拦挡着，不时地一声声尖叫着，一声声哀求着："我再也不会来看冬冬了，你饶了他吧，他还小啊，他还有病啊……我保证以后不再见冬冬了……咱们回去吧……"

人越来越多，男人起来了，女人起来了，上学的孩子起来了，大家在早春的清晨围观着一场罕见的撕打。有男人阻拦着张生，也有女人护着小戏子。

开始，亓卡紧抱着冬冬没有出来。冬冬即使没有生病，亓卡也不会让无辜的冬冬看到那样的场面。后来，撕打着的人群靠近亓卡的门口，亓卡怕伤着冬冬，便搁下冬冬，挺身而出，说："我是冬冬的爸爸！冬冬是我的孩子，不许你们靠近我的冬冬！"

人们愣了，谁也没有想到右派亓卡会在众目睽睽中声称是冬冬的爸爸。张生也愣了，他没有想到养育冬冬的人是这样一个年轻英武的人。他吃醋了，也发怵了，却对拉着他臂膀哀求的小戏子变本加厉地伤害。他抓住小戏子的头发，飞起一脚，小戏子便要倒下去，头发却被抓在张生的手里，倒不下去。接着，张生又是一脚，嘴里还不停地骂着："贱人，贱人！"

亓卡当胸一拳打在张生的肩胛上，说："凭什么打人？不许你再打冬冬的妈妈！"

张生一个趔趄，松开小戏子，却继续大骂道："贱人，一对贱人，一对狗男女，男盗女娼！我的孩子凭什么不给我？吭，吭吭……"一阵咳嗽，张生竟吐出一口鲜红的血。

剧烈的喘息中张生更加疯狂了，又一次扑向小戏子。老白冲上前去将小戏子扯在背后，在一片混乱中大声冲张生喊道："你老大不小的人，不懂事是不是？打坏了她还怎么上台，她还怎么唱戏？"紧急中老白爱惜的仍是戏台上的小戏子。

"你什么人，用着你来管闲事？活腻烦了你……吭……吭……咳咳……"张生此时可顾不得小戏子,对着老白喊叫。小戏子挣脱老白的遮挡前去替张生拍打着后背,剧烈的咳嗽让张生无力揪打,但难听的骂人话仍从声声咳嗽中嘶哑着窜出。

正不可开交时,臧书记来了。臧书记仍然叉腰把披着的上衣撑成一面旗帜。臧书记冷眼看了一会儿,便拨开人群大声说:"又回到旧社会了?在新社会的农场里打骂妇女,知不知道是犯法的事?亓卡,你去,去把孩子给他们!让他们滚蛋!"亓卡没有动,臧书记并不太过催促,却大声指派着,"武装部长呢?去集合你的人马,把这个旧社会的臭流氓、烂人渣给我赶出去,撵得远远的!告诉他们,再来滋事,麻绳捆了送公安局!闹到我的门上了。太不像话!"张生怕了,拉着小戏子悻悻而去。臧书记撑着他的旗帜很威风地离开了,亓卡从心里感激臧书记,关键时刻臧书记总是表现得威风八面。

人们散去之后,在春天的艳阳下,亓卡在门前不远的草垛里看到小戏子带给冬冬的那个竹篮。

清晨的闹剧惊动了所有的人,但和亓卡隔一个门的邻居颜秀春却似乎没有被惊动,那扇门一直紧闭着。

11 懂事的冬冬

事情沸沸扬扬地闹开出去。

其实此事发生之前,团长就收到一封匿名信。信里只有一句话:团长你好,你团的常春兰和农场的一个右派生有私生子。落款是:

一群众。

团长不信,说:"什么人这么乱糟蹋人?肯定是有人嫉妒常春兰戏唱得好,才这样下三烂地编排黑状,没名没姓的,什么玩意儿!还真能胡诌——和农场的一个右派,还真能想得出!"

团长把信锁进了抽屉。

不想张生大闹农场的事情发生了。看来匿名信还真不是无中生有。是自己团里的事,就不能不管了。

开始团长还想折中一下,毕竟从心里舍不得日渐红起来的常春兰。那个咳嗽得厉害、人越来越瘦,面色却如桃花样、一身劣迹的老常是一定要开除的。团长就找老常谈话,很婉转地宣布对他停止试用的通知:你身体不好,团里没法照顾,不适合继续试用了,回家休养吧。

如果老常乖乖回家,什么事情也就没有了,可老常却不识时务地拿小戏子要挟团长说:"开除我可以,我和常春兰一起来的,要走,常春兰必须跟我一起走。"

老常是想,团长舍不得小戏子,留着小戏子就得留下我。如果老常知趣,团长不会提私生子的事情,发点儿生活费,走了就算了。老常这样一闹,停止试用的理由就不是其他了,团长直言不讳地说:"团里不会留用道德败坏的人。新中国了,剧团也得纯洁一下革命队伍——不说我还忘了,道德败坏你一个人也做不成啊。"小戏子和张生被双双开除出剧团。

事后,剧团团长和副团长带着匿名信专程到农场当面向臧书记致歉,一再说是自己团里的事给农场添了麻烦,事情过去了,那两个人也得到应有的处罚,不希望事态继续扩大。

臧书记本来就为剧团抢了小戏子而对剧团没有好感,现在听团长说什么事态的事,火更不打一处来,说:"农场虽大,是为国家开荒种地打粮食的地方,是光荣的地方,不是扩大那些个破烂事的龌龊之地。你去对那个小戏子说,赶紧把她的孩子领走!还扩大事态,还匿名信——吕秘书,给我查查,看咱雁湖农场会不会有这样敢做不敢当的肮脏小人!抓着这样的小人,我可不是像你们一样简单开除那么简单!"

吕秘书的脸当时就绿了。

小戏子没有把冬冬带走,匿名信也没有查出结果,一切都不了了之。

太阳每天照样升起,又照样落下,日子车轮样向前滚动。大家巴望着小戏子将冬冬领走,其实是想再次看到小戏子或是别的什么,说不好,也许只是一份巴望吧。谁知,离开剧团的小戏子像一滴水一样蒸发了。

人们都在背地猜测着,小戏子一定不会再来了,她来做什么呢?不管以后怎样,她今后还会再有孩子的,再有了孩子,她还用得着再管冬冬吗?可是她会再跟谁有孩子呢?会跟那个张生吗?张生都那么大年纪了,要跟早就跟了。或者说能娶,张生早就娶了,也用不着生私孩子了。不跟张生跟了别人,就更用不着来了,再来还不是给自己找麻烦吗?要是小戏子从此不来了,倒是给亓卡少添麻烦了。可是,小戏子不来了,大家的心里似乎又缺少了些什么。

不管别人怎么猜测和议论,亓卡一如既往地和冬冬生活在一起。

冬冬长得很快，不光个子长高了，三岁多的孩子，已经懂得爸爸的艰难——自从张生和小戏子闹过之后，亓卡就让冬冬管自己叫爸爸了。小小的冬冬会把爸爸给自己做的好吃的鸡蛋羹、煮肉，或别的好吃的东西只吃一点点，其余的就留给爸爸，爸爸不吃，冬冬会着急得眼泪在眼眶里打转。冬冬为了不让爸爸太累，就不让爸爸再背他去上班，会一个人留在家里。亓卡不放心，冬冬会说："爸爸，我想一个人待在家里，我会在门口晒太阳，乔菊也会来找我玩。我只跟乔菊玩，不到处跑。"乔菊是二丫同母异父的妹妹，比冬冬大一岁，是二丫娘改嫁过来跟老乔生的双胞胎孩子。

乔菊双胞胎的哥哥叫乔杨，乔杨一岁多的时候得了婴儿瘫，不会走路了。亓卡在一块木板上装四个轱辘，送给老乔。乔杨坐在木轱辘车上，由乔菊拖着去跟冬冬一起玩。冬冬成了乔菊和乔杨的玩伴，便不到处乱跑让人操心，给亓卡省去很多麻烦。二丫一家在关照乔杨、乔菊的时候也把一份关照给冬冬。大丫姐姐在给乔杨、乔菊做鞋的时候，会给冬冬也做一双；二丫娘来招呼乔杨乔菊回家的时候，看见冬冬的衣服破了，会想着回家拿针线、旧布头替冬冬把衣服补好；二丫姐姐经常将用过的废纸折了飞机、小船什么的让乔菊带给冬冬……

臧书记家的一帮囝们却不喜欢冬冬，尤其是臧建国。可能是因为他的几次记忆深刻的挨打都是因冬冬而起的吧，反正只要看到冬冬，臧建国心里便会生出如何惩治惩治这个小鬼头的想法。

冬冬很小的时候，成天被亓卡背着，臧建国没有下手的机会。后来，冬冬会走了，亓卡不再整日看护，臧建国就让爱国、强国把冬冬哄骗出来，带冬冬去远处条田一片很大的向日葵地，把冬冬扔在了向日葵地的深处，大半夜里才被找回……还有一次，冬冬跟随国们去马棚玩，被留在草料库里，周围被高高的麻袋、草垛堵得严严的，冬冬如同掉在一眼很深的枯井里，哭着睡着了，又哭着醒来……亓卡非常生气，也非常心痛，但毕竟是小孩子之间的事，他不愿意像一个娘们样拉扯着孩子去上门告状，也不能告诉冬冬那是别人在欺负他，只忍住性子告诉冬冬不要再跟那些大孩子一起玩。说大孩子跑得快，冬冬赶不上人家，就会被落在大人找不到的地方，爸爸找不到冬冬会很着急，冬冬看不到爸爸会很害怕……

自从因冬冬惹了几次不大不小的麻烦后，臧奶奶就认定冬冬和他的小戏子娘一样，是个沾不得的鬼缠身，因此她一直不敢太亲近冬冬，却又忍不住那份好奇：好几天看不见冬冬了呀，见长了吗？今冬谁给冬冬做的棉衣？暖和吗？在人们上班的上班、上学的上学之时，臧奶奶会拐着一双小脚装作闲逛，悄悄去看冬冬。臧奶奶会拿出藏在衣襟下的油饼、糖包子什么的给冬冬，也给和冬冬一起玩的乔菊。

一天冬冬独自在门口玩，臧奶奶从怀里拿出一件夹袄飞快地给冬冬穿上。臧奶奶说："别对别人说夹袄是我给的，记住了，谁问也别说，啊？"

夹袄是旧衣裳改的，蓝底紫花，臧奶奶将布的反面朝外，夹袄就看不清原来的花纹。王月英不会认出是自家孩子的衣服，臧奶奶这么想。

冬冬还是告诉了亓卡说："是臧奶奶给穿上的，她不让告诉别人,她为什么不让告诉别人呀?"亓卡当然知道臧奶奶为什么不让告诉别人,但他不知道该如何对冬冬说,想了想说:"那是臧奶奶的秘密,她不想让你告诉别人,就不要告诉了。"

"那爸爸是别人吗?"

"爸爸当然是别人,所以,很多话你可以告诉爸爸,也可以不告诉爸爸。冬冬是大孩子了,可以自己做主。"

冬冬搂着亓卡的脖子,似懂非懂地点点头。

冬冬伸着小胳膊看着夹袄问:"臧奶奶为什么把难看的一面放外边呀?"

亓卡又动了半天脑筋才说:"臧奶奶知道冬冬是男孩子,男孩子穿花衣不好看,就把花藏在反面啊。"

冬冬还问:"臧奶奶为什么不给乔杨做夹袄?"

"乔杨有妈妈啊……"一句话没说完,亓卡知道自己说错了,连忙放下手里的活,抱起冬冬,"臧奶奶知道冬冬乖……"

冬冬眼里噙着泪水却不再问了。

看着懂事的冬冬,亓卡就会想起小戏子。冬冬以后怎么办呢?他长大了一定要找他妈妈的,可是到哪里去找呢?亓卡知道小戏子是爱冬冬的,她一定是遇到了比张生打骂还麻烦还严重的困难,否则,她不会这么长时间不来看冬冬的。

亓卡知道,冬冬不是小戏子丢掉不要的孩子,也不是送给他的孩子,而是暂时寄养在他这里的孩子。一想到冬冬终归会离开自己,亓卡总是很矛盾。孩子跟着妈妈走了是好事,可是一想到走了的冬冬从此就和自己天各一方没有了任何关系,亓卡就会阵阵心痛。

老白趁打饭的机会告诉亓卡，说有了小戏子的消息，说有人看见小戏子和那个张生一起在大望湖那里唱戏。亓卡并不奇怪也不吃惊，朝老白笑笑，转身带冬冬走了。

老白很不高兴。老白觉得亓卡听到这样的消息起码应该激动激动，不为别的，就为冬冬他也应该问问情况吧。从小戏子和张生的那番闹腾中，老白更看出亓卡是个有担当的人。亓卡不愿意和不相干的别人交流有关小戏子的问题，老白很理解。但是我老白也成了不相干的别人吗？看着亓卡离去的背影，老白只能恨恨地想：人成了右派怎么连性格都变了样？亓卡不是右派的时候可不是这样，多热闹的一个人。

有了小戏子的消息，亓卡很高兴，他只是不想给老白找麻烦。反右斗争的时候，老白为亓卡说话，被插了白旗，罚去条田挖水渠，好一段时间才又回到食堂。亓卡表面不理会老白，心里还是很在意老白的话，在冬冬睡着后会悄悄起来把插好的插销拔开，将门虚掩着，他期待着像过去一样，小戏子会在半夜或黎明时分来看冬冬。

亓卡期待的事情一直没有发生。小戏子还会在大望湖吗？亓卡打听过，大望湖离农场大概三十里路的样子。三十里路对轻盈的小戏子来说，并不是什么问题，可是小戏子为什么不来呢？三十里路对亓卡来说也不是问题，背着冬冬半天就可以走得到。为什么要去见小戏子呢？听她唱戏？现在哪里还有心情听人唱戏；阻止小戏子唱戏？可是，小戏子她就该唱戏，不唱戏她干什么呢？劝说小戏子来看看冬冬？可是，那样的母子相见对冬冬对小戏子又有什么好处呢？相见过后，冬冬只会更加想念妈妈。一想到冬冬小脸上流淌着泪水，亓卡就会硬下心来：小戏子还是不来的好，永远都不要再来。

亓卡想到远在异国的父母兄嫂。刚回国的时候，他并不想家，甚至觉得那个远在异国的家很是麻烦的。每次家里来信还好，别人和亓卡不会太过在意，来信可以回，可以不回，也可以收到两封三封信后再回。来了包裹就麻烦了，邮递员将包裹单送到场部收发室，收发室的老刘拿着包裹单满世界嚷嚷着找亓卡，卡亓签字后拿着包裹单要到办公室去盖公章，公章盖好了还要盖上自己的私章，赶上休息还好——但机耕队很少有休息的时间，如果不是休息日则要请假——去二十多里地的县城邮局取货。真是麻烦一大堆。包裹还没到手，亓卡家里又从国外寄来好东西的消息已经传遍全场了。东西当然不错，糖果、奶粉、时髦的衣服，可是那些对亓卡来说又有什么用呢？又不是小孩子，糖果奶粉远不如老白做的馒头、白菜熬粉条来得痛快，那些皮夹克、西装、白衬衣可没有劳动布的工装那么随意舒服。家里寄来的糖果，大都分给了邻居的孩子们，衣服也都给了周围的人们。人们都知道从国外来的亓卡是个手散的人。亓卡问老乔，什么叫手散，老乔叉开手掌说："瞧，就这样，钱财都从指缝里流走了，你把好东西都给了别人，不会过日子。"

那时爸妈在信中常问的问题是什么时候可以回来，这样的问题总是让亓卡感到好笑：回来？怎么能回来呢？又不是游山玩水，怎么回？那么多的条田要修，那么多的土地要开垦，建设社会主义祖国是三朝两日就能完成的吗？儿子我漂洋过海来到这里，工作还没做完就回去吗？这样的话跟爸妈说了不知多少回，他们还是不知多少回地询问。

后来，有了颜秀春，亓卡在给爸爸妈妈的信中就多了一份理由：如果回去了，颜秀春怎么办？我们是真心相爱的。

再后来，亓卡成了右派，更不能回去了，回去跟爸妈如何交代？没法交代的事情，索性连信也写得少了，那感觉就像小时在学校犯了错误怕爸妈责备不敢回家一样。不过，这样的理由亓卡不会告诉爸妈。

再再后来，有了冬冬，更是无法告诉爸妈了——这是说不出理由的事情。可亓卡的心里有充足理由：地可以不耕或让别人去耕，颜秀春可以和她分开，右派可以不去在乎，但冬冬不行，冬冬必须得有人管。一个无家可归的孩子，一天不管都不行，冬冬离不开自己，自己也离不开冬冬。

在没有冬冬以前，亓卡以为看管一个小孩子比开垦荒地，比恋爱要容易得多，且也不重要。有了冬冬，亓卡就觉得天下没有比冬冬更重要的事情了。父母和父母所在的那个热带国家，亓卡仍然会时常想起，但时常想起的感觉仍然像一副悬挂在自己心头的窗帘。想起了，窗帘就拉开了，拉开就看到了，爸爸妈妈一切都很好。看过了，窗帘就拉上了，拉上了就不看了，不看了也就不去想了。这种感觉亓卡同二丫说过，也同老白老乔说过。老白问亓卡："你离开家那么远，只把窗帘拉来拉去，没觉得好像哪儿不对劲啊？"

亓卡问："怎么会不对劲呢？"

"知不知道，有一句老话叫父母在不远游？"

"知道啊，那只是话的前半部分，还有后半部分呢——游必有方。"亓卡向老白解释说，"我虽然走了很远，但我不是逃跑，不是干坏事，我一直让父母知道我在哪里，在做很重要的事情，让他们放心。很孝顺的。"

老白在点头称是的同时对自己不在父母跟前尽孝的歉疚也释然了许多。老乔则豁达很多，说："我们都是来自五湖四海，为了一个共同的革命目标走到一起来了——毛主席说的。"

眼下，冬冬的问题显然不是让父母放心的问题，似乎也不是什么共同的革命目标，但是的确又是必须要做的，一点儿都不能马虎的问题。是自己诚心诚意想做好的事情。

冬冬是个乖孩子，同时也是个怪孩子。亓卡觉得冬冬奇怪的是，他从不跟亓卡提起有关妈妈的问题。小小年纪的冬冬怎么会避开他生命中最重要的人呢？他分明记得那个跟他多次亲近过的女人的。这让亓卡对冬冬更生出无限的怜爱。一个大人尚且还会想念自己的父母，何况一个孩子，一个无助的孩子。

亓卡就很感谢冬冬，感谢冬冬的不哭不闹，假如冬冬整天哭喊着要妈妈，亓卡又该如何？冬冬分明知道不该去为难爸爸亓卡，可是冬冬才三岁多啊，不，冬冬从抱来的那一天就知道不为难人的。于是亓卡又想到了聊斋故事，冬冬真的不是一般的孩子，真像一个精灵呢。

有一次，就是臧建国一伙把冬冬扔在草料库里的第二天还是第三天，臧奶奶趁没人的时候神神秘秘地跟亓卡说："亓卡，善待冬冬啊，他也是条命呢！"又揽过冬冬拍着冬冬，咒语般地念叨，"冬冬，你大人不记小人过，别记恨那些小草狼，他们不懂事，别跟他们一般见识啊！你人大命大造化大，啊，看在我老婆子的面子上多多保佑啊……保国强国都不懂事啊……"

冬冬眨着一双水灵灵的眼睛,仰脸看着满脸沧桑的臧奶奶,频频点头。亓卡抱过冬冬说:"冬冬很好啊,臧奶奶不要吓唬小孩子。"

"不吓唬,不吓唬。冬冬最是好孩子,好人啊!大人不记小人过啊冬冬,别去跟不懂事的小孩子计较啊。他们只是调皮啊,没有想害冬冬……不怕保国强国啊,奶奶在啊……"臧奶奶喋喋不休了好一阵子才拐着小脚匆匆走了。

冬冬看着臧奶奶的背影却突然说:"臧奶奶不高兴了。"

亓卡说:"臧奶奶没有不高兴,她年纪大了,脸上有皱纹就很难看。"

"臧奶奶没有不好看。保国和强国都病了,乔菊说的,发烧呢。臧奶奶就不高兴了。"亓卡恍然大悟:臧奶奶认为她找到了孙子们生病的原因——调皮的孙子干坏事,遭到报应才发烧生病的。她在为孙子们的过失道歉,为孙子祈求平安呢。臧奶奶是把冬冬当成神灵了!

话还说不完整的冬冬,竟然会把臧奶奶的行为和孙子们生病的事联系在一起。狐仙样的小戏子,生了一个精灵样的孩子。

12 又见小戏子

二丫意外地看到了小戏子。

前面说过,二丫上学的学校叫胡林完小,是以胡林庄命名的学校。

胡林是个古老的村庄，那里真的有片林，是一片柏树林，是胡家的祖坟地。明朝的时候，胡家并不是大姓旺族，但清初时一胡姓子弟科举考试后被点翰林院，成为一名修史的翰林。翰林是文官，并没有为家乡父老带来多少实惠，但毕竟是京官，是胡姓家族乃至整个地方的荣耀。翰林老死归乡，家乡人选了当地最好的地势厚葬胡翰林。在翰林的墓地上种下了一片常青的柏树，着人为翰林守林。后来，就有了叫胡林却杂姓的庄子。庄子兴许是沾了翰林的灵气，不光各姓人丁兴旺，而且竟还出了很多为官之人，胡林由此成为名传百里的名庄。

做了官的胡林人，很是心齐地看重家乡这块风水宝地，便集资兴建了胡林学堂。杂姓的胡林庄因为有了胡林学堂更是名扬四方。三百多年过去了，胡林庄历尽沧桑，屡遭战乱，胡林学堂也几度兴衰，面目全非，只有胡林庄外的翰林墓仍然可见往日风姿。巨大的翰林碑匍匐倒地，石人石马之类东倒西歪，但高大坚固的青石牌坊仍岿然不动，掩映着牌坊的是占地百余亩的柏树林，柏树郁郁葱葱四季常青。柏树林的西侧和胡林庄东头之间有一大段地势高而平坦的空档，这片空档上的一片瓦房就是过去的祠堂今天的胡林小学。过去胡林学堂的样子已经无从考证，但眼下的胡林小学不论是规模还是教学质量据说都是过去历朝历代的学堂所不能比拟的。过去胡林是二丫和同学们常来的地方，上树，爬牌坊，有时玩得忘了时间而迟到，没少挨宋老师的批评。

后来胡林就没有了，树木被一个据说是全县最大的炼钢炉伐去大炼钢铁了。二丫记得那天和小伙伴们像往常一样去胡林,却吃惊地以为走错了地方。怎么可能会走错呢?可眼前分明不再是胡林了,眼前哪里还有什么胡林,才几天不来,胡林就被伐光了,胡林只有无数个柏树残桩耀眼地晾在那里,柏树的气息甚至比往日更加浓郁地弥漫着。高大的青石牌坊很突兀地在这些柏树的气息里站立着。

二丫忽然感到很害怕。怕什么呢?其实周围什么也没有。下午的阳光很好,没有了四季常青柏树的遮挡,眼前的一切显得开阔无比,远处农场的六号条田和没有了柏树的胡林连接在一起,条田的麦苗葱绿一片,宽大的麦畦向远处延伸着,直到天边……

没有了胡林,小伙伴们就不大来了,但二丫还会来。二丫开始是不想和臧建国、钱振铃一路回家,臧建国、钱振铃他们总是一边走一边玩,还会有指向地说一些拖油瓶、带肚子的话,意在嘲笑二丫不是老乔亲生的。开始,二丫听到这样的话会生气地跟小伙伴们争吵,一争吵,臧建国就特别得意,就更加大肆地显摆。后来,二丫不爱听,就不屑地躲去一边,宁肯绕远一点儿的路独自回家。

二丫绕远的路就是胡林。这里虽然没有了柏树林,但石碑、牌坊、石人、石马、石桌、石凳什么的还在,树桩旁还生出茂盛的荒草,荒草丛里长有一种叫马泡的小香瓜。瓜如鸽子蛋般大小,青青黄黄一个挨一个地长在细细长长的藤蔓上,发出像甜瓜一样的香味,薄薄的皮内除了甜瓜那样的籽粒外什么也没有,所以马泡不能吃,只能拿着玩。夏末秋初的时候,二丫就在荒草里寻找这种小瓜,带回家给乔杨乔菊玩,就连大丫姐姐也喜欢呢。从这里走,回家的路虽远些却不像走机耕路那么单调,有几次,二丫竟趴在一个倾斜的石桌上把作业写完才走路回家。

寒假过后开学不久,二丫又来到胡林。一个假期没有来胡林了,她想看看胡林。早春时光,胡林仍然荒草枯黄,但二丫知道如果下一场小雨,这里马上就会变绿了。太阳很亮,风还很尖。二丫要回家了,却有人叫住了她:"是你呀,你怎么会在这里?"

"小戏子!"二丫吃惊地脱口而出。

"我去抓药,路过这里。"小戏子拢拢耳旁的一绺头发。二丫发现小戏子变了很多。她挎一只发黑的篼子,头发很乱,衣服很脏,耳后、脖子有很多积灰,要饭的女人。小戏子并不在乎二丫的眼神,只顾高兴地跟二丫说话:"你这是放学回家吗?走这条道要远不少路啊。"

"远不了多少。哎,你知道我家在哪里?"二丫印象里,小戏子并不知道她是哪里的孩子。

"农场的啊,第一次见你就知道你是农场的孩子,嘻嘻。"

"猜的吧。"被人一眼就认出是农场的孩子,二丫心里很得意。眼前破破烂烂的小戏子让二丫想起自己的过去,自己过去也跟小戏子这般模样的,不,比小戏子还不如呢。那时二丫穿很破烂的衣服,挎着发黑的篼子跟娘在寒冷的冬天去讨饭。同情中很自然地有一种亲切。

"不用猜,一看就知道,农场的人洋活着呢。我问你,你看见冬冬了吗?"洋活就是洋气、时髦。

"看见了,天天看见。"见小戏子这么不怕人地一下就问到冬冬,不知怎么的,二丫心里竟很委屈。其实,二丫并不是每天都能看到冬冬，看他干什么呢？一个小孩子。

"真的？"小戏子很高兴。她放下筅子蹲下身，两只手在筅子里匆忙地扒翻着。二丫看清了，筅子里除了两包草药外，其余就是些半边拉块的窝头、煎饼——小戏子也是要饭的？除了要来的饭，不会有这样凌乱的干粮。

小戏子从筅子的底部扒出一些软枣，一只手往外拿，一只手张开手掌接住。小戏子的手很黑，不是那种落了土沾了泥的黑，而是那种结了很厚老灰的黑。二丫不由想起小戏子在戏台上翘着的兰花指，小戏子黢黑的手还能灵巧地翘起兰花指吗？

小戏子双手捧了软枣在二丫面前说："这些捎去给冬冬，冬冬会稀罕。"

谁会稀罕软枣啊？软枣是几分钱就能买一斤的一种没有嫁接过的小柿子，很薄的果肉包裹着很大的核，除了有些甜味没有什么好吃的。大人们都不爱吃，却愿意买来哄孩子。

二丫迟疑着不接，小戏子却不由分说地将软枣塞进二丫的衣兜里说："好歹替我去看看冬冬。"

"要去你自己去，我不去。"二丫拒绝着，手伸进衣兜往外掏软枣。

小戏子将手压在二丫的衣兜上说："不去也罢，一把软枣，你就吃了吧。好歹告诉我冬冬他好吧？"见二丫不吭气，又说，"冬冬跟了好人家，总是好。你看你，农场的孩子，多好，多福气，嘻嘻……"

二丫看到嘻嘻笑着的小戏子，又一股委屈涌上来，说："冬冬没有妈！"

小戏子愣了一下，却又嘻嘻地说："他没妈比有妈好，他妈没有户口，带不了他。等有了户口我就去接他。"

二丫眼前一亮，问："那你什么时候有户口啊？"

"唉，谁知道呢，猴年马月吧。嘻嘻……"小戏子虽然叹气，却没有一点儿难过的样子。猴年马月是什么时候呢？二丫不懂，也不想问。

二丫把软枣送去给冬冬以前，还是忍不住去问臧奶奶："臧奶奶，什么时候是猴年马月？"二丫有了问题总会去问臧奶奶，臧奶奶明白很多事情，臧奶奶解释问题总是神秘而无可辩驳。就像那次臧建国用宝贵的缝纫机线去跟踪吕秘书的事，二丫偷偷问过臧奶奶故事里的事情会不会真的会发生。臧奶奶说："那谁敢说。不过也不会像建国想得那样容易，你一个小屁孩能看出是谁吗？要是叫你看出来，还会是仙？要不怎么说建国傻，白叫他娘臭揍一顿。"

这次臧奶奶笑了："哈哈，猴年马月？老大不小的大学生了，还不知道猴年马月？猴年马月就是没有日子的日子，没有指望的日子。"

"就是没有指望有户口了？"二丫问臧奶奶，其实是问自己。

"你说谁没有指望有户口？"

二丫回过神来，说："没说谁……我走了，臧奶奶。"

二丫把衣兜里的软枣掏给冬冬，掏得一颗都不剩。二丫并不是很喜欢冬冬，觉得如果没有冬冬，亓卡叔叔的日子会过得比这好，就不会这么累。亓卡叔叔是好人，是大男人，可是有了这样一个冬冬，亓卡叔叔像个老娘们一样不是抱着冬冬就是背着冬冬。身上没有冬冬的时候，他就会谁也不理地脚步匆匆。过去亓卡叔叔对所有的孩子都好，尤其对二丫好，有了冬冬，亓卡叔叔很少再去关注其他孩子了，人也不如过去精神了，如果不是胡子拉碴，就有些不像男人了。亓卡叔叔成了这样，都是因为冬冬。

"二丫姐姐，爸爸不让我吃别人的东西。"冬冬很高兴二丫姐姐的到来。

"不是别人的东西，是你……"二丫差一点儿就把软枣的来源说了出来。

"爸爸，二丫姐姐的东西可以吃吗？"亓卡正好端着打来的晚饭回来了。

"要洗过了才可以吃。"二丫想起小戏子发黑的笼子和黢黑的手。

"等爸爸洗过再吃，先吃饭吧。二丫你也一起吃吧。"亓卡把一个馒头掰一半给冬冬。二丫就想：如果不是亓卡叔叔，冬冬手里拿着的就是小戏子笼子里那些半边拉块的窝头、煎饼。一边想着，二丫就翘起脚跟在亓卡耳边小声说："软枣是小戏子让我带给冬冬的。"

"你看见她了？在哪里看到的？她都说了些什么？"亓卡的眼睛睁得大大的，一连串地问二丫。

"在胡林牌坊那里看到的，她没说什么。"

"怎么会没说什么呢？"

"她买药，我碰到的，她说有了户口就来……"二丫斜眼看冬冬。

亓卡抱起冬冬，拍着说："冬冬没事，啊，冬冬没事。我跟二丫姐姐说点儿事。二丫你说。"

"……她说有了户口就来看冬冬。"

"户口，什么户口？"

13　闲话缘分

户口对二丫来说，是既明白却又不明白的事。在学校里，二丫和其他农场子弟被称为吃国库粮的。可家里的粮食都是娘按月从食堂老白那里扛回的（后来二丫知道粮油所用的钱从老乔的工资里扣除）。食堂有一处不大却也不小的房子，房子里有高高摞起的面袋、米袋，还有摆放成一排的大油桶。房子里充满米、面、油混合一起的特殊味道。

二丫问娘："老白叔叔搁米面的地方就是国库吗？"娘回答是。

"那咱们吃着娘从老白叔叔扛回的粮食，就是吃国库粮吧。"

娘重重地戳一下二丫的额头说："成天瞎琢磨没用的事。"

二丫还问过娘："我和哥、姐的户口是迁来的，为什么乔菊、乔杨生下来就有户口？"娘说："什么迁不迁的，一样，谁没有户口呢？人一落地就有户口。"

可是，娘又经常说没有户口的时候如何如何。比如，二丫碗里的米粒没吃干净，娘就会说，忘了没户口的时候了。娘说的没户口的时候，就是说要饭的时候。可是娘不是说生下来就有户口吗？问娘，娘就说："跟你小孩子说也说不出道理，一边玩去吧。"二丫问过老乔，户口是一家子都在一起吗？老乔说："你和你娘跟我是一家人,所以户口就得跟我在一起,我是家长啊。"

二丫也问过臧奶奶:"臧奶奶,你有户口吗?"

"当然有。"臧奶奶很自豪的样子,"自打建国他爹打鬼子起,他就是国家的人了,是国家的人,就是国家户口了,他是国家户口,他的娘也就是臧奶奶我,当然也就是国家人了。"

"臧建国也是吗?"

"那还用说,爹是国家人,儿子、闺女都得是。"臧奶奶非常肯定。

臧奶奶、臧建国有户口,那是因为臧书记。二丫有点儿明白了"那我的户口是因为乔爸吗?"

"那当然!要不是老乔,你们就没有户口。"

二丫不信,说:"我们是迁着户口来的。"

臧奶奶笑了,说:"小丫头,还挺知道事的。你们那户口算什么,农村的,没用。要说啊,你们家有城市户口是缘分啊。"

"缘分?"

"老乔跟你娘有缘分,要不,老乔一个南蛮子……"

二丫插嘴说:"不是南蛮子,乔爸是湖南人!"

"说的是啊,老乔一个湖南人,和你们隔着可不是三里两里的事,千山万水呢。打完老蒋又去朝鲜打美国鬼子,又来了农场赶马车;赶马车吧,怎么就那么巧,去地里给开拖拉机的人送饭;去送饭吧,又那么巧,碰见你跟你娘去要饭;你娘就那么巧偏在老乔跟前饿晕了。不是缘分是什么?老天早就安排好的,早八辈子就安排好了。"

"哎，你娘跟老乔的缘分，"臧奶奶又说，"也让你和你哥、你姐跟着沾光，沾了大光。"

臧奶奶没有说假话。臧奶奶说的事情，虽然已经过去了好几年，但二丫仍然记得很清楚。那时，满脸胡楂赶着马车给拖拉机手们送饭的乔爸，像托起一个婴儿样托起昏迷的轻飘飘的娘，将娘放在他的马车里，将半碗米汤给娘灌下，娘活过来了。乔爸的大手轻轻地抚摸着大哭着的二丫，很暖很暖。后来，娘就带二丫兄妹嫁给了乔爸。

娘过去真的不认识乔爸，却和乔爸成了一家人。在祖祖辈辈居住的梁冶庄里，二丫一家和猫屎家做了很多年的邻居，可是现在和猫屎在学校里见面就像不认识似的谁也不理谁。二丫问过臧奶奶，臧奶奶说这就是缘分。二丫问："分开也是缘分？"臧奶奶说："缘分到了就在一起，缘分尽了就分开呗。"

臧建国就反对奶奶，说奶奶老迷信，瞎说。

臧奶奶撇撇嘴，并不跟孙子争。

二丫忽然想到了冬冬，问："臧奶奶你说，亓卡叔叔和冬冬是不是也有缘分啊？"

"那是。要不怎么别人没看见冬冬给扔在地里，偏就亓卡看见了？"

"那亓卡叔叔和小戏子呢，他们会不会结婚啊？"二丫想到要饭的小戏子，但她没有跟臧奶奶说起过小戏子要饭的事。

臧奶奶摇着头摆着手笑着说："小孩子乱想，那是不可能的事。"

"冬冬管亓卡叫爸爸，小戏子是妈妈，他们不是有缘分吗？"

"缘分不是你想的那样。小戏子是冬冬的娘,那是他们娘俩的缘分。亓卡捡了冬冬,那是亓卡和冬冬的缘分。而小戏子和亓卡可不一定有缘。亓卡一个右派,养活他自己都难,多了一个冬冬更难,再多一个没有户口的冬冬娘,他还活不活了?"

"亓卡和小戏子结婚,小戏子不就有户口了吗?"二丫觉得自己的主意不错。

"要是那样可简单了。亓卡是国家的人,可他又是右派。话又说回来了,右派也是国家的右派,右派娶的媳妇能不能上户口还真说不好。话再说过去,人家亓卡再怎么右派也是吃国库粮的国家人,还是堂堂的童男子,凭什么就要娶一个没根没梢又生过孩子的破女人啊……"

臧奶奶话没说完,臧建国却听出了门道,问:"奶奶,什么叫童男子?"

"童男子……可不敢乱说,仔细你娘听见打你。反正亓卡和小戏子是绝对不能成婚的。"

"为什么?他们结婚,小戏子就有户口了呀!"二丫心里想着黢黑的手以及筐子里半边拉块的窝头、煎饼。

"先别说结婚,先说童男子。"臧建国命令奶奶。

"一回事。结婚得讲究个门当户对,得讲究个般配。要说亓卡和颜秀春还真是般配,可亓卡偏偏被打成了右派,一个先进,一个右派,就不般配了。说到底呀,亓卡和颜秀春终究是缘分不到,虽说童男子得配黄花闺女……"话说了一半,臧奶奶发现自己又说多了,赶紧打住,"小孩儿们怎么会懂这些?不瞎掰扯了,一边玩去吧。"

臧建国还不依不饶:"奶奶就会东扯葫芦西扯瓢,问你童男子呢!"

臧奶奶嘴里说回去说过来的国家人、右派、户口、结婚和童男子,让两个孩子云里雾里的。

后来发生的事情证明臧奶奶瞎掰扯的事情简直就是料事如神。不过,臧奶奶有一点没有判断准确,小戏子和亓卡结为夫妻了。

14　无心之助

星期六放学,二丫又想避开大家去胡林。可是钱振铃却黏着二丫不肯离开,二丫只好和钱振铃一起去胡林。刚走出不远臧建国又踢踢踏踏跑了上来,得胜一样地说:"就知道你们偷偷摸摸地想走这条道,怎么样,猜对了吧。"

三个孩子一起去胡林。天气很好,爽爽的不冷不热。臧建国说:"今天多玩一会儿吧。"

二丫说:"我想写会儿作业。"

钱振铃当然赞同在胡林多待些时间,嘴里却说:"我可不敢多待,臧建国回家挨打,又赖我。"钱振铃学臧建国妈妈的声音神态,"都是你个小妖精把我们家建国带坏了……"

"叫你哪壶不开提哪壶,叫你个小妖精乱说!"臧建国追打着钱振铃。

"乔兰救我!臧建国打人了!"钱振铃大笑着呼救。

"别闹了，要闹恼啦！"二丫大声制止着二人。

三个孩子跑着闹着很快就到了胡林。胡林中大一些的空地已经被耕种过了，种了豌豆大麦什么的，稀稀拉拉缺肥少水的样子，和附近农场六号条田茂盛的庄稼没法比。臧建国并不在乎胡林里的庄稼，疯跑着跳跃着，像每次来胡林一样骑石马，攀牌坊。二丫和钱振铃就在那些长满荒草的地上摘一些白的紫的小花。

忽然，臧建国一脸惊悚地跑了过来说："……那边，牌坊旁，有个人，一动不动的，别是死人吧。"

"那咱别写作业了，快走吧。"钱振铃抱着二丫的胳膊。

"怎么会呢？是喝醉了酒躺那里晒太阳的吧。"学校附近有一个被称作合作社的小卖部，经常有村民去买酒，少者五分钱的，多者两毛钱的。戴一副脏兮兮套袖的售货员，收过钱后，用竹筒做的酒提子从柜台上的酒坛里把酒打入一只粗陶黑碗里。买酒者并不将酒带走，而是在柜台前饮用，多是一饮而尽，然后闭紧了嘴巴走出门去——怕酒气从嘴里溢出；也有端了黑碗一口一口慢慢喝的，慢慢喝的人一手端碗，一手伸进酒坛旁边柜台下盛满粗盐粒的大陶瓮里捏一颗盐粒搁嘴里，"吱——哈——"香极了。喝了酒的人，往往都走不远，走到哪躺到哪，冬天就躺在向阳避风的墙根、路边、坟头旁，夏天就躺在遮阳的树荫下、房屋的背阴处。上学、放学的路上常看到那样的人。

"那个人一动不动的，我踢了他一脚都不动的。"臧建国说。

"踢的时候是软的还是硬的？"钱振铃这样一问，自己先紧张地哆嗦了一下。

二丫大都是一个人来胡林，从来没有碰见过这样的事，也从来没有紧张过，一伙人在一起更用不着紧张了。二丫向牌坊走去。还有几步路，二丫已经认出蜷卧着的人是谁了，看不清那人的头脸，二丫看见的是那人身边黑黑的箢子——小戏子的箢子。箢子旁边还有一个不大的行李卷。

"小戏子!"二丫扔掉野花快步走了过去。

"小戏子?"臧建国快步追了上来。

"小戏子?"钱振铃迟疑了一下也追了过去。

三个孩子挎着小戏子的箢子，背着小戏子的行李，搀扶着重病的小戏子回家——那是三个孩子回家的路。

快到家了，二丫发愁了，问："让小戏子去哪里呢?"

"那还用说，去冬冬那里啊!"臧建国一点儿也不发愁，一点儿也没有犹豫。

"那个张生不会再打上门来吧。"钱振铃的担心不无道理。

"打上门来才好，有热闹看有什么不好？我最愿意看热闹。"臧建国总是唯恐天下不乱。

是啊，小戏子不去冬冬那里，又能去哪里呢？

小戏子又来了！像一阵风在人们心头刮过。不过，人们似乎已经习以为常，并不太像过去那样一惊一乍地吃惊。当然，不吃惊并不等于人们不感兴趣。大家比较平静地关注着事态的发展。不平静的是三个把小戏子弄回来的孩子，确切地说是三个孩子的家最不平静。二丫闷头忍受着娘长吁短叹的唠叨。娘怪二丫不懂事，怪小戏子给别人找麻烦。钱振铃妈一遍又一遍地埋怨钱振铃惹祸了，惹祸了。

工会主席王月英趁儿子臧建国不备，一把抓住，不等臧建国反抗，另一只手已经又准又狠地揪住臧建国大腿的内侧说："叫你给我没事找事，叫你弄一个小戏子回来，叫你……"臧建国跑不掉，便杀猪样号啕："哎哟——不是我，是乔兰，二丫，我说是一个死人，二丫说是小戏子！"

"说是小戏子就把她弄来家啦？叫你多管闲事！"

妈妈的手上又用了用力，儿子剧痛中又一阵号啕："哎哟——我没有弄来家，把她送到亓卡家了……哎哟……奶奶！奶奶救我……"

"还犟嘴！送亓卡家也不行。不知好歹，什么时候知好歹啊！还叫，让你叫，让你叫！"

臧奶奶看不过去，过来掰着儿媳的手说："小孩子知道什么好歹，总不能见死不救吧？多大点儿事，这样往死里拧孩子。"

"我叫他长点儿记性。孩子是好孩子，生就让你给惯坏的，成天不是行善就是积德，不是鬼就是魂的。见死就得救啊？战场上的日本鬼子、国民党反动派你也去救啊？要救，你儿子还抗什么日，还解什么放！恐怕命都没有了！"王月英又用了一把力，在臧建国又一阵的号啕中，揪着皮肉的手终于松开了。

臧奶奶如释重负，却仍没好气嘟囔："说小戏子，怎么又说日本鬼子国民党去了？小戏子是什么？她是日本鬼子国民党吗？"

"她不是日本鬼子国民党，她是破鞋，是会生私孩子的破鞋，是让人家开除的流氓！你孙子不知好歹，你也不知好歹了？农场里住了这样一个人，那是全场的耻辱，你让你儿子这个场党委书记还怎么当?"

"说得太邪乎了吧!不就一个病得半死的小戏子嘛!等下让吕秘书撵她走就是了。"臧书记一脚门里一脚门外,对家里发生的吵闹很不耐烦。

"对对,说得对,早些打发她走。俗话说请神容易送神难,住长了不好办,早走早清闲。"臧奶奶虽不认为小戏子是日本鬼子国民党,却也知道小戏子不是什么吉利人,所以很赞成儿子的处理办法。

"她是谁的神?听见了吗建国,你请了一尊神呢!"王月英一副不依不饶的表情。

臧建国趁机跑出门外。家门的不远处聚了不少人,臧建国知道是妈妈的打骂声和自己的号叫引来了看热闹的人。

臧建国恨恨的,恨谁却说不清楚。

15 亓卡的拯救

几天后,小戏子的高烧退了,人却还虚弱得很。吕秘书已经来过两次了,前一次来,亓卡和安医生都在。安医生说小戏子得了肺炎,高烧,幸亏医治得还算及时,不然,很危险。所以吕秘书不好说什么。

这次,吕秘书单独上门。亓卡扛铁锹上班去了,小戏子躺在床上,冬冬乖乖地坐在床边不远的小凳子上。看见吕秘书进来,冬冬紧张地站到门边去。躺着的小戏子听见有人来,睁开眼睛从枕头上抬起头,见是吕秘书，就挣扎着坐起来。吕秘书倒背着手在屋里打一个转说："怎么样，好些了吧，好了就带孩子早点儿离开，老住这里不是个办法。你也不是不懂事的人，一个女人住一个单身爷们家……不好交代。"

"知道，这两天就走。"小戏子知道吕秘书的来意。

"怎么还这两天，烧不是退了吗？医务室是为农场职工、家属看病服务的，为你已经付出很多了，再待可就不是很好意思了，啊。"

小戏子的脚在床下划拉着找鞋，那是一双黑色圆口带襻布鞋，鞋帮上蒙着一层白布。

吕秘书盯着那双鞋问："你给谁戴孝？"

小戏子拉起嘴角笑笑，并不回答。

"问你话呢，你家谁死了？"

小戏子仍然笑笑，站了起来，向门口走去。大概是想挎起那只篓子，或是去背那个行李卷，要不就是想牵起冬冬的手，她胳膊在空中划拉了两下，身子就软绵绵地倒下了。冬冬哭着扑向小戏子。

吕秘书傻了。

老白和亓卡前后脚来了。老白很果断地向吕秘书下命令："愣着干吗，还不赶快去叫安医生！"亓卡弯腰将小戏子抱上床。

臧书记叉腰撑着旗帜一样的旧军装，站在亓卡屋子当央，看着安医生给躺在床上的小戏子用听诊器检查。屋内屋外围了很多人。小戏子已经醒过来了。安医生说："没什么大问题，主要是身体太虚弱。"臧书记向身后探头探脑围观的人群吼道："看什么看，这里又不是戏台，去，离远点儿！"人群远点儿了，很快又聚拢。

臧书记烦躁地对安医生说:"抓紧时间给她打几针……那啥,不是有什么葡萄糖吗,打点儿,让她抓紧时间好了,带上孩子抓紧时间离开!亓卡,听到了没有?抓紧时间啊,让她走!带着她的孩子!不像话!"

"臧书记,我不让她走!"亓卡是想说,小戏子有病暂时不能走,一急话就变味了。

"不让她走?"臧书记扭头看着亓卡。

"不让她走,你怎么住?"吕秘书上前一步,踢一脚门边墙根卷着的麦秸苫子,"你不会跟大家说你天天睡地铺吧。就是睡地铺,男女一屋也不是什么光彩的事吧,怎么说你也得顾一点咱农场的脸面吧。"在臧书记面前吕秘书表现得既谦恭又气势。

"我家的事,我会管好,不关别人的脸面。"亓卡争辩着。亓卡自认为把自己的事情特别是晚上睡觉的事情安排得很好。

"你家的事?你有家吗?大家看看这人,怎么这样?"吕秘书求救样指着亓卡。

"别那么多废话,她好了带上孩子赶紧走!"臧书记不耐烦了。

"赶紧走!"吕秘书一脸憎恶。

"臧书记,她不走,冬冬也不走!"亓卡大声说。

"那不行,一定得走!农场有农场的规矩,小亓你怎么好歹不知了!"臧书记压低声音,口气却不容置否。臧书记是想以自己的态度为亓卡搭一个台阶。

亓卡看不见台阶,说:"她病着,走了就会死去!"亓卡没有让步的意思。

"要你操那么多心？她是你什么人？你姐？你妹？你老婆？"臧书记火了。

亓卡哑然无声。吕秘书幸灾乐祸地说："哎，不是姐不是妹，不是老婆，凭什么让她住这里？住这里行，除非你们结婚，是合法夫妻！否则就是非法同居！"

"吕秘书，你这是什么话？就事说事，有这么逼人的吗？"老白白胖的脸赤红了。

亓卡却凛然地说："她要死了，是安医生救活了她。她不走，我跟她结婚！合法！"

臧书记手指亓卡，嘴唇哆嗦着说："你，你敢！"

亓卡不再吭声，但似乎也未服软。

身体渐渐好起来的小戏子除了一早一晚去厕所，基本不出门。后来乔菊、乔杨来串门，亓卡家里便会传出阵阵欢笑声。再后来人们就看到小戏子领着冬冬进进出出的了。

看着一天天健康起来的小戏子，亓卡很欣慰。亓卡知道小戏子母子离开的时间越来越近了，欣慰中不免阵阵不舍。当然，主要是为冬冬，那毕竟是一把屎一把尿拉扯起来的孩子。如今，小戏子就要把冬冬带走了……

每天晚上等冬冬和小戏子上床睡下后，亓卡就会将一块被单搭在床边的一条铁丝上当作屏风，然后打开门边墙根卷成卷的麦秸苫子，在被单的另一侧铺好地铺，倒头躺下。小戏子被三个孩子送来的第一天晚上，就是这样睡的，后来就一直这样睡了。

冬冬有几次吵闹着要到地铺上跟爸爸睡，亓卡都说小孩子是要跟妈妈一起睡的,等长大了冬冬还要自己睡觉。冬冬吵了几次就不再坚持了。但是晚上要撒尿,冬冬仍然会叫爸爸。小戏子总是睡得很沉,听不见冬冬要撒尿。有时似乎听见了,翻个身又睡着了。亓卡就想:她太小,还不会疼孩子。

小戏子的确像个没长大的孩子。吹灯后,她躺在床单的另一面跟亓卡说话。

小戏子问:"你睡着了吗?"

亓卡说:"还没有。"

"问你个事行吗?"

"问吧。"亓卡以为她有重要的话要说。

"你为什么叫亓卡?"

"不为什么,亓卡就是亓卡了。"亓卡觉得这样的问题该是冬冬这样的孩子问。

"亓卡,亓卡,一点也不像人名儿,亓卡亓卡……喊喀喊喀……像动静,像人走路,在泥水里走路的动静。亓卡亓卡亓卡,越说越像了,怪有意思的。"

亓卡听明白了,小戏子说的动静就是声音,忍不住在黑暗里笑了,说:"呵呵,是嘛,在泥水里走路的声音。呵呵……我大哥叫亓上,我二哥叫亓下……"

"你就不上不下,卡住了……"

"对对,就是这样子。爸爸妈妈想卡了儿子,生女儿的,却再也没有了儿子也没有了女儿。"

"不过,仨儿子也足够了,没闺女也没什么。亓卡、亓卡不像人的名字，像动静，怪好听的……哎，我想叫你恩人的……但跟戏文似的不好听，就叫你亓卡行吗？"

"可以啊，我就是亓卡啊，亓卡就是让所有人叫的……卡在黏黏的泥水里，走路，亓卡亓卡……"亓卡安然睡去。小戏子也搂着冬冬睡去。

有时亓卡也听小戏子说一些沉重的话题，但是小戏子似乎一点儿也不沉重。

一天，冬冬睡了，小戏子出门上过厕所也上床睡下。亓卡铺好地铺，地铺头上放一只小板凳，煤油灯搁小板凳上，亓卡躺着看书。

小戏子掀起被单一角偷偷瞅一眼，披衣起来将板凳从地铺顶头挪到侧方。亓卡以为灯光影响别人休息，就说："不看了，这就吹灭。"

小戏子说："你看吧，会看书多好，识文断字，明事理。不过，灯不能顶头搁，怪瘆人的。"

"什么瘆人？"

"长明灯。死了人，灯就搁顶头、脚下。好给死人照路。"

亓卡笑了："人死了还用照路干吗？"

"死人也得走路啊。黄泉路，去阴曹、下地府都得一步步走。"

"噢。"亓卡以为小戏子在说戏里的事情。尽管亓卡对戏里的事情很感兴趣，但眼下亓卡最不愿意提起的就是戏。唱戏的事情一定是小戏子不愿提起的过往，所以亓卡也就不想让小戏子难堪。可是小戏子说的却是一段更为难堪的事情。

"冬冬的爹不知道走出多远了……想他一路走好。"小戏子却说。

"谁?"

"冬冬他爹,死了。"

"死了?!张生?"亓卡吃惊地一骨碌坐起,灯火乱颤着一阵跳动。

"啊,死了。死在一个孤老头子家的柴房里。去孤老头子的庄里卖唱,春耕时候,生意不好,跟要饭的差不多。他是个死要面子的人,离老家太近的地方他不去,太熟悉的地方他也不去,专拣没人认识的地方去。这样,请我们唱的人少,饥一顿饱一顿的,本来就吐血,后来他就不行了。那天夜里一直咳嗽,睡不着,后来咳累了,就睡着了,一睡就睡过去了,任我怎么摇晃叫喊再也没有醒来。多亏是在孤老头家,要搁别人家,人家可就硌硬死了……我两天三夜才走到他老家,让他家里人给拉回去了——噢,我去他老家的时候就给他在头顶脚下点的长明灯,还告诉孤老头记着给添油。"

亓卡有些难过:一个在戏台上神采飞扬的"张生"永远地去了。看一眼摆在被单那侧的覆了白布的黑布鞋,亓卡轻轻叹了口气。

小戏子听见亓卡叹气,就说:"我知道你记恨着他扔冬冬,记恨着他打我,其实他心肠不坏。"

听见小戏子那样说,亓卡的思路只好跟上说:"是你说的,他要把冬冬拿去喂狗。"

"不知为什么,他特别不喜欢冬冬,没来由地不喜欢。其实他该喜欢的,冬冬是他亲生的……他拾我的时候,我才五六岁,刚记事。到处都打仗,亲爹是当兵的,开拔了,亲娘被炸死了,他把我拾回家,认我做干闺女,让我跟他姓常。可是干娘不喜欢我,打我,还不给饭吃,他就把我带出来跟他学唱戏。他有一个小戏班子。很多戏我一学就会,有的不学也会,听干爹和大人们在台上唱,台下练,我看看就会了。干爹很严,教我练功,教我吊嗓子,不对时会呵斥我,偷懒时就打我。"小戏子在被单那面嘻嘻地笑着回忆,"干爹常说再不改毛病就不要我了,我那时特别怕干爹不要我了,就特别乖巧。干爹打我,也很疼我,打的时候少,疼的时候多。冬天的夜里冷得人打哆嗦,都是他搂了我在被窝里焐着我。夏天人热得发晕,他就给我扇扇子……九岁我就能登台唱戏了。哎,你在听吗?"

亓卡一点儿睡意也没有,他在用心听。小戏子继续说:"他老了,病了,我就四处跑着唱小曲挣钱给他抓药,讨饭让他吃饱,伺候他。他拾了我,带大了我,给他送终也算报答了他……想想他也真不是个东西,我十五岁,夜里,他爬上我的身子,糟蹋了我。我怕丑,怕丢人,不敢哭,不敢闹……就有了冬冬。冬冬在我肚子里的时候,他就让我摔,让我翻,让我蹦跳,冬冬命大,就是不下来,他就用布条捆着、勒着我……后来,就生下冬冬。那天在台上正唱着,我一阵肚痛,强撑着唱完,跑到后台一个戏箱子旁的黑影里,刚蹲下,冬冬就生出来了……嘻嘻,戏散了,别人以为他又拾了个人家不要的孩子……嘻嘻……"

小戏子轻微的鼾声响起。灯火跳跃了几下,熄灭了,油燃尽了。亓卡瞪着眼睛到天明。他觉得发生在小戏子身上的故事比聊斋故事更曲折更复杂。

想到小戏子很快就要离开了,亓卡无奈地叹了口气,他不知道小戏子最终的归宿在哪里。

天亮了，亓卡扛着铁锨去打扫厕所。冬冬是明天走还是后天走呢？尽管亓卡知道冬冬终归会离开，没想到离别前还是会这样难过。

吕秘书气急败坏，对颜秀春说："看到了吗？这就是你念着惦着的好人，居然没事人样的，非法同居啊，非法同居！"

臧书记对亓卡的"不听话"很是生气，可是从心里讲，还就是对亓卡的所作所为气不起来，只会一再地说，我不让他结婚他能怎么着？再说，小戏子未必会真的留下来。

工会主席王月英气不过，但是也没有太好的办法，毕竟小戏子这座神是自己的儿子请回来的，打也打了骂也骂了，你能怎样？做过妇救会长的王月英最明白的事就是婚姻自由这一国家大法，她说："亓卡是右派，可是国法中没有说右派不能结婚，就跟过去斗地主斗富农，但地主富农的闺女、儿子该结婚还得结婚，只不过贫下中农人家的闺女、儿子都不爱跟地主富农的闺女、儿子结婚罢了。看小戏子那样，家庭成分孬不了，不然人家县剧团也不会打算给她转户口。亓卡愿意，小戏子也愿意，别人不去掺和就算了。亓卡的为人咱都知道，肯定不会对小戏子怎么样……"

臧奶奶一边听了，却不同意："亓卡不会怎么样，小戏子却不一定不会怎么样。那是个妖精呢！"臧奶奶在偏向亓卡。

"那你说该怎样，叫你儿子撵人家走啊，撵得走吗？哎我说，你不是一直都说不能见死不救吗？这回倒是救了，怎么样了？"儿媳和婆婆从来都说不到一块去。

"你说怎么样？"臧奶奶并不计较。

"他们愿意一起过，让他们过去。右派，戏子，半斤八两的。亓卡有了媳妇成了家,你也就少了样心事。"工会主席是回答婆婆,也是对婆婆的儿子自己的丈夫说。

臧书记却警惕地说:"胡说八道,我有什么心事!"

"多心了不是。不是你成天觉得亓卡冤,这回好了,亓卡喜欢小戏子,多少也算替他排解排解……"

工会主席这样一说,臧书记咬着牙,腮帮上的肌肉一棱一棱地动,憋了半天才说话:"真是些费事的人!"

臧建国却不知深浅地说:"爸,你不是说要成立剧团,让小戏子来演戏吗?上回没来成,你还不高兴,这回让她演啊!宋老师都让她在我们教室……"

"滚!"爸妈几乎就是异口同声。

"你还嫌麻烦不够啊!"妈妈说。

"再提剧团、唱戏的事把你的两瓣腚打成四瓣!"爸爸说。

臧建国摸着还是两瓣的屁股跑出家门。

臧书记家对待小戏子的态度,就是全场人对小戏子的态度了。冬冬娘俩在人们的心目中成了一块掉在地上的热年糕——吃不得,扔不掉。

对这样的结果,吕秘书觉得很是不解恨,他觉得臧书记应该一脚把小戏子踢出农场去。他认为小戏子无所谓,主要是别让亓卡太得意,一个右派,你说捡孩子就捡孩子,你想收留一个戏子就收留一个戏子,凭什么呀?亓卡之所以能处处随愿,也怨臧书记太优柔寡断。臧书记原话是"她好了赶紧带孩子走",赶紧走,还用等她好了?等病好了,还叫赶紧?

吕秘书不明白，臧书记一个打日本鬼子的英雄，能驯服蒙古马的一把好手，为什么对一个什么也不是的小戏子那样无能呢？坚决撵走就是了。有什么啊，别说臧书记，就是我一个秘书说撵也就撵了。可是秘书毕竟只是秘书，还有书记呢，臧书记那样的态度，叫我一个当秘书的如何果断处理？

如果我是书记——吕秘书被自己脑子里突然出现的念头吓了一跳，转动脑袋看看四周，叹一口气：唉，书记优柔，秘书就不能太过强硬，要硬也只能私下里恨恨地牙根发酸。

令吕秘书着急的关键是，颜秀春仍不知死活一趟趟去亓卡宿舍看顾小戏子母子。明摆着，颜秀春和很多人一样，不相信亓卡真的会娶小戏子为妻，所以才会以看小戏子母子为借口去亲近亓卡。亓卡非法同居的行为并没有让颜秀春痛恨亓卡，反倒说："亓卡他有什么错？有本事你能去可怜小戏子母子我也对你好！"

也真奇了怪了，亓卡都破罐子破摔成那样了，颜秀春还一门心思念那个旧！这样一想，吕秘书还就真的很担心：这样下去，亓卡和颜秀春真的重又好合一起也是说不准的事，不行，一定不能让他们的愿望得逞！想一回，恨一回，吕秘书恨不能将小戏子母子一脚踹走，一把掐死。

看着颜秀春一次次端着打来的饭菜去亓卡宿舍，吕秘书又气又恨。

很快，聪明的吕秘书兴奋地拍完了脑袋拍大腿，天眼大开般看到了大好时机！于是，脑筋180度的大转弯，态度从一个极端走到另一个极端：还真不能让这个小戏子走了，他要尽快促成亓卡和小戏子的婚事。

老白见亓卡当众说出要和小戏子结婚，忍不住找机会问亓卡："你不是真的想同小戏子结婚吧？"不等亓卡说什么，老白又说，"这事你可得想好喽，仔细想想，一辈子大事，这可不是看一场戏那么简单。能劝她走还是劝她走。"

"我不看戏。我会的。现在不能。"亓卡面无表情，声音坚决。自认为懂亓卡的老白一头雾水。

老白不死心。"亓卡，说句不中听的话，你可别光想着英雄救美啊。这是过日子，不是看戏。过去说过的不知道小戏子给哪个有福的人当老婆的话，你可别当真啊。"老白将两个大拇指对在一起，眼睛看着亓卡，"小戏子和你可是不靠谱的事啊！"

老白的心意亓卡自然明白，却也不想就这样的问题跟老白探讨什么。老白说得没错，母子两口人的问题，不是看一场戏那么简单，可是等待小戏子身体好转，也并不比理解一场戏复杂。所以，亓卡只对老白点点头，不说话。

"亓卡，戏是戏，事是事。喜欢听她的戏是一回事，跟她过日子是另一回事。现在收场还来得及，等真过了门，想悔可是不容易了，啊？"老白不想伤害小戏子却也更不想让亓卡一生难为。

"她现在不是唱戏，我们也不是赶好远的路去看她演戏。她有病，需要帮助，我不要叶公好龙。"亓卡的引经据典让满腹经纶的老白怔住了。老白真正理解了亓卡，在佩服亓卡的同时也放下一颗悬着的心：真正想帮助小戏子的人是亓卡，而结婚只是亓卡的缓兵之计！

亓卡想告诉老白他刚刚知道的小戏子悲惨的身世，借此告诉老白让小戏子母子住下来是真心同情怜惜，和结婚啊，看戏啊什么的都不搭界。最终亓卡却什么也没说。

有人知道老白去劝亓卡，就嘲笑他说："亓卡再傻，也就那么一说，怎么可能和小戏子结婚？"

亓卡的当众表态，没有人当真，但老白当真。亓卡什么样的人老白清楚，所以老白才真心着急。

同样的话，老乔也对亓卡说过，亓卡照样不说什么。老实说，亓卡根本不想结婚，收留冬冬母子的确和结婚是两码事，当众说出那样的话，实在非常地违心，可是那样说是唯一可以拯救小戏子母子的办法。结婚是大事，拯救小戏子母子同样是大事。

真心不希望亓卡和小戏子结婚的人有，不相信亓卡和小戏子结婚的人有，而希望促成他俩结婚的人也有。

16　可乘之机

吕秘书对颜秀春说："亓卡要结婚了，你知道吧？"颜秀春用一团棉纱仔细擦着四轮拖拉机，并不理会吕秘书。"真的，我一点儿也没有骗人，你看，打结婚证的介绍信都开好了……"吕秘书从衣袋里抽出介绍信哗哗抖着。

嘭的一声，颜秀春将拖拉机的机箱盖扣上，声音很大，吓了吕秘书一跳。吕秘书正惊魂未定，颜秀春将手上擦车的一大团废棉纱用力摔向吕秘书脚边的汽油盆，盆里洗过配件的浓黑废油立即油花飞溅，吕秘书躲闪不及，裤脚衣襟顿时油渍斑斑。

颜秀春不管不问扬长而去。吕秘书却不生气，他知道颜秀春生气了，他要的就是颜秀春这副气急败坏的样子。"秀春，颜秀春！你别生气嘛，这下知道人家是怎么回事了吧。"吕秘书之所以不等亓卡去办理结婚手续就先去告诉颜秀春，就是想看一看颜秀春的态度。吕秘书激动着一颗怦怦跳动的心——就要大功告成了！

亓卡没有想到自己当众阻止别人逼迫冬冬母子离场的话会被重视，也没有想到结婚的事情会这么简单。吕秘书把一封盖着农场鲜红公章的介绍信送到了亓卡的手上。

吕秘书在开介绍信之前像是不很经意地问过臧书记："亓卡和小戏子的事，是不是就那样了？"

"哪样？"

"结婚啊，亓卡不是要求结婚吗？"

"啊，要求了吗？啊，亓卡说归说，不会当真……这样……你再去做做工作，让他再好好考虑考虑，尽快让小戏子走……就说我说的，婚姻不是儿戏。"臧书记依然是那副似是而非的态度。

考虑，考虑什么？考虑不考虑，这回得我说了算！我当然知道婚姻不是儿戏，哼！谋事在人成事在天，我吕大同就是要谋一件称自己心愿的大事！

吕秘书直接开好介绍信，趁管公章的老李不注意，将大红公章压在白纸黑字上。在迫不及待地见过颜秀春后，兴冲冲地将介绍信拍在亓卡手上说："你的请求场领导很关心，抓紧时间办吧，免得夜长梦多。"

"我的请求？我没有请求什么啊！"亓卡不明就里。

吕秘书冷笑着说："没请求吗？男子汉大丈夫当众说过的话不要不认账好不好？要求结婚的事是你当众宣布的，你不会要反悔吧？像你们这样成天住一块影响的确不好，哪天再被撵出去也是说不准的事……我也不想一趟趟来管你家的事，再说，婚姻自由，是国家规定的。"

"我们只是同居一室，没有同居……就像你我以前……"亓卡分辩道。

"同居一室不是同居？亓卡，这话我信，别人信吗？小戏子身体不好，冬冬还只有一点儿大，是啊，一旦走出你的门，这对母子是死是活还真说不好。跟你明说吧，今天是最后通牒，小戏子今天不走，明天场保卫科就来人武装押送她们离开！看在一个宿舍住过的份上，为你着想……那什么……婚姻介绍信我替你开出来了，你再补一个结婚申请吧。喏，就照介绍信这样写，噢，这里去掉'兹有我场职工亓卡'，改成我是农场职工亓卡，和常春兰自愿结婚……特此申请。"

"常春兰？"

"就是小戏子啊，冬冬他妈。冬冬他妈就是常春兰，你近在眼前的媳妇啊！结婚申请我等着你写好，快点儿吧。噢，还有日期，日期要比介绍信上的提前一天……两天也成……对，就这样写，有了这份申请一切就都名正言顺了，别人就没有撵小戏子的理由了。以后的事情就以后再说吧。"

亓卡木愣着，听从吕秘书的指指点点。

有了亓卡的结婚申请，吕秘书心里脸上都阴阴地笑了：天皇老子再问起来，都是人家亓卡自愿的，没我姓吕的什么事了。吕秘书大功告成一般又去找颜秀春了。

颜秀春和吕秘书闪电般结婚了。在得到亓卡准确的登记结婚日期时，颜秀春冷着一张脸对吕秘书说："这下你称心了。"看吕秘书谄笑着不说话，颜秀春立即就火了，"还不快走啊！"

"哪里去？"

"打结婚证结婚去啊！"

吕秘书脚下一绊，差点摔倒。吕秘书乐坏了。颜秀春却如同死去一般。

吕秘书和颜秀春的婚礼就在场部办公室的大会议室里。场里很多职工结婚都在这间会议室里。有人结婚，会议室里平时排排摆放的连椅被拖开依墙一圈摆放，再把一张乒乓球桌抬来放在中间，桌上摆一些花生糖果和茶水，大红"囍"字一贴，再扯些纸做成五颜六色的拉花，张灯结彩的气息立即就显现出来。

吕秘书一身藏蓝中山装，白净的面容泛着红光，不时将桌上摆放的糖果抓给来参加婚礼的大人、孩子。颜秀春不见有什么特殊打扮，和平时不同的是一件粉红色衬衣穿在蓝色工装的里面，粉红衣领翻在外面。工会主席说服了半天，颜秀春才肯把那一抹粉红翻出衣外。两条长辫依然乌黑，只是不再身前背后地甩来甩去，死趴趴地垂在脑后。

由于大家心里都明白的原因，婚礼很拘谨，除了场领导、机耕队队长、工会主席讲话和讲话后稀落的掌声，几乎就没怎么热闹，连大家最热衷的新郎新娘在哄笑中去咬那颗吊在半空里糖果的节目都省略了——颜秀春的婚礼不该这么冷清的。大家想热闹，却始终热闹不起来。大家始终不认为、也不相信吕秘书真的把颜秀春追到手了。还有就是大家惦记着的是另一场婚礼。

今天也是亓卡结婚的日子。亓卡结婚的消息是吕秘书在通知大家来参加他的婚礼时"顺便"告诉大家的——"我结婚的日子也是亓卡结婚的日子，巧了，同一天，咱场双喜临门呢。"

其实吕秘书打心眼里不喜欢自己的婚礼和一个右派赶在一起，但只有这样才能彻底打消包括颜秀春在内的所有人对亓卡和小戏子婚姻的不相信。

吕秘书的目的达到了。吕秘书把握住了机会，实现了人生中最重要的目标。婚礼热闹不热闹有什么关系，彻底得到颜秀春才是他想要的。

17　新婚之夜

亓卡的宿舍冷冷清清，窗口透出的微弱灯光昏黄一片。大家匆忙结束一场婚礼，却无法走进另一场婚礼，这实在让大家感到遗憾，如果是亓卡、颜秀春的婚礼，还不闹死他们！现在大家只好远远望一眼那个熟悉的窗口，各回各的家了。

天还早，亓卡拿一本书凑近灯光，却又想起了什么，放下书，拿起自己的一条裤子和冬冬的一件衣服搁脸盆里，舀上水，坐小板凳上搓洗。小戏子住下来后，冬冬很高兴，有妈妈陪着，冬冬每天都比过去睡得晚。冬冬不睡，小戏子就不能睡，小戏子不睡亓卡的地铺也就搭不成，于是亓卡就找一些书来读，或找点儿其他的事情做。今天是亓卡、小戏子结婚的日子，冬冬并不觉得有什么特殊，依然和妈妈在床上嬉笑，抓着眼前一堆黑黑的软枣吃。亓卡边洗衣服边看着床上的冬冬和小戏子。亓卡和冬冬一样，没有觉得今天晚上有什么特别。亓卡认为那纸婚约只不过是和吕秘书之间达成的一个不赶小戏子走的临时约定，并不是真正的结婚。小戏子似乎也没有什么特别的感觉。

响起轻轻的敲门声。老乔带二丫来了，进门时带过的风把煤油灯吹得忽忽闪闪。亓卡甩甩手上的水站起身想说什么，却没有说，只是朝老乔笑笑，甩甩湿漉漉的手，拍了拍二丫的肩膀——二丫又长高了不少，过去亓卡都是拍二丫的头顶。小戏子从床沿上下来，吐掉嘴里的软枣核，老熟人样地抓一把软枣给二丫。二丫有些不好意思地推开了。老乔什么也没说，只把大丫剪的一个不大的"囍"字贴在门的内侧，把一对带有喜鹊登梅图案的红色枕巾搁在床头，就准备领二丫走。

老白也来了。老白变戏法样从一只面口袋里拿出一个盘子，眨眼的工夫在盘子里高高摞了六只大大的馒头，馒头上点了鲜艳的红点。"我老白祝亓卡的日子过得六六大顺。"老白摸摸冬冬的头对亓卡说，"好好过日子。"见大家都不说话，老白又说，"哎，今天是个好日子,大家都很高兴。冬冬也很高兴是不是?软枣啊,冬冬让不让老白大爷吃一个啊?"冬冬胆怯地愣着,小戏子就抓一把软枣给老白。

老白打破沉默,却不能点燃大家的情绪。老乔、老白、亓卡同一天进场,这是他们彼此从来不用专门去想也从不会忘记的事情,却似乎又是很久远的事情了。今天大家应该有更多的话题,却都有一种找不到话题说、说什么都多余、不说什么又不应该的感觉。小戏子和谁都不熟悉,自然只是嘻嘻地笑着不说什么。老白和亓卡是小戏子的戏迷,过去他们不怕远不嫌累地追逐着小戏子,可是当小戏子近在眼前,谁也没有提起关于戏的任何话题。唱戏、看戏的事情已经离他们很远了。

没话找话了一阵子,老白说:"时候不早了,明早我得早起填塞全场的嘴巴,回了。"

老乔说:"时候不早了,二丫明早要上学,我们回去了。"就招呼二丫回家。亓卡做出送客的样子。

二丫却说:"明天是星期天,不上学。"

老乔仍拉了二丫要出门,二丫又说:"亓卡叔叔结婚,冬冬和他妈就有户口了吧?"

突然的话题让大家都有点儿措手不及。可是似乎说到了大家最敏感最关心也最现实的问题。

老乔、老白离开后,亓卡仍然将被单像往常一样挂在他和小戏子中间。亓卡没有结婚的感觉,他不知道结婚的感觉在哪里。小戏子似乎也没有,只有冬冬莫名地高兴。冬冬悄悄问亓卡:"爸爸,老乔伯伯和二丫姐姐给咱家贴了红字,是不是妈妈就不用走了?"

亓卡想了想说:"冬冬长大以前妈妈不会走。"

冬冬说:"那冬冬就不长大。"

小戏子嘻嘻地笑着让冬冬睡觉,说:"你乖乖地睡觉,我就不走。"冬冬听话地闭上眼睛。

亓卡仍旧仰躺着举了书在灯下读。

小戏子问:"看什么呢?"

亓卡说:"《聊斋》。"

"《聊斋》是什么,说什么呢?"

"说一个叫王子服的……从小很聪明,他喜欢一个特别爱笑的女孩……"这是亓卡正翻到的篇章,所以随口回答。

不想,小戏子却抢着说:"噢,知道了,女孩是狐狸生的婴宁,特别爱笑……"

亓卡大吃一惊,问:"你也读《聊斋》?"

"嗨,读什么《聊斋》啊,我哪会读《聊斋》,听来的。小时候听我亲娘讲的,我亲娘可会讲了,可是我不知道那是《聊斋》。对了对了,想起来了,我娘那时就成天晚上跟你一样拿一本书看的。记得夜里我睡醒一觉,我娘还在灯下看,有时还哭呢。很怪的。我碰到事情,噢,高兴的事和伤心的事——碰到事就会想起我娘,就会想起我娘给我讲的故事,很怪。想的时候,有时清楚得不行,我娘就在我眼前,说话啊,笑啊,就跟我娘活着一样……有时又什么也看不见,越想越看不见,急得掉泪也枉然。哎亓卡,这么说我娘跟你看一样的书,你知道的事我娘也知道,我娘知道的事你也知道,我娘和你早就认识一般，多好。亓卡你说，我娘会不会是狐狸变的，她会不会哪天来看我啊？亓卡我跟你说啊，我还真喜欢狐狸精，好看，聪明，有本事，想什么有什么，想去哪就去哪。"

小戏子知道聊斋故事，一股亲切从心底清澈地流出：母亲是狐狸，那她就是小狐狸了。亓卡忍不住问："那你爸爸呢？"

"你是说我亲爹吧，还真想不起他的模样。只记得他个子高高的，穿大皮鞋，走路咔咔响，有勤务兵跟着。他来了，就让我跟张妈睡，他走了，我才能跟我娘在一起。我还记得那时我特别怕那个人，不喜欢他来看我和我娘。张妈说，我娘以外我还有大娘和二娘的。张妈还说，我娘嫁我爹以前是个女学生呢。现在回想，我爹大概是个什么大官吧。后来听我娘说他开拔了，后来我娘就死了，我爹大概也死了吧。我的命不好，还硬，克死了爹娘。"

"战乱，就会死人，跟命没有什么关系。"亓卡安慰着，侧身掀起被单的一角看着小戏子，小戏子在床上脸朝外躺着。

小戏子的身世还真像妖狐和人所生之女。亓卡在心里感叹着，可是婴宁生活在一个与世隔绝的如世外桃源的山林中。那里"乱山合沓，空翠爽肌，寂无人行，止有鸟道。遥望谷底，丛花乱树中，隐隐有小里落……"而小戏子却……

"要说我的命也不错，净遇见好人。娘死了，遇到了干爹，没有干爹，我也就没命了。有了冬冬，又遇到你，没有你，冬冬的命也就没有了。冬冬没命了，我还能活？嘻嘻。"小戏子笑，亓卡心里却酸楚得发痛。为了排解，亓卡放下被单，把心思拉回到《聊斋志异》，眼睛盯着的仍然是那篇百看不厌的《婴宁》。这本《聊斋志异》是亓卡回国后在新华书店买的新版书,爷爷留下的线装《聊斋》亓卡轻易舍不得拿出来。

"亓卡你说,咱这就算结婚了?"

亓卡"啊"了一声,眼睛没有离开《聊斋志异》。

小戏子说:"真结婚了?我出门子了?怎么跟做梦似的。你说,我娘她会不会知道,她知道了是哭还是笑呢?"见亓卡没什么反应,小戏子仍自顾自地说,"一定是笑的。你人心眼好,个子又高,鼻子、眉眼、脸盘也生得好看,我娘一定会说我有福气呢……"

亓卡眼睛在《聊斋志异》上,心却怦怦地跳。结婚的事情,他不知道该如何对仅隔了一块被单的女子对话。那是一个既熟悉又陌生的女人,亓卡从来没有想过要和这样的女人结婚、生活。就是眼下,他也不知道这个女人能待多久。冬冬是自己捡来的,而这个女人只不过是冬冬的母亲,是曾经在戏台上飘来飘去的小戏子,仅此而已。

眼下的结婚,好像和结婚根本没有什么关系。在老白和老乔来之前,亓卡根本没有意识到他结婚了。结婚,本来就是容留冬冬母子的手段。和吕秘书之间发生的那些结婚申请、结婚介绍信之类的事情在亓卡心目中和真正的结婚根本就不是一回事。

可是就在今晚,小戏子那令人唏嘘的身世,又让亓卡觉得和小戏子之间的关系不只是因为捡了小戏子生的冬冬那样简单。亓卡好像在读着聊斋故事,悬念迭起,新奇而刺激。

小戏子半天都没有说话了,亓卡以为她睡着了,就继续看书。谁知,小戏子却说:"戏里的洞房可不是这样的……"

被单飘了一下，亓卡躲避着飘在脸边的被单，就看见被单对面小戏子的脚，显然，小戏子坐了起来。那是一双小巧而周正的脚，一截圆润的小腿连接着同样圆润的脚踝。正是这双脚穿了前面缀一蓬彩缨的绣花鞋，翘着脚尖带着它的主人在戏台上轻灵地飘。

冬冬的亲爸死了，冬冬我替她带着；她的病好了，是要回到戏台上去的。在众人面前说出结婚的话是为救小戏子，糊里糊涂地按吕秘书的指点提出什么结婚申请也是这个目的。可是他不知道该如何对小戏子解释。

亓卡看着并排悬在床前的一双脚，呼出一口气说："我是右派。"

小戏子却笑出声来："这我知道，右派怕什么？我才不怕呢！"

亓卡说："不好。"亓卡说的不好的背后有很多理由，是颜秀春、老白和老乔都说到过的理由，可是这样的理由怎么跟小戏子说呢？

"有什么不好。人不能十全十美，要是太全了会遭天怨的。知道什么叫柴门对柴门，木门对木门吗？"不等亓卡说什么，小戏子快言快语继续说，"门当户对啊！"

"门当户对？谁跟谁门当户对？"

"我和你啊！你是右派，你才不会嫌弃我。你知道，我心里踏实得很。"

亓卡心里有些别扭，却又说不出。难道只有右派才能和眼前的女人对等吗？心中自己的妻子是小戏子这样的女子吗？好像从没有想过。连想也没有想过的事，当然不是。是颜秀春吗？已经没有可能的事，当然也不是。右派的身份使面前的女子心里踏实，自己心里怎么一点儿感觉都没有呢？踏实，不踏实，好像都无从谈起。

小戏子忽然跳下床，钻过床单，来到亓卡的地铺上。亓卡吃惊地呼一下坐起，灯火被突然的气息搅扰得忽闪不定几乎灭掉。小戏子嘻嘻地笑着看着亓卡，就跪下了。

跪下了的小戏子竟一脸肃静，面向亓卡也面向煤油灯，双手合十说："灯火作证，今天我跟亓卡成亲，从今儿起亓卡就是我一生的男人，不同生，死同穴。"匍匐拜了下去。呆愣着的亓卡心在怦怦作响。

小戏子直起身子说："灯火作证，从今天起亓卡就是冬冬的亲爹，百年之后冬冬会为亓卡养老送终。"小戏子又一次拜了下去，"灯火作证，我常春兰今生做牛做马……"亓卡如同燃烧般一把抱住小戏子，抱得紧紧的。

小戏子燕子般声声呢喃："亓卡，亓卡……"亓卡却放松了自己的双臂，打了一个激灵，他想起了"张生"，想起了张生对小戏子的关爱和欺凌……

"亓卡亓卡……我今生今世是你的女人。亓卡我不怕苦，不怕累，我给你生儿给你育女，我晚给你铺床早给你叠被。亓卡我不会像婴宁那样报了恩就走，你的恩我这辈子报不完……亓卡亓卡啊……"在小戏子亓卡亓卡的呼唤中，亓卡却想起一个问题："我叫亓卡，你叫什么呢？"亓卡的意思是你管我叫亓卡，我管你叫什么？亓卡的问话连自己都觉得莫名其妙。

小戏子却似乎明白亓卡词不达意的问话，仰脸道："叫什么都行，班子里都叫我春兰，也有叫兰子的。"

亓卡的思路赶紧跟上小戏子："班子？"

"啊，班子，过去唱戏的班子。"

看亓卡摇头，小戏子说："要不叫冬冬妈也行，有孩子的女人，都这么叫的。不，冬冬妈不好，再生了孩子，就不叫冬冬了，嘻嘻。干脆，就叫小戏子算了，我知道过去你一定也是这么叫我的。"

亓卡说："可是，你现在不演戏了……"

"那就更应该叫小戏子了啊，你想啊，我一辈子都不会再唱戏了……"

"为什么不唱戏了？你唱戏很好的。"

"不唱了，也不想了，我嫁人了……可是不管怎样，我是从小戏子过来的呀，过去人家有多喜欢小戏子呀，你也喜欢是不是？"

小戏子仰着脸，那双丹凤眼晶晶闪亮。亓卡忍不住说："你总要长大，总要慢慢老去。"

"越说越得叫小戏子了，你想，老得走都走不动了，谁知道还有个小戏子啊。一叫，人家就知道，噢，这个走不动路的老太婆，早先还是个小戏子啊！"看亓卡不说话，小戏子继续说，"别以为小戏子有什么不好。读书人叫什么？叫学子；在官府、大营里通风报信的人叫探子；还有啊，烧火做饭的叫厨子；就连那抛家舍业在外闯荡的人都叫游子呢。那演戏的不叫戏子，叫什么？你会说，叫演员啊，那是官称。别管小戏子还是演员，自己不看轻自己，叫什么都无所谓。你就叫我小戏子吧，啊？"

小戏子更紧地往亓卡身上偎了偎，说："别管那么多，我巴不得一辈子都是小戏子呢，一辈子都不老。一辈子都当你的小戏子，一辈子都是你的小戏子，一辈子都是这个家的小戏子！"

亓卡再次燃烧起来。在燃烧中，亓卡认定小戏子从今以后会在自己的关爱下生活，自己将不再让被称作小戏子的妻子受任何欺凌……亓卡在小戏子的引领下，如同走在湿滑泥泞的道路上。"亓卡亓卡……"小戏子的呢喃让亓卡激越，让亓卡燃烧，让亓卡火山般喷发。一切来得突然，却又那么顺理成章。

这一夜颜秀春和吕秘书的新房里传出阵阵吵闹和打斗，打得挺厉害的，好几排房子的人家都听到了。黑暗中大家都瞪着眼支棱着耳朵。

声音是渐渐大起来的。

"你缺德！呜……你别想……"颜秀春的声音。

"凭什么不让？从今天起你是我老婆。"

"谁是你老婆？做梦！"

啪一声，是巴掌打在皮肉上的声音。"贱人，知道你还不死心地想着那个右派，有用吗？人家也结婚了，惦记有什么用？"

"呜……呜……"

"怎么样，死心了吧。这叫什么，这叫英雄难过美人关。右派娶破鞋，也算门当户对。我呢，大小也是场部领导，娶了个漂亮劳模，也说得过去，互相对得起了。"声音粗鲁油滑，一点儿也不像平时慢声细语的吕秘书。

"你卑鄙！"哐啷，哗啦！不知是碗还是杯子摔碎的声音。

"摔啊，摔净了再买新的！放心吧，小戏子多漂亮多风骚的人，有那样一个人在身边，他不会再去想别的女人了。别人呢，再想他也没有用喽。"

"流氓!"

"好了,打也打了,骂也骂了,气也气够了。得到你真是不容易,我会珍惜的,会一辈子对你好……"

……

18　首次买粮

办理户口就没有结婚那么简单了。亓卡以为很简单,以为结婚了,小戏子和冬冬就有农场户口了。小戏子也这样以为。吕秘书把结婚的事情很详细地告诉了亓卡,却没有告诉亓卡有关户口的事情。

亓卡想当然地拿着结婚证去领结婚证的县民政局,找到当时发证的人说:"我来办户口。"

人家说:"办什么户口?"

"我爱人的户口。我们结婚了。"

人家说:"两码事,我们不管办户口,办户口去公安局。"

到了公安局,人家问:"户口迁移证呢?"

亓卡说:"没有。可是我们结婚了。"

人家说:"不办户口迁移就结婚,你傻啊?"

亓卡记得吕秘书好像说过,结了婚其他的事情才可以走正常的手续。但他不知道结婚和户口的确是两码事。亓卡请假和小戏子一起回到小戏子的娘家——张生的老家。一问才知道,户籍里根本没有小戏子常春兰这个人。小戏子当年是捡回来的孩子,很快又离开家,不在家里生活,户口普查时就没有算家里人。小戏子没有户口,也就无从迁起。在迁户口的过程中,亓卡还明白了:就算小戏子有户口,农村户口往国营农场迁移也不是随意可以迁的。

小戏子的户口没有办成,亓卡没有太去在意——那是妻子不堪回首的往事,是痛苦的伤疤,不去在意,也就是不去把伤疤揭开来看。小戏子也没有表现得很在意,只要一家人在一起了,没有户口又能怎样?可是很快他们就知道国营农场的户口有多么重要。

每月的5号老白最忙,这一天是每月一次的出粮时间。这一天老白的储粮库里热闹非凡,场里的职工家属排成长长的队伍前来领粮。三个女人一台戏,何况排成一长队的女人。一长队的女人都很兴奋,家长里短,叽叽喳喳,没完没了。月底了,米缸空了,面袋也瘪了,就盼这一天。这一天领到了粮,米缸就满了,面袋也鼓起了,足够掌管家务的主妇松快一阵子。另外一个月能趁出粮的机会大家凑在一起说说闲话也是难得的乐事,平时家属们大多是在农场的各个角落里干着各种各样的临时工,比如缝补粮袋,清理饲养场里的猪屎马粪,用小棍子一下一下抽打破麻袋烂绳头以制作麻刀……总之,家属们为农场干着许多不起眼的工作,也为自己的家挣点儿辛苦钱。

农场有规定,出粮这一天,家属工可以放假半天,可以自由选择上午或下午,免得大家都挤在一个时间。双职工的,谁有时间谁去,可一般都是女的去,爷们不屑与老娘们一起。总之5号,家属们带着米袋、面袋,领着不上学的孩子汇集在老白处,按先来后到依次排好队,等待老白开秤出粮。

臧书记家出粮也和普通职工家庭一样，臧书记一般不来，都是王月英来。王月英是工会主席，比起普通家属总是有身份的人。工会主席来了，大家都会主动让先于她：一来主席忙，二来她站在中间，会让大家感到不自在。

臧书记家的粮出来了，吕秘书早已远远地看见，急忙跑过来在大家的白眼中帮助工会主席把粮食弄回家。工会主席家的口粮是全场最多的。臧书记两口子为成年职工口粮每人三十二斤，臧奶奶和臧建国为成年家属口粮二十七斤，其他一群国们都是未成年家属口粮。未成年家属口粮很复杂：出生就有十一斤，以后每长一岁口粮就长两斤，直至长到二十七斤为止。老白在这些复杂的口粮计算中表现得非常厉害，算盘珠子一阵噼里啪啦响，就能准确无误地报出每一家的米多少，面多少，杂粮多少，油多少。

吕秘书新婚，双职工，也来出粮。单身的时候，二人都吃食堂，结婚了，有家了，总会熬个米粥、炒个菜的，就要出部分粮了。颜秀春不来，吕秘书来，大家就嘻嘻哈哈地打趣吕秘书。吕秘书解释说颜秀春今天出车去大田，请假怕耽误生产。大家就说，人家吕秘书多好，搞男女平等，说男人都应该向吕秘书学习。有的还口无遮拦地说，颜秀春是看人下菜碟，要是做了别人的老婆，肯定会自己来出粮，哪用得着吕秘书来。吕秘书装听不见。

正说得热闹，大家忽然就睁大了眼睛闭上了嘴巴。大家看见亓卡和小戏子一同走来，亓卡扛着铁锨，小戏子拿着口袋领着冬冬。

亓卡在粮库的门口站住了，跟小戏子低声说了些什么，小戏子笑着轻推一把亓卡，亓卡走开了。小戏子和冬冬排在队伍的后面，又来了几个人，排在小戏子的后面，小戏子站在队伍的中间。开始大家不说话，只眉目间传递着大家都明白的信息。后来大家就用比平时更大的声音说话，比平时更放肆的声音大笑，使得出粮现场比往常热闹了很多。小戏子不吭气，她不认识任何人，她只格格不入地站在大家中间。

二丫娘出过了，大包、小袋、大瓶、小坛一大堆放在门外的墙边，她要送一趟回家再回来一趟。

钱振铃她妈也出过了，扛着背着，边走边喜滋滋地说："孩子们这个月都长粮，没啥好处，多花钱多费力的。"就有人撇嘴说："这娘们烧包。"

吕秘书很快也出过了。吕秘书干活很利索，他把小半袋面扎好搁在小半袋米的粮袋里，一只手把粮袋背肩膀上，另一只手拎起半瓶花生油，很轻松。有人说："吕秘书怎么这么少啊，是不是老白算错账了？"

吕秘书说："就我和秀春俩人，再扣除我留在食堂的饭票，就这么多了。"

有人看着吕秘书的背影说："人家双职工多好，想自己做就自己做，不想做就吃食堂，咱当家属的就只有当伙夫的命。"

轮到小戏子了，大家便都不吭声了。老白被面粉沾得满头满脸满身一片粉白，从磅秤前抬起头，看见小戏子，脸一下就红了，说："……啊，是你啊……你来了？"老白一激动就脸红，一激动就有些结巴。

小戏子吊着眼睛，眯眯地笑着，把粮袋递给老白。小戏子记得是这个人在她结婚的时候说了好听的话,还给了六个大馒头。老白慌忙低下头唰唰地翻着账本,迅速地将米面称好装入小戏子撑着的粮袋。粮食太少了,粮袋太大了,显得粮袋里只有很少的一点儿粮食,只占着粮袋的一角。小戏子扯着粮袋口,抬脸看着老白,那意思是等着老白继续往口袋里装粮。老白拿着粮撮子看着小戏子说:"就这些,已经没有了。"

"就这些?怎么就这点儿?俺家三口人,就这点儿?"

"就是这些……账上只亓卡一个人的口粮,扣去二十斤饭票,只有这些……十二斤,就这些,要不,那什么……你让亓卡来一趟,要不……你先回去,让亓卡再去办公室问问?"老白像做错了什么似的口齿不清脸色红红。

小戏子似懂非懂地拎着可怜的一点儿米、面走了。大家都看着小戏子的背影不再吭气。怎么说也是一家大小三口,二十斤饭票,十二斤粮食,怎么够一个月吃?

亓卡三十二斤口粮,三十三元八角工资,单身的时候,没问题,有了冬冬,节省一点儿也可轻松度日。小戏子来后养病期间,把以前吃不完攒下的饭票基本上吃光用尽。亓卡原以为结了婚,口粮会多,日子也就会好过。没想到,婚后的日子却立即捉襟见肘起来。二十斤饭票掺和着十二斤粮食,半月不到,饭票小夹子里就只夹空气不夹饭票了,把粮袋抖了又抖,也就抖出了两把不到的米面。

小戏子向亓卡报警,亓卡并不以为事情太严重。他从衣箱里拿出一只皮夹,皮夹里有剩余的工资,不多不少十八元,还有一个存折,存折里有两百多块钱,是单身时攒下来的。存折原来有三百多块,有了冬冬,买白糖、鸡蛋,陆续花去一些,小戏子来后,添置锅碗瓢盆又花去一些。亓卡看看存折,放回皮夹,把十八块现金放到小戏子的手里说:"明天拿去赶集买吃的吧。赶集,会吗?"

小戏子是个苦惯了的人,却是个没真正过过日子的人,十八元钱对她来说是笔不小的数目。鸡蛋五分钱一个,老白那里出的面粉一毛六分一斤,十八块钱得买多少鸡蛋和面粉啊,会花得完吗?小戏子攥着十八元钱,像捧着一个聚宝盆的富家女,兴致勃勃地来到人头攒动的大集上。

大集上,买卖葱蒜萝卜青菜的最多,三分钱的大葱五分钱的辣椒,讨价还价之声不绝于耳。

卖绣花针、绣花丝线的大都是上了年纪的老太太。她们无声地挎了元宝状的柳条筅子沿集市走动,鲜艳的丝线一绺绺搭在筅子沿上。有买丝线的大姑娘或小媳妇,老太太就放下筅子,拿出一本老旧的书本,书本里夹着很多剪好的绣花纸样让买线的人挑选,按选中的花样配购各色丝线。丝线要钱,花样白送。如果花样没有满意的,老人会按顾客的要求当场再剪一幅:拿一张白纸或有字的书本纸,对折;再用剪刀尖在垫着的一块小木板上把对折的纸疏疏密密地扎戳几下,纸就粘连在一起了;然后,纸和剪刀在一双苍老的手中一阵活动,不一会儿,或凤凰戏牡丹或菊花配蝴蝶的花样就剪好了。小戏子不会做绣花鞋所以看看也就算了。

卖老鼠药虱子药的把一包包的药和一串串老鼠尾巴摆在一张黄油布上,然后一声声高声吆喝:"虱子药,老鼠药!虱子药药虱子,老鼠药药老鼠!"小戏子觉得好笑:老鼠药不药老鼠,去药人吗?

卖咸鱼、虾皮的摊位上必定会放有一块坚硬的肉红色盐卤,枕头般大,砖头般厚。有人来买,摊主便会用铁锤小心用力敲下一块,放秤盘上称过用草纸包了递给买主——盐卤是用来做豆腐的。

小戏子东看看,西望望,给自己买了一截头绳,给冬冬买了块麦芽糖,又买了一块花布。肚子咕咕叫了,小戏子才想起粮还没买,可是,一路走来还就是没看见有卖粮食的。小戏子问了几个卖青菜的,人家都左顾右盼地看一阵子然后说不知道。后来问一个卖小孩虎头鞋的老太婆,老太婆悄悄说你去骡马市那里看看。小戏子长出一口气:原来找错了地方。可是,粮食怎么会在骡马市上卖?走出好远,才找着卖牛马猪羊的骡马市。骡马市在一片断流的河滩上。顾不得牲口的腥臊气,小戏子瞪着眼睛找卖粮的,可怎么找也找不见。难道又找错了地方?再找不着,等集散了可不得了,家里已经没有米面下锅了。小戏子慌慌地问一个蹲在一个卖猪的旁边吸烟袋的老头:"大爷知道卖粮食的在什么地方?"不想老头却磕磕烟袋,站起身问:"你要什么粮?"

"大爷卖粮?粮在哪里?我看看。"小戏子一阵惊喜,急切地问。

老头前后左右地察看一番,然后转身到身边不远的一个土堆后边。那里有一辆独轮推车,推车上一边一个长长的口袋。老头解开口袋,里面又一层口袋。老头又看看四周,低声说:"是麦子,称好了的,一小袋是二十斤,一斤一毛二,一袋让你两毛,收你两块二,信得过我,你就装一袋。"

小戏子想也没想就撑开自己的粮袋,让老头将麦子倒进来。付过钱后,小戏子还想再说些什么,老头已经不认识一样转过土堆又蹲下去吸烟袋了。小戏子背起二十斤麦子离开,刚走几步,一个怯怯的声音在后面叫:"大姐,大姐。"小戏子回头,是一个和自己差不多大的女孩。女孩说:"大姐,你要瓜干吗?一毛钱一斤,瓜干和麦子一起烀,香着呢。"瓜干就是生地瓜切片晒成的干。

小戏子笑了。女孩刚才看见自己买麦子了,自己却没看见女孩。小戏子说:"我家远,买多了背不动。"

女孩说:"我就剩这点儿了,不到十斤,你买了,我帮你拿一段路。"

小戏子买了女孩的八斤半瓜干由女孩拎着,一路和女孩走着。

女孩说:"大姐第一次买粮吧。"

小戏子笑笑,说:"是。"

女孩说:"大姐今天运气好,没碰到查没的。"

"什么查没?"

"公家人。粮食不让随便买卖,让公家人碰到了,不管买的和卖的,统统没收。以后再买粮,得长个心眼。"

小戏子一时紧张起来,四下里看着。女孩见状反倒笑了:"大姐那样,人家一眼就看出来了。只要不是被当场抓着,就不怕。好比现在,要是碰上了,你就说走亲戚,要不就说回娘家,粮食是亲戚、娘家给的,打死也别说是买的,不能说实话。"

小戏子紧张的心放下来。她实在没有想到买粮还要担这些风险,问:"为什么不让买粮?"

"你问我,我问谁去?不让买,你不是照样买了?"正笑着的女孩忽然不笑了,拉一把小戏子,将瓜干扔在小戏子脚边,转眼不见了人影。几个魁梧勇猛的"公家人"忽然站在小戏子面前,小戏子本能地攥紧粮袋,傻傻地站着。

"卖粮的?"

"不是……是……"

"那就是买粮的。"说着就伸手去夺小戏子手里的粮袋。

小戏子死死抓着粮袋不放,回头大声惊恐地喊:"大爷——大姐——救命啊——救命!"小戏子是想让卖麦子的老头、卖瓜干的女孩以及周围的人帮忙说点好话,可老头、女孩却早已不知去向,就连买卖牲口的人好像一下也少了很多,而身边却呼啦迅速集结了一圈看热闹的人。小戏子一下陷入孤单无援的境地,只孩子般哀号着。有人忽然高嗓大声地说:"这女子很像唱红娘的小戏子啊!"

小戏子一惊,醒悟般地不再哭喊了。

"公家人"仔细打量着小戏子问:"你真是唱红娘的演员吗?"

小戏子不知承认还是否认对自己有利,便又点头又摇头。

"知道不知道粮食统购统销,不准私自买卖?"

小戏子摇摇头。

"你的粮食是从哪里来的?要是刚才买的,是从谁手里买的?说了就放你走。"

小戏子哭哭啼啼着只是摇头,一句话也不说。小戏子牢记着卖瓜干女孩"打死也不能说"的话,何况人家也并没有打骂。

面对一个什么也说不出来的哭哭啼啼的"黄毛丫头","公家人"有些不耐烦了,说:"算了,我看也问不出个名堂了,别耽误时间了。看样是从亲戚家弄来的。让她找她大爷和大姐去吧。"又对小戏子说,"下次背着粮食别到处乱走了,找麻烦。"

小戏子心有余悸,背着近三十斤粮食,二十多里路竟然不歇气地一路赶回家。

小戏子顾不得其他,赶紧倒出些麦子和瓜干,稍微淘洗一下放进锅里,加水添火煮起来。亓卡下班的时候,一锅麦粒瓜干饭已经煮好,一家三口稀里呼噜地吃着。亓卡首先发现麦子太硬,好多麦粒咬开后中间还是白的,瓜干好像也没煮透,亓卡皱着眉头搁下饭碗。冬冬也说妈妈今天做的饭太难吃了,嚼不烂。

小戏子却嘻嘻地笑着说:"吃吧,吃吧,这样的饭压饿。晌午没吃饭,专门做成这样。再试试,越嚼越香。"

亓卡、冬冬一个劲地摇头。

正巧乔菊来找冬冬玩,看见冬冬碗里的饭,吃惊地说:"你们家怎么吃生粮食?"一家人都不吭气,乔菊继续说,"我娘和大姐都是把生粮食推磨摊煎饼的。煎饼比生粮食好吃。卷上菜,更好吃。"

小戏子把剩下的钱点给亓卡:"一块,两块……还有七块两毛五,给你。"

正洗碗的亓卡并没有太在意:"搁那儿吧。下次再煮饭的时候,多加点儿水,提前把麦子泡一泡,泡软了再煮会好吃一些。"

"下次,下次我摊煎饼给你吃。剩的七块两毛五搁枕头边上了啊。"

"多少?还有多少钱?"

"七块两毛五啊。"

"这么少,错了吧?"

"没错，我刚点过的，不多不少，你看。"

亓卡一下就紧张了，脑海迅速翻腾计算着：一次买粮就花去十块七毛五，存折上的两百多块钱最多能买二十次的，一月就算只买一次，最多两年，存款就会用光的！

小戏子不知道亓卡的紧张，她高兴地摆开赶集的收获，说："花布六尺五块六、头绳两毛五、糖五毛、手巾六毛六、粮食……一共是……"无怪一次花去这么多钱！亓卡生气了，摔打着床上的东西说："买粮就买粮，干吗买这些没用的东西？"

"怎么没用？这花布多好看，贵是贵了点儿，不要布票呢。我要做件褂子，你看多好看！"小戏子嘻嘻笑着将布披在肩头转动身子让亓卡看。

亓卡一把拽过花布扔在床上说："不好看！钱是留着买粮的。买花布，是要饿肚子的。你可以不吃饭，冬冬不可以不吃饭！"

小戏子没想到好脾气的亓卡会发脾气，顿时不笑了，说："人家说，这布又好看又划算，不要布票，我就买了。下次不买了。"

"钱都花光了，哪里还要再下次。下次买粮不要你去，我去。"亓卡把钱收起，装在皮箱的钱夹里，又将皮箱锁起来。

"你可不能去，还是我去。"小戏子想到买粮的惊险和难堪。

"钱是我的，不要你动我的钱！"

小戏子一下就呆住了。夜里，夫妻二人第一次背对背无言地躺着……

亓卡并不觉得自己的举动和话语有什么错，没有意识到自己会有如此的改变。他的内心被空前的紧张充斥着，被没有钱的严峻形势控制着。

那年月有一句很时髦的话是"经济基础决定上层建筑",反右斗争开始,几乎每会必讲,每会必说,表彰时说,批判时也说。每天都挂在嘴边的话,其实并没有人认真地去理解,很多人都不知道这句话到底意味着什么。

对于亓卡两口来说,感情基础有没有已经不重要,反正已经结婚,可这是一个没有什么经济基础的家庭,所以亓卡紧紧锁住自己没有很多钱的存折,那是他们这个家庭的所有,是亓卡心中的支撑。这支撑的存在就是他们家的真实基础,尽管这基础是那么虚弱,那么不堪重负,毕竟还在支撑着。小戏子不反对,不抗争,她无从反对和抗争。从亓卡不近情理的举动中她很快意识到家境的困窘,她立足的其实是一个虚弱的基础,稍不留心,基础全无,她将无处留存。

19 掐捏着过

亓卡发现小戏子的饭量越来越大。那种草纸一样的煎饼,没什么滋味又不好咬,亓卡最不喜欢吃。冬冬从小跟惯了亓卡,也不喜欢吃煎饼。每次,亓卡蘸着开水或菜汤勉强吃一张煎饼,不是太饱,也算了。冬冬吃小半张,有时吃半张。小戏子一人却能吃下两张,后来,两张也不够了,晚饭吃下两张,睡觉时还要再卷上一张吃下去。

亓卡看着一摞煎饼迅速减少,总是很心疼。煎饼不好吃,做起来却是极难的事。首先要推磨,二十斤粮食要抱着磨棍围着石磨转上两三个小时。亓卡最怕推磨,每次推完磨都晕头转向,像刚刚生过一场大病。推完磨还要蹲在鏊子前忍受烟熏火燎地摊煎饼。摊煎饼是小戏子刚刚跟大丫学会的,技术还不是很好,总是顾着上边忘了下边的,所以弄得更是烟熏火燎,摊出的煎饼也薄厚生熟不均。煎饼是山东人爱吃的食物,是对杂粮的最佳处理。用石磨把麦子、玉米、高粱、地瓜干磨成细糊,细糊摊成煎饼总好过籽粒做成的饭。而且煎饼耐搁放,做一次放很久都不会变质。在亓卡看来,每张煎饼都来之不易,能省就省点儿,几次想说小戏子少吃一点儿,却忍住了。

　　一次亓卡在上班时间将菜园分的芹菜送回家,却见小戏子正烙白面油饼。见亓卡回来,小戏子慌乱地将锅盖盖上。

　　亓卡立即上前掀开锅盖说:"盖了锅盖会烧焦掉的。不是说好了,白面留给冬冬吃的吗?"

　　小戏子只好坦白说:"就这一次。我就是想吃点儿葱花油饼,吃了这次就不想了。"

　　亓卡很不高兴,说:"你不光吃得多还嘴巴馋。这不好。你吃了,冬冬就没得吃了,他还小,不愿意吃煎饼。当妈妈的应该知道照顾小孩子。"

　　小戏子却铲出锅里烫手的油饼,贪婪地手撕牙咬大口吞咽。一张油饼,很快就只剩下一小角,小戏子这才余兴未尽地说:"这些留给冬冬吧。哎,亓卡你不知道,葱花油饼的味道有多香,有多解馋。"小戏子嘻嘻地笑着,一点儿也没有愧疚的意思。

亓卡放下芹菜转身走了。跨出门槛的时候,亓卡叹了口气。妻子贪婪吞咽油饼的样子既不是戏台上灵动如仙子般的小戏子,也不是风雪之夜狐仙般出没的小戏子,小戏子的确不像戏台上那么美好,也的确不是一个好妻子、好母亲。

可是,可是她也不过就是贪吃了点儿。亓卡内心对小戏子的责备又带有些愧疚,小戏子看见忽然回来的亓卡所表现的慌乱和吃油饼时孩子般的贪婪和满足,让亓卡心里酸酸的。亓卡回望一眼家门——唉!

小戏子还懒。好多次她都把冬冬赶出去玩,自己却在家里睡觉。冬冬去找亓卡,亓卡看到衣衫不整拖着鼻涕的冬冬,问道:"怎么不在家跟妈妈,干吗自己跑出来?"

冬冬说:"妈妈在家睡觉,让我出来跟乔菊玩。乔菊回家了,冬冬就来找爸爸。"

小戏子既馋又懒,令亓卡很反感。

最不计较钱的亓卡,开始对钱斤斤计较,而且对钱买来的东西也计较起来。不光把钱锁在皮箱里,就连米面也加强了防范措施。过去当宝贝一样的相册、书籍从那只牛皮衣箱里清理出来装进一只面袋里,捆扎好搁床头一角。把米和面放进衣箱锁起来。每次要用细粮的时候,必须通过亓卡才能拿出来。亓卡的想法是拿取不方便,吃得自然也就节省些。

开始,亓卡总有些歉意,怕小戏子不高兴,可是小戏子一点儿不高兴的样子也没有。每次用面,都会等亓卡下班回来,就像孩子凡事要过问家长一般。

　　小戏子不在意，仍然一副大大咧咧的样子，让亓卡很困惑。是小戏子善解人意呢还是演戏样装出来的呢？亓卡无从知道，也没用更多的时间和心思去揣摩，毕竟那样的现实在眼前。小戏子不会过日子，自己再不用心打理，那今后的日子不知道该怎样才能过下去。

　　在小戏子的大咧中亓卡很快对自己那些小气的举动也就不心怀歉意了，时间久了，夫妻二人也就习惯了这种掐捏中的日子，不舒服，却还过得下去。

　　夜里闷热，蚊子又多，在蚊帐外敲锣般嘡嘡响。一点儿也没有夸张，夏夜的蚊子就是那样嘡嘡响。冬冬吭吭着难受，小手在头上腿上到处抓挠。亓卡也烦躁得睡不着，便点灯查看。是蚊帐的一角从墙上耷拉了下来，蚊帐里进来了不少蚊子。

　　亓卡家的蚊帐原来是单人蚊帐，和小戏子结婚后，加宽了床铺，蚊帐太小，又没有能力去买顶新的，亓卡就把单人蚊帐靠墙的一面剪下来，将帐顶加宽，再用劈开的秫秸和小钉子把缺了一面的蚊帐钉在墙壁上，蚊帐一下大了不少。

　　大蚊帐做好的时候，一家人都很高兴。冬冬邀请乔菊到床上蹦跳着玩。小戏子即兴让孩子们猜谜语："大屋套小屋，小屋没有窗户。"亓卡则走近蚊帐察看说："蚊帐的窗户最多了，数不清。"小戏子就改了谜语："大屋套小屋，小屋窗户两万五。"亓卡对冬冬说："妈妈是神仙，一会儿就变出很多窗户。"

　　闷热，潮湿，干打垒的土墙便掉渣，掉得巧了，钉秫秸的小钉子掉了出来，秫秸就松动了，蚊帐就从墙壁上脱落下来。小戏子不知，香香地熟睡，亓卡烦躁中就多了些怨气。他掌着灯去找钉子和锤子，将蚊帐钉好，小戏子仍然睡着。亓卡就撩开蚊帐拿一件冬冬的衣裳声音很大地到处扑打轰赶蚊子。

小戏子醒了，打着哈欠问亓卡怎么了。见亓卡不说话，小戏子反倒清醒了。下床趿拉着鞋将两根不知用什么青草编成的绳子点燃，屋里立即飘起一股淡淡的烟气，嗡嗡的蚊子被烟气逼得远去了。小戏子又端起油灯进蚊帐，啪的一声，一只大腹便便的蚊子掉在灯头下，啪，啪，蚊帐里的十多只蚊子转瞬间就被灯火消灭了，蚊帐却毫发无损。迅速，轻灵。亓卡目瞪口呆。

等亓卡重新躺下，小戏子半躺着拿把芭蕉扇轻轻给爷俩扇着。冬冬仍然翻来覆去用手抓着被蚊子叮咬过的地方。"我拉个故事吧，有一个秀才，寄宿在别人家……"小戏子边说边用手指蘸了唾沫为冬冬涂抹着那些大小不一的红疙瘩。冬冬睁开眼睛说："我知道，秀才就是读书人。"

亓卡看小戏子这儿那儿地将唾沫往冬冬身上涂抹，心里埋怨小戏子不讲卫生，冬冬却渐渐安静下来。"对，秀才是个读书人。冬冬听话，闭上眼睛——秀才住的那家人，房子里有很多跳蚤，也有蚊子——比咱家的蚊子可多了去了，跳蚤呀，咬起人来可比咱家的蚊子厉害多了。秀才被咬得浑身红疙瘩，秀才正没有办法，你猜怎么着——"冬冬又睁开眼睛，亓卡也注意听着。"半夜里，忽然就看见一个身高两寸的武士，"小戏子在冬冬眼前竖起自己的食指，又缩回食指伸出小手指，"喏，就跟小手指这么高的一个小武士，小武士一身白战袍，头插野鸡翎，骑一匹马……"

冬冬问："乔菊她爸喂的大马吗？"

"哪里呀，一匹蚂蚱那样大小的枣红马。白袍小武士骑一匹枣红马，一手举着一把绣花针大小的偃月刀，一只手臂上架一只老鹰，那老鹰跟苍蝇一般大。小武士举着刀，架着鹰走进门，在屋里跑一阵，走一阵，马蹄嘚嘚的呀就跟冬冬敲着小碗似的。"冬冬笑了。小戏子看一眼冬冬，继续讲，"秀才正看着，门外又来了一个穿戴打扮和小武士一样的小武士。这个小武士没有举刀，拿的是弓箭，胳膊上没有架鹰，牵了一条跟蚂蚁一样大小的小猎狗……"草绳还没有熄灭，屋里的蚊子不再肆虐，冬冬已经睡着了，小戏子也打着哈欠重新躺下。

亓卡知道小戏子讲的是《聊斋》里的《小猎犬》，也是一个让自己着迷的故事，可是从小戏子嘴里讲述出来，那感觉就完全不同了。一个会用《聊斋》解释并缓解眼下困境的小戏子，多么与众不同、非同一般。亓卡很后悔自己刚才的怨气，便吹灯揽过小戏子问："后来呢？后来怎么样了？"

"能怎么样？糊弄小孩子的话。我娘过去糊弄我的，我又拿来糊弄冬冬罢了。想听，以后再说吧，我又饿又困的。赶快睡吧，睡着了，就不觉得饿了。"

亓卡一下就跌落到眼下的黑暗中。可是，浓郁的草绳味，没有讲完的《小猎犬》，安静熟睡的冬冬，以及自己从烦躁到沉静的情绪，叫人有一种说不出的异样感。

20　亓卡之子

农场处于荒野，离繁华之地都过于偏远。码头镇离这四十五里，三、八逢集；红花埠乡离这三十六里，四、九逢集；县城最近，离这二十多里，五、十逢集。都说勤扫院子懒赶集。懒人赶集不怕远，越远越去赶，小戏子就是一个愿意赶集的人。

小戏子赶集和勤懒没有关系。小戏子不勤赶集不行，因为没有很多的钱，一次买不来很多的粮食，三斤五斤的粮食吃不了三两天的，不去赶集家里就有可能断顿。晴天不去赶，赶上连阴天出不了门，不是要挨饿吗？

都说唱戏的腿快，说书的嘴快。唱戏的从戏台这头走到那头，就等于从这城去了那城，从这山过了那山；说书的醒木一响，张嘴就是几十年上百年的事，还要时常加上说时迟那时快什么的。当然说这话是指在戏台上，现实中二三十里路，小戏子一个来回就得用上一天的时间，还得快些走。每回看着就要落下去的太阳，小戏子就捋捋额角汗湿的头发心底自嘲：唱戏的腿一点儿也不快。

小戏子每个集都赶过，而且频繁地去赶——小戏子知道哪个集上的哪种粮食便宜些。现在小戏子已经很会赶集买粮了，会躲避公家人的查抄，会跟卖粮人讨价还价，会辨认粮食质量的好坏。当然，她也会很内行地跟亓卡报账——每次买粮的钱都是亓卡一分一毛地数给小戏子，小戏子也都是一分一毛地将交易情况报给亓卡。

粮食越来越紧张了,小戏子更频繁地出入着集市。买到粮食的机会也越来越有限了,不是太贵就是很难碰到。亓卡存折上的钱也在日益减少。贫贱夫妻百事哀,拮据的生活让夫妻二人除了吃饭问题很难再有其他的共同话题。

冬天来临的时候,正在干活的亓卡突然被叫到办公室。亓卡被告知妻子在花埠乡卫生所生了孩子,让他去接老婆孩子。亓卡一下就蒙了。家室之累已经让亓卡变得麻木,他不知道小戏子何时怀孕,更不知道何时该生孩子,他甚至都没有发现小戏子身子的变化。

在简陋的病房里见到小戏子和儿子的瞬间,亓卡顿时感到深深的自责:小戏子的能吃,小戏子的嘴馋,小戏子的慵懒都是因为她肚子里正孕育着儿子!小戏子却嘻嘻地笑着说:"离日子还远着呢,谁知道他会这么早降生。"

原来,小戏子在赶集买粮的时候,远远地看见了稽查人员。小戏子匆忙背着粮食躲避,在跑着抄近路迈过一条沟的时候摔倒了,当时就见红了。被送到医院不一会儿,孩子就生出来了。

小戏子对发愣的亓卡努一下嘴,亓卡看到倚在墙角的半袋粮食。

再看一眼眉目还很模糊的肉团一样的儿子,亓卡紧缩的心一阵疼痛。那是他和着小戏子"亓卡、亓卡"的节奏,像共同跋涉在泥泞中而孕育的儿子啊!

亓卡给儿子起名叫寒寒——天地开始寒冷的季节降生的孩子。

寒寒的出生让亓卡又一次陷入舆论的漩涡。亓卡和小戏子结婚满打满算也就八个来月,就算结婚的当天种下儿子,不就八个月吗?老话说,七活八不活,寒寒却活了,说明寒寒也就在娘肚子里待了七个月。大家掐着指头计算，七个月？早产，谁信，还指不定是谁的种呢，也就骗亓卡个傻瓜吧。大家为亓卡抱不平，就有意无意将怀疑点给亓卡。亓卡知道大家在议论此事，心里也产生过瞬间的怀疑，但也只是瞬间，心里没有太多的伤心和难过。所谓爱之深才能恨之切，亓卡和小戏子之间的关系可能还没有达到为小戏子的过去拈酸吃醋的程度吧。和对待冬冬一样，亓卡认定的想法是：孩子没有错，寒寒和冬冬一样，一个生命既然来到世界上，就有权利活下来。所以，亓卡他要为寒寒争得生存的条件。

亓卡直接去找臧书记，大着舌头说要给儿子报户口。臧书记愣了一阵说："这事我可管不了。"

亓卡说："我是右派，归你管，右派的儿子你当然得管。"亓卡的意思是说牵扯右派的事只有党委书记说了算，别人做不了主。

"两码事！"臧书记说。

亓卡犟："一码事！"

臧书记似乎犟不过亓卡，就叫来吕秘书说："小亓说的事，你帮他理整理整。"

吕秘书和亓卡同一天结婚，亓卡儿子都有了，颜秀春的肚子却至今什么征候也没有。吕秘书非常希望大家的传言是真的，否则就太便宜了这小子了。心里有怨气当然不情愿去帮亓卡"理整理整"，但书记说了话，吕秘书不得不听。亓卡也得了尚方宝剑样盯牢了吕秘书。吕秘书只好带亓卡去劳资科——农场的户籍办理由劳资科代管，劳资科管户籍的老李说："寒寒她妈的户口不在农场，所以寒寒的户口不能落在农场。"

吕秘书心里畅快,并不说话。

亓卡说:"我是寒寒的父亲,寒寒的户口应该落下。"

"规定就是这样的,孩子的户口必须跟着母亲。国家这样规定的。"老李并不着急,"你看这样好不好,能不能争取把孩子他娘的户口先办来,娘的户口办来了,孩子的户口不成问题。"

"废话,他娘如果有户口,还找你做什么?"亓卡生气了。

老李看看亓卡,又看看吕秘书说:"亓卡你别着急上火,当吕秘书的面我再给你出个主意。实在不行,你去上面找找管华侨的地方,华侨办公室,说不定办得还快点儿。"吕秘书面无表情,看不出同意也看不出反对,老李又说,"如果场里同意,我可以去办这件事。"

吕秘书皱了皱眉头,显然怪老李说多了。亓卡有些高兴,他想起了刚回国时省华侨办的热情,好几个曾经为他办理安置手续的人都说过今后有什么事情尽管来找他们。一晃好几年过去了,亓卡几乎忘记自己是个归国华侨。他认为老李为自己指出了一条可行之路。

亓卡的右派身份不便于单独行动,所以臧书记同意老李和亓卡结伴去省城。二人均算公出,费用按差旅费报销。亓卡能解决老婆孩子的户口,是臧书记内心所希望的。

侨办是一所单独的院子。一进侨办大门,亓卡就预测到事情的复杂。

亓卡向正拿一把扫帚扫院子的清洁工打听张主任是否还在原来的办公室办公。清洁工直起身子,亓卡愣住了——眼前驼背弓腰、胡子拉碴的人就是张主任。

张主任也认出了亓卡。张主任不仅是"极右分子",还是"美蒋特务"。一切都不言而喻。亓卡过去认识的人大都已经调离侨办，新来的人根本不认识亓卡，要想认识了解亓卡就得从亓卡目前的身份开始。

一顶右派的帽子，遮挡着亓卡的一切。

在别人的客气中，亓卡已经明白寒寒的户口不会有什么希望，起码在短时间内不会有希望。

离开侨办老远，张主任追了过来。张主任面庞瘦削，眼神却依然炯炯，拉着亓卡的手信誓旦旦地说："要相信祖国，相信党，一切都会好起来的。"尽管亓卡有些绝望，但亓卡还是很感动，不由想到自己当初回国时的信念。

知道寒寒的事情办不成，亓卡反倒坦然了。事情就是这样，只要努力过了，也就没什么遗憾了。

回过头来看寒寒，别样的亲切暖暖地阵阵袭上心头。寒寒很争气，刚刚满月，模样已经初具规模：寒寒好像一点儿也不顾及自己是个早产儿，就像是传说里迎风长的人参娃娃，黑头发，方脸盘，长胳膊长腿，健壮旺相，活脱脱就是一个小号的亓卡。大家对小戏子和寒寒的议论戛然而止——事实摆在面前，再乱说一气不是胡诌八扯、无中生有嘛！

寒寒，是一条浓浓的血缘纽带，把一家人连在一起。

亓卡很开心，只是开心中糅杂着歉疚。本来一家三口就很拮据的日子，眼瞅着将更加拮据起来，亓卡为没有更好的办法让日子松快一些而感到不安。

小戏子仍然一副无所谓的样子，整日嘻嘻地笑着，满不在乎地敞着怀哼着小曲奶寒寒。小戏子像一头小母牛，寒寒什么时候饿了想吃奶，小戏子就会抱起寒寒将奶头塞进寒寒的嘴巴里，一旁的亓卡甚至能听到寒寒咕咚咕咚吞咽奶水的声音。亓卡在为寒寒感到欣慰的同时很是奇怪：哪里就有这么多的奶水呢？小戏子虽然依然能吃，可是真没有什么特别的东西让她吃。原来只给冬冬吃的白面，现在拿来做点儿面条、面汤之类的饭便于小戏子泡煎饼吃。

亓卡对冬冬说："面汤让妈妈多喝一点，喝下面汤寒寒就有奶水吃。"冬冬说："我也喝了面汤，怎么不会有奶水？"小戏子就笑得喘不上气来。亓卡受了感染，也会跟着笑。一家子其乐融融的样子。

笑够了，小戏子一本正经地说："可怪了，我好像浑身都有奶水呢。奶头一搁寒寒嘴里，肩膀上、胳肢窝里都麻酥酥的，汩汩地往一起淌水，一直往寒寒嘴里灌呢。以前奶冬冬的时候，可没有这样过，嘻嘻……"

冬冬说："我以后就不喝面汤了，都浪费了，汩汩地都变成尿了。"小戏子又是一阵笑。

不在戏台上的小戏子不是那种让人第一眼感觉到惊艳的女子，而是看起来平常，其实多看一会儿就感觉不一般了。她眼睛不大，看着看着就看出一种味道。她拍寒寒睡觉，有些隆起的额头前倾，配上那种迷离的细长眼睛，聪明恬静安详，常让亓卡的眼神无法离开。小戏子笑起来嘴角翘翘的，迷离的眼神变得清澈透明，整个人都变得生动活泼起来。"真是个婴宁！"亓卡心里不由自主地冒出一个很久都没有去想的名字。

欢笑的时候毕竟太少见了，多数的时间这一家仍然为衣食而忧愁着。渐渐地，为衣食而愁的不只是亓卡一家了。

21　饥馑

好像是忽然之间，大家都感觉到很饿。跟娘来到农场后，二丫差不多已经忘记了那个叫饿的东西。尽管二丫每次从学校回家，都会一边从头顶摘下斜挎在肩膀上的书包，一边大叫着："饿死了，饿死了！"其实并不是真饿，只是撒娇着催促快些开饭的方式。二丫一叫，弟弟乔杨就会把一只手举得高高的，手里是卷得板板正正的煎饼或是一块夹着菜的馒头。乔杨知道二丫姐姐喜欢喊饿，便特意提前把煎饼馒头什么的拿在手里。娘也总是埋怨着："俺二丫是饿死鬼托生的，成天不知道个饱。乔杨也是，就知道向着二丫姐，哪里就饿着她了？"埋怨归埋怨，娘准备开饭的动作加快了。

二丫现在是真的饿了。中午带的两个煎饼，二丫只吃了一个，把另一个悄悄地送给隔壁教室的猫屎了。猫屎是娘改嫁前梁冶庄老家的紧邻，也是二丫的远房堂哥，学名叫梁青山，比二丫高一年级。二丫知道猫屎饿，是听娘说的。前几天娘从梁冶庄探亲回来，叹着气对老乔说："真没想到老家的人会这样。奶奶的腿水肿成那样了还舍不得吃一口煎饼，只喝那些见到底的地瓜秧子糊糊，说煎饼留给猫屎吃。他二婶二叔的脸也菜青菜青的。"

老乔说："以后咱省着点儿，也好常去接济他们。"

二丫在课间活动时看猫屎，看见他果然蔫头耷脑的。二丫知道猫屎饿了。猫屎比二丫高一年级，二人平时不怎么说话，但二丫知道他们曾经是很亲密的邻居。二丫知道饿的滋味不好受，就同情地分了一个煎饼给猫屎。

二丫真饿，却不再喊饿了。二丫像猫样悄悄地走进家门，放下书包，蹲在灶前帮大丫烧火。大丫在灶上忙着，乔杨撑着拐在旁边看着。

这时正是青黄不接的时候，大丫把一大团黑黑的去年晒干现在又被泡湿泡软的地瓜叶子在案板上剁碎，撒向热气腾腾的锅里，用大铁勺子在锅里搅动着。一股烀猪食的味道随热气散发出来，二丫皱了皱鼻子。二丫看着姐姐手中搅动的勺子，肚子咕噜噜地叫着，却闻到经年的地瓜叶发出的味道，一点儿食欲也没有了。铁勺子搅动的应该是大米稀饭，捞起的应该是长长的面条。可是好长一段时间铁勺子搅动的就是这种黑乎乎的菜粥。

问娘，娘说："过歉年。"二丫问："什么叫过歉年？"娘说："收成不好。"二丫不信，二丫明明看见了丰收的粮食，看见农场大粮仓的粮食用汽车、拖拉机、马车不断拉了走的。老乔说："农场有粮食，那是国家的，不能随便乱动。全国人都在度荒年，咱们不能光顾自己。别计较好孬，吃饱了就行。"老乔很严肃的样子。二丫心里有种说不出的东西在动，不是难过，也不是高兴。说不出的东西让二丫决定做些什么，比如把每天上学带着的两个煎饼分一个给猫屎。

二丫拨弄着灶下的火，火很旺。二丫抬起头，看见乔菊跑进屋，冬冬一手背在身后，一手扶门框站着。冬冬的样子有些邋遢，头发长长地盖住耳朵，眉眼却很好看，眼睛大大的，鼻梁挺挺的，像个女孩子。别人都说，冬冬长得像他亲爹，就是那个扮张生的人。二丫早已记不清那个张生的模样，当初她只在意小戏子。

二丫给灶里加了把柴，没精打采地招呼冬冬："冬冬来了？"由于大人的缘故，大家都把冬冬当异类，很多孩子都不喜欢冬冬，见了他不是揪一把就是戳一下的，冬冬总是一副哭咧咧的样子。二丫也不怎么喜欢冬冬，但绝没有欺负过他，冬冬那么小，玩不到一块去。

"二丫姐姐！"冬冬看二丫招呼自己，就怯怯地小声叫着。

冬冬那么小，却会很礼貌地叫人，二丫有些心疼他，说："冬冬自己出来玩啊，爸爸呢？"

"爸爸上班去了，妈妈在家看寒寒。"

"我看看冬冬手里拿的什么？"

"小馒头。"冬冬伸出背在身后的手。

二丫看到冬冬手里是两个黏土做成的鸡蛋大小的馒头。这样的馒头，二丫过去也做过，是和小伙伴玩过家家的时候。泥馒头却被冬冬真事样地端着，二丫就觉得好笑，说："馒头啊，你做的？像真的，好看。"

"爸爸做的，冬冬饿了时，看看就不饿了。"

"那你饿吗？"

冬冬眨着大眼睛，光摇头不说话。

二丫小心地把泥馒头摆门槛上，去水缸里舀了瓢水，里外地刷那只破缸子。刷干净了，把缸子举起对天瞅瞅，缸子破却不漏。就去锅里盛了满满一缸菜糊糊。大丫不高兴了,说:"都给了人,你不吃了啊?"

二丫不吭声。缸子很烫,二丫扯起衣角垫着,嘴里噗噗地吹着,喂冬冬喝。冬冬却抬起大眼睛细声细气地说:"寒寒喜欢喝呢。我端回去给寒寒。"

二丫说:"烫,我端。"

乔杨说:"我也去。"

大丫招呼说:"快去快回,娘一会儿就下班回来了。"

冬冬拿起门槛上的泥馒头,乔杨笃笃地架着小拐杖,跟在二丫后面去亓卡家。

亓卡不开拖拉机了,因为他是右派,右派和地富反坏并列一起,称地富反坏右,是坏蛋。歌里也唱"反动派被打倒,右派分子想反也反不了"。右派想反什么呢?亓卡叔叔想反什么呢?一点儿也看不出,可既然大家都这么说,二丫和亓卡渐渐就生分了,不再像小时一样上头扑面地亲热。有时见到了只甩甩小辫子装作没有看见的样子走开。其实,二丫从心里还是喜欢亓卡叔叔的,她忘不了和亓卡叔叔交往的快乐时刻。端一缸子热饭和冬冬一起回家,二丫也想看看亓卡叔叔家最近什么样了。

亓卡家和他结婚时没有什么变化。小戏子像结婚时那样仍然坐在床上,床上仍然有一个孩子,小孩子的身上盖着的仍然是那床黑底粉红桃花的小被子。小戏子的头发编成两条辫子,不知几天没梳了,辫子乱蓬蓬着,胡乱地垂在耳旁。枕头上还是那对喜鹊登梅的枕巾,只是有些污浊了。

是做饭的时候，小戏子怎么不做饭呢？二丫这样想着，小戏子却笑吟吟地起身，伸头看了看二丫端着的茶缸，然后很麻利地从墙上的碗架上拿两只碗搁小桌上，接过二丫手里的缸子，把菜糊糊各倒一些在碗里。缸子里剩下的菜糊糊被小戏子喝得稀里呼噜。差不多了，二丫便伸手去接那只空缸子，小戏子却转身去墙边的水缸里舀了些水在搪瓷缸子里，晃荡了晃荡，一仰脖，涮缸子的水也被小戏子喝下。二丫的眼神直了。

小戏子回味样地抹抹嘴，对二丫说："真香，真香啊。得闲，我得去你家看看是怎么做的。"

二丫回过神来，有些生气地端起一只碗牵起冬冬的手说："冬冬，你喝，喝完了我再给你盛。"二丫想不通。二丫记得小戏子和戏班子住在学校里的时候，成天抱着冬冬的样子，怎么现在一碗菜糊糊也和孩子争呢？小戏子不管二丫怎么想，只管端起碗侧身坐在床上，揽过冬冬，把碗边搁冬冬小嘴上。冬冬喝一口，小戏子就转一下碗——小戏子是怕烫着孩子。二丫松了口气。喝了几口，冬冬不喝了，把碗推向小戏子说："你喝，喝了好下奶喂寒寒。"

亓卡回来了。亓卡打一双赤脚，前后都补了补丁的裤子挽到膝处，人精瘦，头发仍然黑，但很长，鬃毛样地披散着，更显得眼睛大而晶亮。他很精神地一手扛着铁锨，一手抱一个麻袋片裹着的包。

看二丫和乔杨在，亓卡很高兴地跟二丫姐弟打着招呼，弯下腰去看乔杨的拐杖，说："乔杨长高了，拐杖得想办法加长，不然长大了会驼背。"二丫想告诉亓卡叔叔，乔爸已经为乔杨做了新拐杖，但乔杨还是习惯这副旧的。二丫是想让亓卡叔叔少操心，但二丫什么也没说，二丫已经跟亓卡叔叔生疏了。

亓卡边和二丫说话，边踩上一只小凳子，将碗架上方一个更高的架子上面的皮箱拉近，打开锁，从箱子里面拎出一个面袋。二丫明白了：难怪小戏子不做饭呢。可是粮食为什么要搁那么高的地方锁着呢？是怕老鼠吗？老鼠可是再高的地方也能爬上去的。那个皮箱二丫是认得的，那本好看的相片本就放在里面。每次看相片的时候，亓卡叔叔都要打开箱子的，现在把面搁在里面，不会把相片本弄坏吧。老鼠要是知道里面有粮食，会把箱子咬坏的。

二丫正想着，小戏子却尖着声音叫了起来："又不知在哪里弄来的死鸡，都臭了，我不吃！成天不是死猫就是烂鸡的，我不吃，饿死也不吃！"

原来亓卡拎来的麻袋片包着的是一只褪过毛开过膛收拾好的鸡，那鸡乌青的颜色，挓挲着两条僵硬的腿。"可以吃的，我洗得很干净，烧了很香的，冬冬喜欢吃，对不对？"亓卡没有了笑脸，声音却是软软的。

小戏子哭了，背过身去抓着门框。可能是对死鸡的反感，小戏子一边哭一边用力地干呕。亓卡走上前去拍小戏子的背，被小戏子回过手去推搡开了。此时的小戏子一点儿也没有戏台上小戏子的影子，就跟两个人似的。亓卡给锅添水，又去粮袋里抓了两把面搁缸子里，舀上些水用筷子搅着。二丫知道人家要做饭了，就带乔杨悄悄离开了。

吃饭的时候，二丫把在亓卡家看到的说给大家听。娘说："吃饭呢，说那些死猫烂鸡的事做什么？老乔也去说说亓卡，以后别去捡拾那些东西了，能吃谁舍得丢到粪堆上去，吃出病来，不是闹着玩的。"

看乔爸不说话，二丫说："我去说吧，小戏子哭得怪可怜的。"

"什么事都有你的，小孩子会说什么？小戏子可怜什么？她要是会过日子，家里也不至于到这一地步，就知道成天哼着小戏去赶集。谁见一个女人不忙家，成天窜东窜西地去赶闲集。月头白米白面的，月尾就扎起脖子来。要不是亓卡把粮食搁那么高还锁上，恐怕稀的也喝不上了。"娘一直都不喜欢小戏子，说起小戏子就来气。

"也不能光怨小戏子不会过日子。全家四口人，就亓卡一人有户口，一个人的口粮四口吃，就是再会过日子，又能过成什么样？小戏子不会过日子，亓卡又会过吗？刚来的时候，正穿得好好的皮夹克说送人就送人了，奶粉、奶糖、点心的，光二丫就不知道吃了人家多少。过日子的事得慢慢学。"老乔的话，叫全家人揪心。

娘说："冬冬跟他娘没有户口公理公道，寒寒是亓卡的亲生儿子该有户口的。亓卡不方便问，你去替他问问。再有……算了。"

老乔说："问问没有什么难，可问了又能怎么样？亓卡的情况你不是不知道。还有什么事，说话不要说一半留一半的。"

"我是说，饲养场里多一个人干活也多不哪里去，要不就让小戏子去干点儿活，多少能挣点儿，也帮帮亓卡。"

"你说的事我不是没想过，还是那句话，亓卡那样的情况，小戏子又是没有户口的人，难！没问题的人家、有户口的家属都安排不了，场里又一再要求减省着用工。别看一个人，难着呢。咱家总是比他家强些，也只能时常记着帮帮他。今天晚饭我只喝糊糊，我那份干粮悄悄给亓卡送去。"

乔杨说:"我光喝糊糊,干粮给冬冬吃。"

乔菊说:"我光喝糊糊,干粮也给冬冬吃。"

大丫和柱子也都表示要吃得少点儿。老乔说:"小孩子在长身体的时候,不要说吃少点儿的话。有大人呢,不要乱操心。"

二丫没吭气。一直到晚上了二丫还没有打算好,每天中午的两个煎饼还给不给猫屎一个。给了猫屎,就给不成亓卡叔叔了,给了亓卡叔叔,猫屎就又会饿得蔫头耷脑的。要不就一天给猫屎,一天给亓卡叔叔。这样安排着,二丫的肚子咕咕叫了,二丫又饿了,但二丫忍着。

22 变卖

亓卡存折上已经没有多少钱了,而寒寒也已经开始吃饭了。寒寒和冬冬不一样,冬冬受得了委屈,冷了饿了很少哭,寒寒却一点儿委屈受不得,饿了就会号啕,嗓子哭哑了都不会停止。小戏子吃不饱,奶水自然就不能满足寒寒的需要,所以,就只能让寒寒早早地学着吃饭。寒寒不计较,只要有饭搁他嘴里,立即就不哭了。可是能搁寒寒嘴里的东西太少了。看着冬冬细细脖子顶着大大脑袋,听着寒寒撕心裂肺的终日哭喊,亓卡自然着急万分。亓卡越是着急,手里的钱越是攥得紧。除了赶集买粮,小戏子再没有一分零用钱好用。

小戏子仍然一副没心没肝的样子，每次给她三块钱她能去赶一次集，给她一块她也不嫌少，反正钱多多买，钱少少买。亓卡有几天没给小戏子钱了，小戏子并不开口要。

晚饭的时候，锅里却飘出浓浓的香味，很生疏的一种香味。

亓卡耸动着鼻子掀开锅盖，竟是一些煮黄豆！亓卡知道小戏子又去赶集了，可是她哪里有钱买黄豆呢？再说，黄豆是严格禁止买卖的粮食。小戏子并不向亓卡解释什么，弯腰将煮好的黄豆盛一点儿搁冬冬端着的碗里，又用饭勺盛起一些，直接拿手指拨拉一些到嘴里。一边快速地咀嚼，一边走向床上大哭着的寒寒，将嚼好的黄豆嘴对嘴喂向寒寒，寒寒立即不哭了。

没有寒寒的哭闹，亓卡才发现小戏子的长发变成了短发，短得后脑勺上都露出了头皮。小戏子一下变得不像小戏子了。亓卡吃惊地问："你的头发呢？"

小戏子嘻嘻地笑着说："这不，变成黄豆了。"

原来，场里来了一个摇拨浪鼓的货郎。很多家属、孩子听见拨浪鼓声就都围了上来，有的拿了家里用不着的破衣烂布旧书本换个针头、线脑、麦芽糖什么的。小戏子抱了寒寒看热闹。

钱振铃她妈拿了一包拃把长的碎头发给货郎，说："一堆丫头片子，别看心眼不长，头发却跟韭菜似的一茬一茬割不完。扔了可惜，能换几个是几个。"一包碎头发，换了针，换了线，换了一小包牙粉，还换了一块印着花蝴蝶的手绢。一包碎头发竟比一大堆破布、碎纸换的东西还多，这让小戏子惊叹不已。钱振铃她妈却说："这货郎太黑了，要是去县上的收购站，卖成现钱，比这买得多多了。"

小戏子嘱咐冬冬在家看寒寒，拔脚去了城里。在收购站她齐根剪下自己的头发。收购站的人对那些剪下来的头发又量又称的，竟然付了两块多。巧得很，刚进集市，就碰见第一次赶集碰到的卖瓜干的女孩。女孩这次卖的是黄豆。小戏子想都没想，将卖头发的钱买了四斤半黄豆。

虽然吃到了香喷喷的黄豆，亓卡并不开心，顶一头七长八短乱蓬蓬短发的小戏子让人心里堵得慌。小戏子却满不在乎地对冬冬寒寒说："吃吧，吃吧，等妈妈的头发长长了再去卖。嘻嘻，下次咱买花生，嘻嘻，再下次咱买鸡蛋……嘻嘻。"亓卡的心隐隐作痛。

什么事情都有个开头，一开头，似乎就敞开了一扇门。

小戏子拿出那块很久以前五块多买的花布，送给了大丫。布放在小戏子的一个包袱里，亓卡大概早已忘记了，小戏子却一直记着。由于布曾经引起不快，所以小戏子一直没有把布做成衣服。在跟大丫学会摊煎饼后，小戏子一度跟大丫走得很近。接着她跟大丫学搓麻线，跟大丫学纳鞋底。大丫年龄不大却心灵手巧，温和乖顺，大丫成为小戏子持家的老师。为了表示对大丫的感谢，小戏子拿出那块花布作为礼物送给了大丫。

大丫娘很不高兴，训斥数落大丫说："给她送回去，以后也少跟那样的人来往，学不出个好学来。再说，好人家的娘们互相来往，那是情分，送这么重的礼，算什么？"臧奶奶也说："送回去好。穷得就要掉底了，还大方着把这么金贵的东西送人，不是缺心眼，就是安了什么心思。你娘说得对，还是少跟那样的人来往。"布送回去了，大丫就此和小戏子生分了。

既然当礼物都嫌太重，可见这块布还能值些钱，就算搁放的时间长些了，怎么着也比头发值钱吧。小戏子一想到布可以卖钱，钱可以买粮，心里就非常激动，甚至很感谢大丫当初没有要这块布。

小戏子带上花布去赶集，东问西问的，想卖布。谁知对那样一块夹在胳肢窝里来历不明的布，根本没有人感兴趣，偶尔有人问一下价钱，也只是随口问一下，然后摇头走开。小戏子把布的价钱从七块降到五块，后来降到三块，仍然没有人买。后来，小戏子就不说价钱了，只说让人家看着给，人家就撇着嘴说，看着给是多少？一毛钱你卖吗？还有的说，偷来的吧，正经东西还能没有价？

太阳西下了，集上的人渐渐散去，小戏子的布没有卖掉。卖不掉布，粮食当然就买不来。小戏子蔫蔫地闷头回家。

快到家的时候，小戏子被人叫住了。

小戏子抬头，是颜秀春。颜秀春的肚子已经开始显怀。小戏子抬头用眼睛问："叫我？"

颜秀春说："干吗了？"

"赶集……不，遛遛……"小戏子不知道说什么好。在劳动模范颜秀春面前，小戏子显得有些拘谨。小戏子拘谨的原因是她知道亓卡和颜秀春曾经好过。亓卡如果和颜秀春结婚，亓卡和亓卡的孩子就不会遭受如此境遇，说什么都是自己连累了亓卡。小戏子知道一家人不用客气不用你谦我让，但在外人面前，小戏子不能不随时掩饰着一家的窘迫。

"买什么了？买了布？我看看。"颜秀春大大咧咧拿过那块布。

"不是买的……是以前买的，用不着，想……"

"想卖是吧？卖给我吧。"颜秀春明白了，拍拍自己突起的肚子，"我正好想给孩子做两件小衣裳，这花布挺好看的。"说着从裤兜里掏出一把钱塞在小戏子的手里说，"就这些了，数数够不够。先说下啊，布票没有啊。"又从拎着的网兜里拿出一个纸包说，"饼干，拿着，给孩子的。快回去吧。"临了，颜秀春又说，"别跟亓卡说布是我买了，记着，啊！"

小戏子赶紧将钱数了数，足足八块呢！

一块搁了很久的布，先是作为学费（尽管没有用掉）学了很多的手艺，又卖了八块钱，还外加一包饼干。这让小戏子惊喜万分，得意中差点就对亓卡说出布的买主是那个漂亮的女拖拉机手，最后还是忍住了。亓卡很感意外：小戏子她还真行。

有卖布的钱作补贴，这一个月过得很松快。寒寒的哭声少了，小戏子和儿子们嬉笑多了。可是家里没有第二块那样的花布了，小戏子的头发也迟迟长不长。

搁板上有一个药瓶，药瓶拇指大小，蒙一层灰土。没病，小戏子就没有注意。后来她肚子痛，就想起搁板上的小药瓶，打开，却不是药，是粗细长短和大米粒差不多的圆柱形彩色颗粒。掐一掐绷硬，咬一咬硌牙。小戏子不知道是什么东西，就问亓卡。亓卡说："火石，打火机用的。"

小戏子顾不得肚子痛，问："什么是打火机？"

亓卡还就真找出一个打火机，一摁，啪一下打出火苗。亓卡说："是回国时带回来的，过去吸烟用得着，不吸烟也就没什么用了。火石就是装在打火机里的……"

"点火的火柴!"小戏子欢快地接茬。

小戏子不知道一颗火石值多少钱,又没有合适的人去问,这样的事小戏子也不想让亓卡知道。怎么办?她装作要买火石的样子去问货郎。货郎说:"火石?你要买火石?我现在没有,等下次来带给你,两块钱一颗!"

小戏子吓一跳,问:"两块钱?这么贵!"那可是十斤大米的价钱!

"贵什么贵,缺者为贵。百货公司的柜台上倒是有便宜的,两三毛钱一颗,可是没有上边发的火石票,想买,门儿都没有。大姐你知道,那玩意一般人用不起,一般人也用不着。没有火机的人白送给人家,人家也不要,有打火机的人,管多少钱他也得买。就像大姐你,不是就打听着来了……"

小戏子回家关上门,倒出小瓶子里的火石,一数,竟有三十六颗!

真正卖火石的时候,并没有像货郎说的那么贵。在一个烟摊上,人家只肯出五毛钱一颗。小戏子说不是两块钱一颗吗?人家说,那你就去卖两块钱吧。

小戏子是急等用钱的人,讲来讲去,八毛钱一颗,卖了三颗——小戏子认为太便宜了,就没有舍得多卖。转身,小戏子将卖火石的钱买了十斤大米。本来想买瓜干的,买瓜干可以多买些。正巧看见一个卖大米的,不多不少正好十斤,人家要两毛五一斤,小戏子只有两块四。临了,又悄悄抽出三毛,告诉人家说身上就只有两块一,人家也没有太计较就卖了。小戏子说好久没看见有卖大米的了。人家说是粮店供应的米,家里人口多,卖了米还可以多买些便宜的杂粮。小戏子捏捏衣袋角里藏起的三毛钱,心里就有些歉疚。

吃到很久没有吃到的米饭,亓卡一家人都很高兴。亓卡问哪里弄来的大米。小戏子嘻嘻笑着让亓卡猜,却又不等亓卡猜出就告诉说是三颗火石换来的。亓卡吃惊地睁大眼睛问:"火石可以换大米?"

小戏子向亓卡讲了火石换大米的经过。惟妙惟肖地讲述跟货郎、烟摊人讨价还价的经过,就像在戏台上。亓卡难得地笑了,说:"你不要干别的,去当商人好了,一个幽默、饶舌的商人。"

小戏子说:"什么叫商人?幽默、饶舌是什么?"又是一阵笑。过后,小戏子把剩下的三毛钱和大米交给亓卡。亓卡把钱又还给小戏子,只踩了凳子把大米放进搁板上的皮箱里。亓卡一边搁米一边叮嘱:"大米要节省着吃,下次不要做干饭了。做一次干饭的米可以做好几次稀饭,稀饭还方便寒寒吃。"小戏子爽快地答应了。

一家人正为火石可以换粮食而高兴的时候,小戏子被人抓住了。在集市上的一个热闹处,三个身高体壮的大男人截住了东张西望的小戏子。其中一个穿戴比较整齐的人指认着小戏子说:"就是她,就是她卖给我的假火石!一个好好的打火机就毁在这娘们的手里!"

小戏子想跑,却来不及了。两个人架起小戏子,一阵拳打脚踢,小戏子已经是披头散发口鼻流血了。三人揪着小戏子的头发强迫小戏子跪在迅速围上来的人群中。开始,小戏子还护头护脸地求饶,后来人群中有人说:"这小娘们长得还挺好看的,像不像唱戏的小红娘?"大家就说,还真是,真有点像。

小戏子听大家这样说,立刻想起第一次买粮被抓住时也有人这样说，便闭眼一声不吭了，任由三人训斥、辱骂、拳脚相加。此时她是真的害怕，怕有人认出自己而连累到亓卡。要钱没有，要命有一条。难不成这群人为了一块打不出火的火石，要人一条命去？这样想着，小戏子更紧地闭紧嘴巴和眼睛……正闹着，却有人拉起小戏子，对三个壮汉吼道："一群爷们当街打一个女人，算什么爷们。怎么了？有话冲我说！"小戏子睁开眼，是食堂的老白！小戏子唰地就泪流满面了。

老白问明情况，当场掏出自己的打火机说："多大点儿事，不就一个打火机嘛，赔给你。看好了，这火机是真正的美国货，你小子赚大发了。"老白没有撒谎，打火机是抗美援朝的战利品，平时当宝贝样地揣在身上。打人的男人们当场啪啪地检验打火机的好坏，然后骂骂咧咧地扬长而去。

火石，小戏子为长远计便作假，用一截和火石差不多粗细长短的铁丝，染上从货郎那里买的洋红、洋绿颜料，假火石便做成了。小戏子将假火石混在真火石中，竟然卖出了好几颗。没承想，假的就是假的。事情的败露让小戏子无地自容。

小戏子最怕的就是被熟人认出来，但怕什么来什么。现在她怕老白回去到处张扬，尤其怕让亓卡知道了。小戏子在一条沟渠边洗净脸上的血污，迟疑着不肯回家。老白却押犯人样催促小戏子："赶快回家吧，下回这样的事可不能再干了，坑人早晚会有报应的。"

小戏子点头说："我没想太去坑人，只想最多打不出火来。哪想会毁了人家的打火机，下次再也不敢了……"小戏子说完仍然没有要往回走的意思。

老白问:"你还有什么事?"小戏子摇头,老白催促,"快走吧!"

"……白大哥,我是想……今天的事……"

"我知道,今天的事不让亓卡知道,也不让场里其他人知道。天知,地知,你知,我知,行了吧,快回家吧。"

"那……那……"

"还有什么?"

"你的打火机……我以后会还你,我会知恩图报的。"

"还真是个多事的人。你要还,那你得去美国买去,要不得再抗美援朝一回。嗯?知恩图报,好啊,等有机会唱几段好听的戏给我听,就当还我打火机了。"老白是想调侃一下,避免小戏子太尴尬。

"大哥说笑了。不是你提起,我都忘了我会唱戏了。大哥的恩情哪是几段戏就能还得了的……"见老白说起唱戏的事,小戏子有些得意,也有些不好意思。

"亓卡是好人,你这样尽心尽意跟他过日子,叫人放心。今天的事过去了就过去了,我不会放在心上,你也别放在心上。我一个大老爷们,别说少一个打火机,就是少身上的几斤肉都没什么的。放心吧。记着,以后有什么难事,记着来找我。众人拾柴火焰高,你的难处就是亓卡的难处,帮你就是帮亓卡。啊?"

回到农场,小戏子满心想着一定找机会将亓卡的打火机还给老白。亓卡的打火机也是一个一摁就能着火的好东西,用来赔给老白正好。可是,后来小戏子陆续卖完火石,就把打火机也卖掉了,再后来就连冬冬寒寒吃饭的小铁勺、搪瓷小花碗都拿去换回粮食了。家里可换钱的东西实在没有了,亓卡咬牙摘下腕上的手表给小戏子。

那是一块瑞士英纳格，回国的时候，父亲送的。可是好久，手表都没换回一粒粮食。亓卡以为手表不好卖，却听到小戏子在喂寒寒的时候跟冬冬说："冬冬，忍着点儿，啊，让弟弟吃。咱不是没有钱，你爸的手表卖了，够咱一年吃不完的，可是咱不卖，那是国外的爷爷给你爸爸的，卖了，就没有了。咱留着，啊。"

冬冬问："留着给冬冬吗？"

"你是哥哥，好东西得大让小。寒寒是弟弟，手表得给寒寒。"

"我知道，孔融让梨。"冬冬懂事地找到不要手表的理论根据。

亓卡叹口气。小戏子看起来少心无肝的样子，其实心里还是有数的。

亓卡宁愿小戏子少心无肝。

23　偷粮贼

老乔终于争取到了让小戏子来畜牧场干活的机会。

老乔在支部召开的党员会上说："想给亓卡家的小戏子安排个活干干，也好补贴补贴亓卡。"大家就七嘴八舌，持反对意见的多。说不是右派人家的老婆还得轮流着安排，凭什么安排右派家属呀；说有户口的都还安排不过来，小戏子没有户口，安排不安排无所谓；说既然右派得照顾，那大家都当右派算了。后来就说都怪亓卡娶了小戏子，要是不娶小戏子亓卡什么事也没有；说要怪就怪冬冬，没有冬冬也不会引来小戏子，没有小戏子亓卡最多是个右派，一个右派带一个孩子还过得去；说就怪了，没有小戏子会有冬冬？说过，大家就笑。

热闹之后老乔仍然坚持说："过去打仗，敌人杀了我们多少人，抓了他们不是还要优待俘虏吗？亓卡是右派不假，可是右派也得过日子，日子过不下去了怎么接受改造？杀人不过头点地吧，何况亓卡并不是死罪。全当小戏子来要饭，看在亓卡过去不是右派的份上，看在大家过去喜欢看人家小戏子演戏的份上，从自己碗里匀点儿给她。"

人就是这样，一个人说小戏子不好，大家都会跟着说小戏子十恶不赦。小戏子的不好，经过大家长时间的口水稀释，已经没太大的滋味了，也就是逮着机会调侃一下而已。

老乔这样一说，大家就一致同意给小戏子安排活干，并且一致同意，安排活的事还是由老乔的畜牧场负责。老乔欣然同意。

不等老乔安排妥当，亓卡家却出事了。实际上是小戏子出的。小戏子是亓卡的媳妇，小戏子出事也就等于亓卡出事。

小戏子在黎明前最黑的时分背着小半口袋全麦面往家走的时候，被值夜的民兵发现，人赃俱获。小戏子和印有国营农场食堂字样的面袋一同被关在了场部武装部的值班室里。

亓卡从睡梦中被拽了起来。亓卡不知道小戏子去了哪里，白天太累，夜里睡得太死。皮箱被底朝天地扔在地上，皮箱里的面袋被扯了出来。亓卡赶紧去护着，面要撒了出来可是太可惜了。护着面袋，床上的被子枕头被人抖搂着，哗，腾起一片白雾，寒寒的一只小枕头里装的竟是面粉！

怎么回事？哪里来的面粉？亓卡呆住了：怪不得最近面袋里的面总也不见少，还以为自己控制得当呢。有两次，小戏子烙了加了油盐的饼，问哪里来的面烙饼，小戏子嘻嘻笑着说是场里今天卖的议价粮，要不就说是计划外的补助。还说，就这么一点儿，搁起来值不当的，就和了面，冬冬寒寒也好久没吃过面了。

农场有粮食优势，虽然口粮和全国人民一样减了下来，但却会找一些理由把一些清仓的库底、闲散地块种的杂粮为职工家属补充一些。每次不多，却经常有。臧书记说，上交国家的粮食一粒都不能动。又说，我不能让我的职工饿得蔫头耷脑。让小鬼子、国民党打死了还是烈士，饿死了算谁的？于是大喇叭里就经常有"家属同志们请注意，赶快去食堂领补助粮"的通知。"文革"中，臧书记"私分瞒产"的罪状被揭发出来，差点儿被小将们打死，此是后话。

按这样的通知亓卡一家领到的粮食虽微乎其微，却多多少少能领到一些。所以对小戏子的解释，亓卡没有什么怀疑，只是叮嘱别太浪费，要俭省着些。眼下，面袋里的面亓卡知道，枕头里的面是怎么回事？

小戏子是贼！这样的消息一时就传遍全场。传得很邪乎：小戏子经常在半夜去食堂偷粮，偷了好多次了。小戏子可神了，会飞檐走壁，会钻墙打洞，会缩骨钻缝……她自己都承认了。

事实却不像传言的那样干脆痛快。经过探察，小戏子自己说的跳进食堂窗子去背面，与事实不符。她说的那扇窗子，插销在里面好好地拴着，再说，她说的那间房子是食堂的仓库，仓库都是整袋的面粉摞在一起，根本不会有小半袋面。问偷了几次，一会儿说两次，一会儿又说就一次。问那个有字的面袋是谁给的，小戏子说，面粉坊哪里都有面袋，我自己偷拿的。着人去看，面粉坊、磨坊的确有晾晒的面袋。问怎么进的库房，小戏子就胡编乱造地一会儿说是门，一会儿说是窗，一会儿又说门上有缝，钻进去的。再不就说不是那间房，是另外的房。到底是哪间，说天太黑记不清了。问急了，就哭。气得审讯人员打她几下，不见得怎么用力，就杀猪样地喊救命。

明明知道是有人把面偷给了小戏子，但小戏子不说，别人便毫无办法。食堂里的十几个炊事员都有了和小戏子合伙偷盗的嫌疑。但嫌疑归嫌疑，最终没有从小戏子的嘴里落实到哪一个人。炊事员们在暗地里庆幸小戏子没有乱咬一气，称赞小戏子义气。于是那些关于偷粮的经过口口相传，吹呼得小戏子如江洋大盗一般，演绎得神话似的。

偷粮食是犯法的大事，可小戏子既不是职工，又没有户口，还能怎样惩处她呢？惩罚亓卡，亓卡已经是被打翻在地监督改造的人，再惩治就得刑事拘留、判刑。问臧书记怎么办，臧书记说："场里有人进监狱，你脸上好看，还是我脸上好看？贼进了家，光怨贼吗？那是你的门窗没关好！苍蝇还不叮无缝的蛋呢！"对小戏子训几场，关两天，也就放了。

此时正是蒋介石叫嚣反攻大陆最猖獗的时候，场里武装部组织的基干民兵成天摩拳擦掌杀声震天，几年下来既没有见到美帝的侦察机，也没有见到反攻大陆的美蒋特务，抓了个偷粮食的右派老婆也不能算一无所获。

右派亓卡和偷粮贼小戏子被更加严密地监视着。

妻子是偷粮贼，亓卡震惊却并不感到屈辱：面袋里的面不见少是她冒着生命危险不断地往里补充的结果。原以为她只会少心无肝嬉笑着走街、串巷、赶集，简单地以物换物，哪知背地里却是一个思虑这么多的人！

小戏子回到家的那天夜里，亓卡在孩子们睡着后，翻身揽过小戏子。小戏子温顺地躺在亓卡怀里，夫妻二人无声地相依相偎。亓卡闭口不问她偷粮的事，而且从此没有再问过。亓卡实在是不忍心问，她已经面对了那些强大的抓住她的人和审问她的人，不想让她在家里还要再回忆自己的不堪。亓卡不问，小戏子心存了感激也就不去提偷粮的话题。

夫妻二人心里明镜似的明白对方，却受了不能言说的阻隔，互相间的话越发少了起来，有话也都好像是从孩子身上引发出来。

小戏子在没事的时候还会给冬冬、寒寒讲小武士、小猎犬。小戏子会编故事，那个小猎犬的故事好像永远也讲不完，永远有新花样讲出来。有时也有编乱套讲穿帮的时候，冬冬就会说："小武士不是死了吗？你上次讲的。"小戏子就赶快再理出头绪来说："小武士怎么会死，小神仙呢，他只是装作死了，骗妖怪的，为的是看那些苍蝇、蚊子变的小妖怪还会不会再出来捣乱。别打岔，再打岔我就不讲了。要不信，等你爸回来，你去问他，他一本本厚厚的书都是讲小武士的。长大了，你们要学你爸，想要知道什么，自己去书里看。我的故事都是你爸书里说的。"

冬冬果然就记着问亓卡。亓卡会很认真地告诉冬冬："爸爸的书里的确有小武士的故事，不过没有妈妈讲得好听。书里的故事很短，一会儿就讲完了。妈妈讲得比书里的好。"

小戏子就显得很不好意思，说："糊弄孩子的事情，什么好不好的。"看着小戏子的一双吊吊的丹凤眼，亓卡的心里就涌出一股又软又暖的感觉。小戏子总能把穿帮的故事不漏痕迹地串联一起，就像她不露声色地串联着家中的日子一样。亓卡一直都不能相信，偷粮的事情怎么会发生在她的身上呢？在亓卡看来，偷粮食实在是一件大的事，江洋大盗才能做的事情，而小戏子却是那么的弱小。

出事以后，亓卡也不再把粮食放到高高的架子上的皮箱里锁起来，高高的架子和皮箱毫无意义。

出事后老乔来过，老乔恨恨地扔下半袋面的同时恨恨的话也扔下了："再穷也不能干那样的事。过不下去了，言语一声。大人怎么都好说，孩子将来还得做人！"亓卡低头不语。小戏子没哭，定定地看着那半袋粮。

老白没来，老白一定是特别痛恨小戏子去他管理的食堂偷粮。他过去多喜欢小戏子啊，小戏子是偷粮贼，他得多失望多难过。

颜秀春来过，没说什么，抱了抱寒寒就走了。过后，亓卡和小戏子发现寒寒的衣袋里厚厚的一沓饭票。

小戏子是偷粮贼，也搅黄了本来安排她去畜牧场干活的事。

出事以后亓卡断定家里会面临更大的粮食危机，但他不想把这种危机跟小戏子交流，免得她在危机感的驱使下又去冒险。亓卡更紧地勒紧了自己的腰带。

不安中，亓卡却发现，家里的粮食虽仍然短缺，却从来没有断过顿，总是在快要没有粮可做饭的时候，面袋里又有了面。而这些面绝对不是小戏子赶集买回来的，因为距离发工资还有好几天的时间，家里已经没有可供小戏子赶集的钱了。

难道小戏子又去冒险了？就一间屋子，屋子里就一张床，小戏子还睡在里面，中间隔着孩子，亓卡睡在床边。半夜跑出去，怎么可能？

亓卡不忍心问，小戏子也不说，事情既明白着又没有答案地搁置着。小戏子总可以来无影去无踪地把米啊、面啊的弄回来，并且再也没有被人发现过。

亓卡好几次不动声色地在黑夜中睁大眼睛静观身边小戏子的动静，都没发现异常。小戏子宽额头，尖下颌，眼睛眯缝成细缝，如一只小狐狸般蜷缩在床的内侧。亓卡甚至借照顾孩子的时候装作不经意的样子扒拉一下小戏子，看那蜷缩着的是不是小戏子。

就在亓卡确信小戏子夜里什么动静也没有的第二天清晨，亓卡去草垛拿柴火，发现了藏在草垛里的大半袋面和一包煎饼！亓卡大吃一惊。此时正好是亓卡家眼看要断顿的时候。

还有一次清晨，亓卡在草垛里发现了一堆萝卜。正吃惊时，一只不知道是狗还是猫的动物从草垛里窜出。亓卡追赶着去看那动物，动物围草垛转了几转不见了踪影。亓卡想起什么，赶紧跑回屋，看见小戏子正打着哈欠准备穿衣起床，并没有什么异样。亓卡愣了一会儿，转身又回到草垛……亓卡只拿柴火，却不去搬动那些粮食，他不想戳穿小戏子。小戏子究竟用什么样的办法在什么时间把这些东西弄了来藏在这里的呢？亓卡怀疑过老乔，也怀疑过老白和颜秀春,但都看不出什么破绽。这样的事,亓卡不能到处去打听,也不能当面问。亓卡只心存感激并忐忑着。

有了那些来历不明的东西做补充,小戏子不用再去吃那些捡来的死鸡,孩子们不会看着不能吃的泥巴馒头垫饥,老乔一家也不用从牙缝里省出粮食来接济。这让亓卡深感欣慰,同时也既纳闷又紧张。

亓卡吃着明知道是来历不明的粮食和青菜,总是心存重重的担心和强烈的自责:都是因为自己的原因连累妻儿跟自己受苦。后来见一直平安无事,也就渐渐把心放宽了。听小戏子乱编着给孩子们讲述小猎犬的故事,再看小戏子高高吊起的眉梢,尖尖的下颌,嘻嘻笑着没事人样地自己吃两口、喂孩子吃两口的样子,感到她分明是一只没有长大的小狐狸,娇憨又灵气,狡猾而狐媚。

24 霜霜之父是谁

秘密是小戏子在她的第三个叫霜霜的女孩子出生后渐渐暴露的。

三年困难时期已经走过,人们可以有精力关心吃饭以外的问题了,一些渐渐淡忘的话题在茶后饭余重被想起。最困难时期出生的霜霜已经是可以跟着冬冬、寒寒哥哥满处乱跑的孩子了。大家看到小戏子的三个孩子,便议论说,三个孩子三个长相,没有一个像小戏子。这多少让大家感到失望,不管怎么说,在人们心目中还是小戏子更好看些。议论得多了,就有一些新的东西在口水中浮现出来。

一家跟一家不一样。有的人家不论男孩女孩长相都随父，有的却都随母；有的人家女孩随母亲，男孩随父亲；有的正好倒过来，女孩随父亲男孩倒随了母亲；更有些会生的，孩子取了父母的优点，从小生就的美人坯子；有些正好相反，父母的优点不知丢到了哪里，倒是继承了父亲的小眼睛或母亲的塌鼻子……

不用太过细端详，小戏子生的前两个孩子就是那种不论男孩女孩都随父亲的人家。冬冬的模样像是从"张生"的模样上扒下来的；寒寒更像是从亓卡身上描下来的，黑皮肤，高颧骨，深眼窝，就连竖着的发茬都一样——事实证明，小戏子只会生同男人一样的孩子。可是霜霜呢？一个白里透红细眉细眼不是很好看却也绝不难看的女孩，她像谁呢？像小戏子？一点儿影子也没有。像亓卡？只看皮肤就不对。大家似乎找到一个更加让人兴奋的点：霜霜的模样一定隐藏着小戏子的更大秘密。

最先断定霜霜像一个人的人是二丫。二丫很坚定地这样认为。

那天，场部有一场篮球赛，是场里的一些年轻人临时搭配的两帮人，长胳膊长腿的臧建国也被充在其中顶数。场地周围散乱地围着些人观看。由于有臧建国加盟，很多半大孩子就起劲地为臧建国队加油呐喊，场面也还算激烈活跃。二丫看了一会儿，没什么意思，就寻找着乔杨。就在转身的时候，二丫看到了食堂的老白。

老白和平时没什么两样，赤红着一张胖胖的脸，抱着霜霜看球赛。冬冬寒寒在老白身前身后玩着。老白喜欢孩子，二丫小的时候也像冬冬寒寒一样常在老白身边玩耍。

二丫吃惊地发现，霜霜和老白长得一模一样！鼻子、眼睛、白里透红的脸盘,没有一处不一样的地方。老白发现二丫看他,脸似乎更红了,匆忙放下霜霜,离开了。

城市里像二丫这么大的孩子,还会傻傻地问大人孩子是从哪里来的,会在下乡当了知青的时候还少见多怪地大喊大叫,驴怎么会突然长出第三条腿来,会认为爬胯的猪、狗是在打架而把发情的可怜生灵追得到处乱跑……农场的孩子不会,他们从小就在开放的畜牧场、广阔的大田里疯跑着玩,知道牲口爬胯、公鸡踩蛋是怎么回事,知道红鬃马爬了大黑马的胯,大黑马会生出和红鬃马一样的长一蓬红鬃的小马驹,也知道公马爬了草驴的胯,一匹小骡子就要出世。作为从小在农场长大的二丫很明白,霜霜像老白,那小戏子一定会和老白……二丫咬了咬嘴唇,手拉着辫梢,下定决心,不把自己知道的秘密告诉任何人,不为别人,就为亓卡叔叔。亓卡叔叔知道他的小戏子去和老白……那样,一定会难过得要命。

二丫决心不说的秘密,还是很快就传得到处都是了。是啊,连一个孩子都能看出端倪的事情,你当大人的眼睛里都长了翳?那阵子,大家都似乎格外兴奋。小戏子重新成为人们关注的对象,就像她当年演红娘一样被人们谈论,这次跟着小戏子走红的不是那个张生,而是老白。

背地里大家拿老白开玩笑,玩笑当然没有根据,是大家的想象和猜测。老白对小戏子说了什么,小戏子怎么对老白说,二人如何如何搞上的,究竟是老白勾引了小戏子还是小戏子勾引了老白,说的听的都眉飞色舞,热闹万分。当老白的面大家也都很不正常地挤眉弄眼、皱鼻歪嘴、怪话连篇。老白脸上红一阵白一阵的虽不自在却从不应战，别人就不好把那层不堪一戳的窗户纸捅破。

所有人都透亮地明白，只糊涂着亓卡一个人。

就算透亮，大伙也只能是个猜，而老乔却有差不多的真凭实据。

梁冶庄的邻居猫屎的爹和娘来看老乔一家。困难时期，老乔接济过他们，眼下日子好些了，两家更是亲戚一样地走动。猫屎爹推一辆独轮车，上面用绳子捆着一个大大的笸子，笸子里有新摊的煎饼、刚烀出来的咸菜，还有一些没有完全成熟的杏。猫屎娘说："过几天就麦收了，一忙就顾不得来了，怕杏熟过了头，就先摘了些给孩子们尝个鲜。"乔杨乔菊看到新鲜的杏，一下就疯掉了。孩子们一边高兴去了，大人开始话家常。

家常话说来说去，说起过去的日子，猫屎爹就说："大家都过得不容易，农场也不是日子宽松的地方。"

老乔以为猫屎爹又想说感谢的话，就拦住话头说："挺好挺好，吃得饱穿得暖，大人孩子们都健健康康的。"

猫屎爹说："我不是说你家，我是说也有过得不是很好的。"

老乔和二丫娘就很奇怪，问："谁家不好？"

猫屎爹就讲了有一个腿脚不利索的人去庄里买粮食的事，说那个人买粮食不要囫囵粮食只要磨好的面。猫屎娘也证实："有一次，他好像要得急。家里正好没有磨下的面，怕他着急，就说看看别人家有没有。他说，没有面有摊好的煎饼也行，孩子等着吃。看他着急的样子，我就把家里不多的煎饼都给了他。救急的事，就不要他的钱。可是这人说，钱他有，就是缺吃的。临了还真是留下不少钱，说是叫我再磨些面，他过两天再来拿。看他腿脚不好，我就说等磨好了给他送过去。他却说，千万别麻烦，他会自己来取。这人挺怪的，每次来都匆匆忙忙，没有多余的话，也不计较粮食、干粮的分量，由着我们出价，说多少就是多少。"

"怪还怪在，每次他都是天黑了才来，估摸着回到家也得小半夜了。"猫屎爹又说。

老乔和二丫娘面面相觑，不约而同地问："是老白？"

"老白？我想你们该认识的。我说我认识你们场的老乔。他说，他来得时间短，和别人都不熟悉，还叮嘱我们不要把他买粮的事告诉老乔或是别的人。唉，好人哪——今天拉呱说出这些事，哪里说哪里了，别去告诉别人——这人不错，为孩子吃饭的事他是真着急。"猫屎爹磕磕烟袋补充说。

"不是现在的事吧？"老乔问。

"日子煎熬的那两年，来得勤些。"猫屎爹看一眼猫屎娘说，"有一段时间没来了吧，嗯，两三个月没来了。算起来，还是他长出我们些钱，不多，就几块钱。正盘算着他要是再不来了，我和他娘就把长出来的钱算给他。"

有了猫屎爹娘的这些话，老乔和二丫娘心里就此明白了：毫无疑问，那人是老白，霜霜是老白和小戏子生的。究竟是小戏子先勾引了老白，还是老白乘人之难拿粮食换取了小戏子，就不得而知了。

老乔从此看轻了老白，和老白生分了不少。有一点儿老乔觉得老白还算没让人太失望：老白是自己买粮食给小戏子而不是借他的工作之便偷粮讨好小戏子。不然，老乔不会放过老白。所以老乔仍然不和别人一起议论老白，也不让二丫娘跟着别人起哄小戏子。

孩子们却不管那一套,毫无顾忌地围追堵截着冬冬兄妹,杂种、野驴地乱叫,坷垃、瓦块地乱砸。

寒寒小,跑不快,挨了打便大哭着跑回家。冬冬驮了霜霜也跑不快,骂声听得多,坷垃挨得多。三个孩子受到欺负,小戏子自然心疼,又没有好办法,只是对着仨孩子乱骂:"眼瞎啊,不会躲着点儿!腿折了啊,不快点儿跑!"一次,冬冬跑回家,从背上放下霜霜,霜霜尖叫着一屁股坐在了地上。小戏子一把拉起霜霜,问怎么了。霜霜撇着小嘴说:"腿腿疼。"撸开裤管,霜霜白胖的小腿肚上竟是青紫一片。

冬冬一看就明白了,霜霜是驮在背后的,定是碎砖头、土坷垃打中了霜霜。小戏子一把揪过冬冬,又猛地推搡出去。冬冬不防,趔趄着一屁股摔倒,后脑勺磕在床沿上,白眼一翻昏了过去。

小戏子见状哇一声丢下霜霜去搂抱冬冬,说:"冬冬,儿子,你醒醒啊,下回我不会再打你了啊,你醒醒啊!我送你去医务室,啊。"冬冬却睁开了眼睛。小戏子看冬冬醒了,就说,"冬冬,想哭你就哭几声吧。"

冬冬却含泪咧嘴笑了,说:"妈妈,我哭不出来,你也别哭了。下次我不驮霜霜了,我抱着霜霜跑,人家就打不着霜霜了。"

小戏子擦擦眼泪,把冬冬抱上床问:"天杀的,是谁打的?告诉我,我告诉你爸,让他去找去!"

冬冬眨眨大眼睛说:"妈妈,他们扔砖头坷垃时冲我喊,老白爬胯,老白爬胯。老白是不是伙房的白伯伯?他们老冲我喊老白爬胯,白伯伯又不是牲口……"

小戏子愣住了，忽然就一巴掌甩在了冬冬的脸上说："再跟别人一起满嘴胡呲，看我杀了你！"

寒寒却替冬冬叫屈："哥哥没有胡呲，他们就是那样喊的，老白爬胯，老白爬胯。"

小戏子一把掐住寒寒的脖子说："说胡呲就是胡呲，再乱说，掐死你！掐死你！"

冬冬爬起来一边掰扯着小戏子的手一边大声替寒寒讨饶："以后再不胡呲了，寒寒，寒寒快说，以后再不胡呲了！"寒寒被掐得半天喘不上气来，然后就大哭，小戏子也哭，娘几个哭成一团。

寒寒忽然不哭了，指着小戏子说："告诉爸爸去，你打我！"

小戏子一下回过神来，一手叉腰一手拿菜刀拍着菜板，教训着冬冬兄妹："你们都听好了，那样难听的话谁告诉你爸爸，等你爸爸去上班了我就劈了谁，听见没有？"

冬冬率先说："听见了，不告诉爸爸。"

寒寒刚领教了妈妈的厉害，也说："不告诉爸爸。"

霜霜却扯着裤脚说："告诉爸爸，腿腿疼。"

小戏子扬手吓唬说："腿疼就让它疼，不许告诉，说了打死你！"

25　摘去帽子

小戏子和老白的事毕竟不是抓了现行，没有真凭实据就拿不到台面上。当然，不拿到台面上还有一个原因，就是大家可怜远离爹娘的亓卡。

亓卡的右派帽子被摘掉了。吕秘书当亓卡面宣读通知："……在反右斗争中，党组织和广大人民群众对其采取了严厉批评和耐心教育。鉴于原右派分子亓卡在反右斗争中能接受改造，且改造效果良好，自即日起摘掉右派帽子。……作为归国华侨，殷切期望亓卡要进一步克服、改造头脑中资本家、庄园主的流毒，克服资产阶级思想，和工农打成一片，要加强无产阶级思想学习，更好地为社会主义建设服务，更好地为人民服务。……中共某某某委员会反右斗争领导小组。1960年某月某日。"

此时已是1962年了，已经超过通知上的日期快两年了，亓卡仍然很开心。吕秘书还很不情愿地通知亓卡："场党委为表示对你的关心，决定恢复你原来的机耕队工作，给你调整住房，由现在的一间房改为两间，还有，小戏子……常春兰，你爱人的户口场里也会尽快解决。"在看到摘帽通知被吕秘书装进档案袋时，亓卡不被人注意地呼出一口气。吕秘书却觉察出来了，吕秘书冷冷地说："关心归关心，摘帽归摘帽，摘帽右派也是曾经的右派，你好自为之！"

亓卡根本不在乎吕秘书说什么。他想右派帽子摘掉了，日子会回到从前的快乐，可以像以前一样说话了，可以和老乔互相串门，可以和老白继续关于戏的话题。亓卡甚至想到，小戏子可以继续去当大家都喜欢的小戏子……

然而，一切都不可能回到以前。

过去对亓卡总是没话找话的老白，现在每次见了都脸色红红的，支吾着拐着脚后跟快步躲开。亓卡想到老白过去那么喜欢小戏子，对小戏子生的孩子也很关照，就好几次专门带了冬冬寒寒或抱了霜霜去食堂，可老白竟像不认识似的，理也不理地躲开了。是自己过去不搭理老白，才让老白伤心了。亓卡不怪老白对自己的疏远，只是自责着。

老乔好几次见亓卡都一副欲言又止的样子。亓卡含着歉意跟老乔交流："这些年都是我不好，以后都会好起来的。"老乔却摇摇头，又拍拍亓卡的臂膀。

亓卡回到机耕队，每天都能看到颜秀春，可很少再听到颜秀春大笑了，有几次颜秀春面对亓卡竟然眼里噙满泪水，默默无语……亓卡明显地感觉到周围异样的眼光和悄悄的议论。亓卡摇着头私下琢磨，不知道是自己不习惯摘掉右派的身份还是别人已经习惯自己右派的身份。

回到家，孩子们也都出奇得乖。有几次，知道孩子在外面受了别的孩子欺负，亓卡便要去找，小戏子却拉着亓卡说："算了，小孩子在一起，没个不打架的，找了也没用。"

冬冬也说："都是我不好，下次不带寒寒霜霜到远处玩了，爸爸别生气了。别人骂，我不会还嘴的。"

亓卡也就算了。

两间房子中间的墙打通了，成了套间，原来的屋成了里间。外间屋又搁了一张床，冬冬立即就爬上去说："我和寒寒住在这张床上吧。"

霜霜爬上去说要跟哥哥在一起。

亓卡说："冬冬和寒寒住外间，霜霜和爸爸妈妈在一起住里间。"

小戏子却不同意，她执意让寒寒和亓卡住在外屋的床上。"几年了，这么多人挤在一起，这下该松快松快了。我和冬冬霜霜里屋，你和寒寒外屋。"看亓卡愣着，小戏子解释，"霜霜夜里要人，冬冬半大个人了，也好帮我照料照料。"又对冬冬其实也是对亓卡说，"你爸现在要开拖拉机的，睡不好觉可不行。"亓卡听出口气里的坚定。话说得虽然有道理，可小戏子说话的神态和语气让亓卡忽然觉得有些客气，不像一家人说的话，可是一时也找不到反驳的理由。

早在生下寒寒的时候，亓卡就说："搭个地铺吧，别挤着孩子。"小戏子说："挤着好，一家人挤着多好，一家人怕什么挤，挤着才亲，世上最美气的事莫过于一家人肌肤相亲。"小戏子不识字，却常会出口成章，亓卡早已习以为常。可是对于这样的安排，亓卡还是觉得不妥。小戏子嘻嘻着说："当然了，一家人肌肤相亲呢才能相亲相爱，才能知冷知热。天这么冷，一家人挤在一起，冷还会觉着冷吗？外面冷不怕，心是热的，心里热身上就暖和呗。"一家人在一张床上一挤就挤了好几年。

亓卡很不习惯身边没有冬冬和小戏子的夜晚，头枕着胳膊，大睁着眼睛看着漆黑的屋顶，支棱着耳朵听着里屋的动静。其实，小戏子有意疏远亓卡，亓卡不是今天才感觉到的。偷粮事情发生以后不久，小戏子把本来靠墙睡的寒寒挪在了中间，把在另一头靠墙睡的冬冬也挪在中间，说这样睡孩子会暖和些。可是后来天气暖了，热了，小戏子再也没有把孩子睡觉的位置改变回去。亓卡白天承受着冷酷的生活，夜里感受着妻儿温润的气息，不免常有热血男儿之态，便将手臂越过寒寒伸向小戏子。小戏子大多会将手臂轻轻送回，叹口气面壁而睡。有时，小戏子会拿开手臂欠身面向亓卡，摇摇头，再向睡着了的孩子努努嘴巴，那意思再明确不过：孩子都大了。

那样的时候亓卡有些失望，但也只好翻身睡去。小戏子的劝阻有道理，但是亓卡还是觉得自偷粮事情发生后小戏子和自己的确疏远了。特别是小戏子怀霜霜、生霜霜后，算起来已经快三年了，夫妻之间几乎就再也没有亲密过。小戏子总是以身子不方便，身边有孩子，床太挤了等各种理由拒绝亓卡，可是，现在多了房子和床，小戏子为什么还要那么决绝地拒绝和自己亲密呢？亓卡不解。

好在日子总算过得下去。按照政策，亓卡的工资应该在摘帽通知下达的那个月开始长一级，这一级就让亓卡的工资比原来每月多出七块钱！又加上补发了延迟的二十多个月，亓卡的手里一下就多出一百五十多块钱！一家人像捡了宝贝样。小戏子说："凭空得了这么多钱，真应该感谢共产党，感谢毛主席，可是不知道共产党在哪里没法感谢，知道毛主席在北京却又够不着去感谢。该感谢的人，不能当面说谢，还真不是个滋味。"

冬冬说："不是王会计发给爸爸的钱吗？就感谢王会计好了，王会计是可以见到的人啊。"

小戏子说："对对，吃水不忘挖井人，没有王会计，钱到不了你爸手上，咱记着王会计的好。"

寒寒说："我也记着王会计的好。"

小戏子拍一巴掌寒寒说："谢别人是假，谢你爸是真。没有你爸，怎么会有这些钱从天而降？没有你爸，共产党、毛主席、王会计把钱发给谁去？要记就记你爸的好！"

霜霜鹦鹉学舌:"霜霜记着你爸的好。"

小戏子又拍一巴掌霜霜,揪一下霜霜的小鼻子说:"谁爸?你爸,你的爸爸。"说完,一脸笑意竟呆在了脸上。

亓卡抱起霜霜,亲着说:"爸爸记着霜霜的好,霜霜乖啊霜霜乖。"小戏子背过脸去。

霜霜受宠撒娇,揪着亓卡的手腕说:"霜霜戴手表,霜霜戴手表。"

亓卡说:"好,爸爸给霜霜戴手表。"

寒寒便上前争抢说:"手表是我的,妈妈说手表是我的,我的!"霜霜撇起小嘴要哭的样子,亓卡蹲下,把寒寒和霜霜一起揽着说:"这样好不好,霜霜先戴,一分钟,寒寒戴,一分钟。爸爸给看时间。"

正玩着,不想小戏子却劈手从霜霜手上夺过手表说:"丫头片子,戴什么表?表是你爸爸的,谁也不能乱戴!"霜霜哇一声大哭起来,小戏子跟上一巴掌,"哭什么哭,再哭就扔出去不要你了。"

亓卡莫名其妙地说:"好好的,怎么了?"亓卡看看腕上的英纳格手表。幸亏小戏子的坚持,家里绝境到任何地步手表都没有被卖掉,不然的话,手表早不知道去了哪里!可是,乱发脾气好像和保护手表没什么联系。亓卡觉得怪怪的,而小戏子早已变了个人似的搂紧了霜霜……

大多数的日子还是平静的。

小戏子仍然经常去赶集,不赶集的日子,就在家里做些家务,有时也被通知去畜牧场或是别的地方去干临时工。开始,小戏子接到通知会兴致很高地安顿好孩子走出家门去上工,可是几次下来,小戏子便不喜欢去了。对来通知的人说家里孩子不舒服,或编个其他什么理由。

亓卡问其缘由,小戏子就说这几天身子不舒服。亓卡就认为女人每月总有几天不舒服的时候,并不去太在意。但总这样了,亓卡就有些不高兴。能轮到干活的机会不是很多,轮到了却不去干,这样不好。再说,家里也的确需要额外的补贴。亓卡把这样的意思很正式地跟小戏子说了。小戏子却又嘻嘻地笑着说:"家里不是还有钱的嘛,你一下补了那么多,先花着,没有了再说。"

小戏子轻松,亓卡却又紧张起来:她该不是又要去偷吧?亓卡从心里惧怕小戏子神出鬼没地去冒险,如果小戏子出什么意外,亓卡不知道接下来的日子将会如何度过。亓卡愣愣地不知该说什么好。

一连几天的夜里,亓卡都睁一眼闭一眼地不敢踏实地睡着,支棱着耳朵听着里屋的动静,也注意去草垛里看有没有藏的粮食。一切都很正常。

小戏子借故不想出工让亓卡想起她怀寒寒时的贪吃和懒散,心里便释然了:她不是故意不想出工的,不出工,一定是有她不出工的原因。

果然。

孩子们都睡了,亓卡躺床上看书。现在已经不点煤油灯了,农场已经有自己的发电厂,每天晚上的照明从六点到九点。亓卡总是在收拾完了以后抓紧时间看会儿书。小戏子出门上厕所——厕所是公厕,大家都在睡觉前去一趟厕所。小戏子回来关好门,却没有回到里屋的床上去,而是来到亓卡的床前。亓卡抬脸看看小戏子。

小戏子牙齿咬着下唇,看着亓卡。亓卡轻声问:"有事?"小戏子摇摇头。亓卡就拉过小戏子的手,抬起身子。小戏子却单腿跪在亓卡的床前。

"怎么了?"亓卡仍然轻声。

"亓卡,我对不住你。"

"我没有怪你,不想出工就不去。"

"不是,我是说霜霜……"

"是啊,霜霜还小,需要人照顾,我知道,我不会怪你。去睡吧。"

"不是,亓卡,你听我说……"

"我知道,去看霜霜吧。等霜霜再大些,我会给她专门搭一个床铺,女孩子嘛。等霜霜有了自己的床铺,你再搬来和我一起……好了,快去吧,电灯就要到点了……"

"不是……"

亓卡以为小戏子马上就说偷粮的事了,立即阻止道:"我知道,过去的事就让它过去了。你说得没错,咱现在还有钱,许多钱,够花一阵子……去睡吧。"

夫妻之间的事亓卡认为自己是清楚的,他体谅小戏子对自己的冷淡。

亓卡不知道小戏子是如何看似轻松其实却胆战心惊地在维护支撑着他们脆弱的家。安慰小戏子的办法就是不要再提偷粮的事情,亓卡这样认为。

周围依然是异样的眼光和悄悄的指点、议论。过去是右派，大家眼光异样，背后戳脊梁骨，亓卡并不感觉怎样，现在摘帽了，人们对亓卡的态度还不能回到正常，这让亓卡觉得自己很孤独很苦闷。

26　买了小鸡

亓卡和小戏子夫妻之间的沟通，依赖的似乎是些其他的事情。

小戏子买了几只小鸡。那时每到春天的时候，就有一些卖小鸡的挑着大大的"鸡扁"走村串巷。

鸡扁是用苇席一类的材料编织而成，直径四到五尺左右，深不过半尺，很轻，既大又浅，所以称为扁。卖鸡人将四五只甚至十来只盛满鸡雏的扁摞在一起，用长长的翘着两头的扁担挑着——扁担细长，弹性极好，一步一颤悠。到了村头，卖鸡人脚步放慢，扯起嗓子喊："小——炕鸡——来哟！"声音绵长，高亢，悠远。几声吆喝过后，卖鸡人并不着急，拿下别在腰上的竹竿铜锅烟袋，摘下挂在扁担头上的小马扎，坐下擦汗，点火吸烟。汗没干，一袋烟没吸完，扁早已被乡亲们围拢。拿下扁罩，将扁一只只摆开，一片绒绒的"小炕鸡"呈现在人们眼前。鸡雏是用土火炕加热鸡蛋孵出来的，所以叫小炕鸡。此时的小炕鸡们并不精神，它们被一路颤悠颠簸得昏昏欲睡。卖鸡人磕磕烟锅，伸出长烟杆，在扁中推搅几下，小炕鸡们便振奋起来，叽喳一片，有的还要踮起脚爪，扇动小小的翅膀，将毛毛的小脑袋伸出鸡群，探察周围的世界。买鸡人大多是一些妇女，蹲在扁边，全神地盯看，那些活泼好动的小鸡首先被发现。伸手捉出，放在自家带来的笪箩里。看好一只捉一只，通常买二十只必得选出三十只或更多，然后再仔细地从选出的小鸡中把次一些的再送回去，往返几次，才算最后选定。末了，卖鸡人取出一个米袋，米袋中有发泡好的小米，抓一点撒向笪箩，小鸡们便撒欢地啄食。小炕鸡的新主人会付钱或记账后欢天喜地地端起笪箩带着自家的孩子们回家慢慢去眷顾新来的小炕鸡了。买小鸡是农家人的大事，所以这样的事情每年开春都有。有钱的付现金，无钱的就先赊账，等秋后，鸡长大了，卖了粮食或卖了大鸡再还小鸡的账。卖鸡人有一个账本，账本上记着只有卖鸡人才看得懂的账目：某村村西李家二十，或村西李家东张家二十五，要不就是大榆树南马家二十。农村人买鸡赊账的多，付现金的少。但从没人不认账。

　　路过农场，卖鸡人也吆喝几嗓子。原以为吃公家粮的地方不会有买卖，谁知，却也呼呼啦啦围了很多人，争抢着挑选起小鸡来。更让卖鸡人高兴的是农场的人买鸡从不讲价，也不赊账，买多买少都是现金。卖鸡人都愿意到农场卖鸡。

　　小鸡两毛钱一只，小戏子花一块钱买了五只，卖鸡的又另送了两只气息奄奄的。送的两只，当天就死掉一只。全家都很心痛，冬冬捧着死去的小鸡抽抽搭搭哭了好半天。亓卡哄冬冬："儿子，不哭了，爸爸给鸡造一间房子好不好？"

　　冬冬立即高兴起来，说："咱家也垒鸡窝吗？"亓卡拿一截铅笔，在一张纸上画着，边画边对冬冬说："我们家的鸡会长得很大，所以呢，门要开得大些。门大了，墙壁就要高，这里是窗户……"

小戏子笑着插话："鸡窝要什么窗户，谁见过鸡窝还有窗户，鸡白天又不在窝里。"

冬冬说："要窗户，鸡看见天亮了，好打鸣。"

亓卡继续在纸上造房子，说："冬冬说得对，鸡也要窗户的。我家的鸡要住楼房，楼下是睡觉的房间，楼上是生蛋的房间。也要有门，还要有窗。我家的母鸡要有很多，所以房子要造得大些……"

"爸爸，你说，咱家的鸡会下蛋吗？"冬冬是在担心鸡没有长大就死去。

"当然会生蛋。鸡爸爸啼鸣，鸡妈妈生蛋，爸爸妈妈相亲相爱，然后呢，还要孵出好多鸡娃娃。"亓卡一边说一边在图纸旁边画了一只简单的大公鸡。冬冬高兴了。冬冬是亓卡带大的，却是当地人的口音，而说一口当地话的冬冬能听懂亓卡口齿不清的任何话，并且会用当地话与爸爸交流。

亓卡明白，自己对冬冬说的话，很多是对小戏子说的，亓卡知道小戏子是听得懂的。果然，小戏子抚着叽叽叫着缩成一团的小鸡们嘻嘻着说："唉，掉在福窝里的小可怜，等着住高楼大厦，啊。"

冬冬说："妈妈，你说小鸡知道给它们垒鸡窝会不会很高兴？"

小戏子说："高兴。鸡比人强，鸡长大了会下蛋报恩，人只会让人伤心啊。"亓卡觉得莫名其妙，就拿眼睛去看小戏子。小戏子却没事人样抿嘴一笑转身离开。

后来，鸡窝真的建好了。基本上和那张设计图一样，只不过在建的时候，亓卡临时又改造了一下，把下面的房间抬高了两砖，横加了竹竿树枝，便于鸡粪漏在下面。冬冬很自豪："俺家的鸡窝是三层楼呢。"

鸡窝造好的时候，鸡还没有长大，怕晚上天冷死掉，亓卡想了一个办法，在一只铁质饼干筒里铺上棉花，把六只小鸡放进去。白天则放在草筐里搁太阳地里，冬冬守护着。

不负全家人的希望，六只小鸡很快长大，饼干桶放不下了，柴草筐也放不下了，亓卡和冬冬就让鸡们去住楼房。但一连几个傍晚，任凭爷俩东追西撵地忙活到天黑，鸡们还是不肯住进楼房。

亓卡正不知所措时，小戏子嘻嘻笑着把柴草筐从家门口拎起放鸡窝旁边，鸡窝门前再撒一把碎米。鸡们吃完米，就该睡觉了，却发现柴草筐不光挪了地方，还被一块雨布罩起来。鸡们着急地围着筐子转来转去，跳上跳下却进不了筐。天色越来越暗，无奈中一只看起来有点儿公鸡模样的鸡试探着走进鸡窝，其他的鸡陆续跟了进去，小戏子赶紧过去关上窝门——鸡进窝了！冬冬高兴地跑进家门去告诉亓卡。亓卡心里一阵欢快：真是一只小狐狸！

两天后，鸡们便会自动进窝了。

一家人的日子便在鸡们的变化中不好不坏地延伸着，但是这一切，都忽然一下被打破了。

27　老白暴露

"四清"运动开始了，运动从学习"清理账目、清理仓库、清理财物、清理工分"的农村工作经验开始，飞快上升到通过"四清"

解决政治、经济、思想和组织的"四不清"。冬天来临的时候,"清政治、清经济、清思想、清组织"的"四清"运动全面铺开。省地县各级都抽调人员成立了"四清"工作队,队下辖若干小组,各小组立即奔赴各行业各单位。为避免"近者有私",四清工作队人员远距离、远行业地进行交换。刘场长也被抽调出去,成了邻县县机关四清工作队的队长。

陌生的工作组果然铁面无私。工作组一来就找准了工作切入点,管理食堂的老白首当其冲地被列为"四清"对象——管理伙食最容易多吃多占,也最容易贪污浪费。于是,封账、封库,组织查账、查库,限时让老白写出工作汇报。在做这些的同时社会调查也紧锣密鼓地开展。开始,老白还以没做亏心事不怕半夜鬼叫门的心态,认为可以兵来将挡水来土掩。

可是事情就怕如做菜样颠炒。几番颠,几轮炒,几年前伙房仓库被小戏子盗窃的事给翻了出来。翻出来,再去查账,一查,明明被偷粮却没有亏库的记录。工作组一下就被点醒了一般,加强审问力度,老白便没有了招架的力气,只好挤牙膏样逐一交代了帮小戏子偷粮的事情。

为什么一个为革命负过重伤的功臣却去帮助一个非亲非故的小戏子偷粮?老白说,帮小戏子就是帮亓卡,其实并没有帮多少,只是在他们家实在揭不开锅的时候弄了一点儿。这更了不得了,亓卡是什么人?亓卡是右派啊。一个老革命不想着如何继续革命却去帮一个右派,而且还用挖社会主义墙脚的恶劣方式。再问为什么要帮亓卡,老白就更说不清楚了,既不是战友,又不是同乡,那些二人同一天进场、亓卡没有别的亲人、二人说得来、二人都喜欢听戏看戏一类的理由跟扯淡差不多，根本算不上理由。

老白贪污做假账，老白革命意志衰退，老白敌友不分，桩桩件件，罪证如山，铁板钉钉。再继续整治这样的人已经用不着再下很多力气了。"亓卡家那个叫霜霜的孩子是怎么回事？"只一句话，老白的防线就彻底垮塌下来，将他和小戏子之间的所有事情，时间地点过程，竹筒倒豆子般讲得一清二楚。

老白坦白，由于是小戏子的戏迷，所以看小戏子家口粮紧张，心里不忍，就趁卖职工口粮的时候偷偷告诉小戏子，已经把米面准备好，让小戏子在夜深人静的时候来拿，不多，一共两次。后来小戏子被抓住一口咬定是她自己所为，这令老白大为感动，就不再让小戏子冒险来取粮而是亲自把粮藏在大衣下将粮一次次搁小戏子家的草垛里。粮食、干粮是在市场上买来的……老白坦白的事情，都尽量避免提到亓卡。也的确没有亓卡什么事。

工作组的人不相信老白所承认的事情属实，就将老白"熬大鹰"，长时间不让老白休息，轮番对老白进行讯问。无论熬的时间多长，无论问的问题如何颠三倒四，对跟小戏子睡觉的问题上老白始终就说："就一次，某天某日某时，大雨天的夜里。是我叫她来的，我说叫她来拿粮食的。"

偷了那么多次粮食，就通奸一次，而且一次就怀了孩子。怎么可能！

去审小戏子。"就一回。"小戏子虽战栗着身子泪流满面，却一口咬定，"就一回。下大雨的夜里，白大哥睡着了……他不知道，是我精湿着身子上的他的床……白大哥人好，他知道我和孩子没有户口，饭不够吃的……没有白大哥我和孩子都要饿死了。我没有别的办法去谢他……"小戏子开始低了头看着自己的脚尖，后来便抬起一双丹凤眼，目光从审讯人脸上胆怯地扫过。审讯的人不约而同地为之一振：没有人能抵御这样的目光。小戏子含泪的双眼，清秀的面庞以及散落额头、腮边的发丝，活脱脱地一副梨花带雨相啊。

"四清"工作的第一轮战役就揪出老白这样一个不争气的东西，这让臧书记很恼火。开始，他对"四清"工作组让他当副组长，并不以为意，对"四清"工作从食堂做起也不以为意，说："当副组长就当呗。该封的封，该查的查。有什么事多跟食堂的老白商量，他是可以依靠的人，党员，老革命了。"没想到他认为可以依靠的人却转眼成为"四不清"干部，并且是在他的眼皮底下腐化变质的，这让臧书记很难接受这样的事实：老白怎么可以这样!？他对工作组长，一个和吕秘书很相似的年轻人说："什么东西，跟土匪有什么两样？偷粮食，玩女人！"

工作组长说："臧书记，我可不认为只是偷粮食玩女人的简单问题。老白简直是块茅坑里的石头又臭又硬，到现在还死扛着说粮食是他从市场黑市上买的……"

"这样的人还不逮着给我狠狠地揍！"臧书记听不见工作组长说什么，只是一味地沉浸在无比的痛惜之中。

"揍？我们可是一个指头都没动过他，完全是他无法抵赖自己的罪行自行交代的。我们可是一点儿原则都没有违背啊。"

"闲屁少放。带我去见这个狗日的！"气极了的臧书记又要起了老革命的派头,这让工作组长有点接受不了:"臧书记,你这样的态度不便于见任何人。"

"我什么态度?任何人?你不是任何人?"臧书记已经满脸杀气了。快走到临时看管老白的房子的时候,臧书记却转回身子大步离去,"谁爱见谁见,我是不见这个可恶的东西。"闪了工作组长一个人呆站在那里。

听说工作组正调查老白偷粮给小戏子的事,老乔觉得应该把知道的事情反映给组织,找到了臧书记,将老白去猫屎家买粮的事详细报告了。臧书记正在气头上,认为老白已经承认偷了粮,老乔说那些没什么用。吕秘书也在旁边说:"老乔你要端正态度,老白的事情很严重,这样的时候你不要讲私人感情,干扰斗争方向。"老乔很生气,撂下话:"我不知道什么叫私人感情,只知道要实事求是,不能冤枉任何人!更不能冤枉好人!"

吕秘书也很硬气,说:"哼,好人,连私孩子都生出来啦!"

"生私孩子和贪污粮食是两码事!"老乔还在争辩。

"老乔你一个党员,别那么感情用事,老白那个人已经彻底烂透了,还在乎什么一码事两码事?"

"他烂透是他的事,共产党不会,也不能一点儿不讲原则地一锅粥!我是党员,希望臧书记实事求是。"

……

最终,臧书记去见了老白,那是在很多天后,在工作组做出"开除党籍和公职押送回原籍"的初步决定时决定见老白的。初步决定放在臧书记面前的时候,臧书记忽然就想起了老乔的汇报,想起老乔的话。

见到老白的瞬间,臧书记呆住了。老白已经完全脱了形,原来油光赤红的脸膛现在干瘦黧黑,总是光洁的下巴被杂乱的胡楂包裹。臧书记感觉到心脏针扎般痛了一下。随之,接踵而来的冲天怒气赶走了瞬间的痛楚,臧书记双手当胸揪起坐在凳子上的老白,老白像一张皮一样被拎了起来。臧书记手一松,老白又像一张皮一样瘫坐了回去。"你个王八蛋!你个糊涂虫!你不是人!你个土匪!你个流氓!"工作组长吃惊不已,一个堂堂的党委书记竟然会泼妇样骂人!

老白却在臧书记一声接一声、一句比一句难听的骂声中苏醒了。"臧书记,我王八蛋,我不是人,我是土匪,我是流氓。"继而老白非常振作地一巴掌一巴掌扇着自己的脸,"我土匪,我土匪不如!我流氓,我流氓不如啊臧书记!你枪毙我吧!你枪毙我啊!"工作组长和另一个组员上前架住老白,臧书记却阻止着:"你们别管他,让他打,让他扇,让他清醒清醒。"老白哇的一声大哭起来。

屋里只剩老白和臧书记二人的时候,老白和臧书记都平静了下来。臧书记说:"你说你老白都干了些什么污烂事,我都替你害臊!"

老白低头不语。

臧书记说:"你一个死人堆里爬出来的人,不说别的,你连你的一双烂脚掌都对不住,还用说别的吗?"

臧书记递一根烟给老白。

一根烟快吸完的时候,老白说:"臧书记……我原以为你不待见我的。我跟他们说了很多次,想见你一面……"

"见我干什么,有好话对我说?"

"臧书记,千错万错都是我的错,我想说……其实……"

"想说什么就说,你以为我有闲心陪你扯闲谈!"

"那我就说了。其实,小戏子——她不是那样的人。"

臧书记的眼睛瞪得老大,说:"嗨,都这份上了,还替她说话。私孩子都跟你生了,还说不是那样的人!你悔不悔啊!"

老白接下来的话让老资格的臧书记对老白气不起来了。

老白说:"臧书记,这么一段不工作的时间,我想了很多事,觉得最对不住的就是亓卡了,那样的一个人,老天对他太不公……我给小戏子弄粮,帮小戏子,本来是想让亓卡的日子过得轻松些,没想到阴差阳错让他更没法做人,想到这些,我恨不得自己就去死。我没有说假话,她上我的床就一次。我琢磨着,她不为别的,就为报答,她不明白我是真心想帮他们家渡难关,真的……其实我能帮她的就是给她弄点儿粮食……我如果不在食堂工作,我会正大光明,我会每月把我的饭票省一半给亓卡家。就两次,我给了她公家的粮食,一共五十多斤。我知道我给小戏子粮食是监守自盗,良心上过不去,那一段,我每天只吃半饱……省下的粮食不止五十斤……我没有做假账……没人知道,我只图心里踏实……后来的粮食全部是我去庄里买的……他们逼问我给了她多少饭票,一次也没有,半次也没有。给她饭票会更方便些,可是我不能,那样我就真成了贪污了……那样我会对不起共产党,对不起我的两半脚掌……"

老白向臧书记讲了小戏子到食堂仓库出粮的事,讲了小戏子赶集被人追打的事,也讲了自己去梁冶庄买人家粮食的事。

臧书记在老白面前快速走来走去,心情难以平静。小戏子用那样的方式和手段让孩子们有饭吃，让打过鬼子和老蒋的臧书记心里莫名地痛。打鬼子的时候，人多穷，村里十七八岁的闺女出不了门，要出门得等娘回来脱下棉裤让闺女穿……解放了，人民翻身了，小戏子也是人民，可她没有户口，连累孩子们也没户口，一家好几张嘴啊。说起来——小戏子这娘们的本事比堂堂大老爷们倒还大了去了……

最后，老白说："一个远离爹娘的右派，一个没有户口没有根底的女人，那样一个家，咱一个大男人不帮，还有他们的活路吗？臧书记，我悔啊，悔就悔在我这个人没出息，该把持的没把持住啊，我就那么没出息地要了我不该要的东西啊！人来到世上走一遭，不容易，一步走错，等于白来世上一回啊！"老白捶打着自己，"我不冤，臧书记，我是罪有应得啊！现世报，遭天谴啊！"

臧书记摆摆手说："没用的话，就不说了。处分就要下来了，你有什么打算？"

"事情到了这样的分上，我还能有什么打算？听从组织处分吧。"老白低了头，声音却大而清晰。

"考虑过继续留下来吗？如果……"

"不，臧书记，就是没有四清，我也想过要离开农场的……"

"为什么？"

"我待在这里，抬头不见低头见，亓卡他怎么做人？我还做什么人？只是……一直没有想好孩子怎样处理。"老白始终在自责。臧书记知道老白是那种即使自己粉身碎骨也不会在朋友遇到麻烦时随便落井下石的人。

老乔也获得一次看望老白的机会。当着工作组成员的面,老乔和老白拥抱在一起。老乔哽咽着说不出话来。老白却很镇定。

老白说:"老乔,这辈子最幸运的事是认识了你,多亏有你才让我没有背上贪污的罪名,要不然,我得怎样愧对爹娘,愧对党,愧对……"

"老白,别说了。你自己没做过的事,党和人民不会冤枉你……"

"我知道,你心里是恨我的,恨我不成器……我该恨……"老白泣不成声。

由于臧书记的坚持,四清工作组根据老白的交代和老乔的证词重新进行了外调。老白贪污的罪排除了,但作风不正、乱搞不正当男女关系的罪名成立,最终没有被开除公职,也没开除党籍,只受到"党内记大过一次,留场查看两年"的处分。但老白最终还是坚决地走了,霜霜留下了。留下的还有老白给亓卡的一封信。

老白信里说:亓卡,我走了。最对不住的人就是你,说什么都没用了。霜霜跟着你比跟我强。最想对你说的话,她是个好女人。白桓启,1964年某月某日。

亓卡半天才回过味来,白桓启就是老白。

老白回到老家,半年不到就死了。肝癌。

老白的一个本家侄子来场里报丧。侄子说,叔叔到家身子骨就一直不好,让去医院他坚决不去。叔叔死的时候,身上瘦得皮包骨,肚子却鼓得盆一样大,念叨的就是农场,食堂,臧书记,亓卡,老乔什么的……

侄子没有提到一个叫霜霜的孩子。

老白到死也没对家里人说起那个叫霜霜的孩子。

场党委专门开会研究了老白的丧葬事宜，并形成决议。

决议看起来是很随意的样子，只是说让两个合适的人去老白家里看一下。

臧书记和刘子龙场长专门找老乔和颜秀春谈了话。场长向二人说明场党委的意见，并说相信二人能完成好这次任务。臧书记却直接说："老白离场不光彩，可他毕竟是上过战场的兵。犯了错误，还没用人一棍去打，就死了……唉，你俩是他能说得来的人，就去送他一程。你们知道老白想听什么，就说给他听吧。给，这是我的一点儿心意，算我替老白尽点孝心。"臧书记把二十元钱拍在老乔的手里。刘场长的二十元钱压在了臧书记的二十元之上……

颜秀春和老乔的到来使老白走得隆重而体面。

亓卡一夜之间便坍塌了。亓卡板刷样竖在头顶的黑黑头发，几天工夫就凌乱花白了。亓卡无论如何也想不到会有这样的现实，那个自己亲眼看着经十月怀胎降临人间的女儿，那个在自己眼皮底下一天天长大的、嘴巴甜甜的小女孩竟然是妻子跟别人生下的。而那个别人却是自己那么知己的人……

看到老白被四清工作组关押，小戏子几次被工作组叫去作证，亓卡始终以为还是为食堂丢粮的事情。每次小戏子从工作组回来后，亓卡都满怀歉疚和同情。小戏子一再被传唤，使亓卡忽然明白，小戏子偷粮的事肯定和老白有关。藏在草垛里的粮食和萝卜，一定是老白干的。亓卡开始责备自己：早该想到那些粮食是老白帮小戏子弄的,早知道是这样,一定会阻止老白。亓卡觉得是自己的家事连累了老白。

亓卡思考过后,果断去找四清工作组。亓卡幻想着自己可以为老白说清楚,可是,一个摘帽右派,人家理都不想理,只说你能管好自己就已经不错了,老白和小戏子的事跟你无关。

亓卡不能不分辩:"怎么会跟我无关?小戏子是我妻子……"人家就摆摆手一脸的不屑。亓卡不能容忍这些人的态度,但又能如何?

在审查老白期间,有一天夜里,亓卡一觉醒来,黑暗中,发现一个人站在床前,以为是幻觉,揉揉眼睛,的确,是小戏子。夫妻间,好久没有亲热过了,一阵温热在亓卡体内升腾,便伸出手臂揽过小戏子。小戏子却把亓卡的手放回被窝。

亓卡正纳闷着,小戏子哀怨地说:"亓卡,食堂的白大哥是好人,是我对不起他。"

亓卡又伸出手臂扯了小戏子的手说:"过去好久的事情,不要再想,也不要再提了。老白会没事的,放心吧。"

"不是,是我和白大哥……"

"过去的事不提了,睡觉吧,啊。"

亓卡又一次阻止了小戏子的述说,亓卡阻止的是不堪回首的偷粮……亓卡在安慰小戏子的同时很感谢老白,同时也为老白担着一份心。

老白离开农场回原籍的那天,亓卡躲在远远的地方默默为老白送行。一个大些的行李是被褥,一个小些的包是随身的衣物,还有一个大网眼的棉线网兜,网兜里是脸盆、牙缸之类。亓卡和老白来场里报到的时候，老白就是这几件东西，几件东西在老白颠簸着的身上叮当作响。那时的老白欢快而精神饱满，放下行李的当天就让全场职工吃到了喷香的馒头和芹菜叶子疙瘩汤……

眼下，仍然是那几件来时的行李，老白却全然不是来时的老白。行李被老乔搁马车上，老白也慢吞吞地爬上马车。看不出老白是否难过和伤心。老白消瘦了很多，是一眼就能看出来的。亓卡几次冲动着想走过去送老白，却忍住了。亓卡不知道走上前去，能跟老白说什么。说过往？说未来？说感谢？说道歉？

亓卡默默看着老乔扬起鞭子赶着马车送走老白，亓卡感觉自己空空荡荡成为一个壳。

亓卡回到家，见小戏子坐在一张板凳上发呆，像是自语般地念叨："亓卡，是我害了白大哥，是我害了白大哥啊！"亓卡知道小戏子为老白的离开痛心。但亓卡不知道怎样安慰小戏子。

老乔回来后，交给亓卡老白的信，还告诉了亓卡老白离场的真相——亓卡终于知道了女儿霜霜出生的秘密。那是一份除了亓卡对任何人来说都是早已公开的秘密。

于是亓卡几乎像一座山崩溃样倒塌了。老白的信让亓卡一下明白自己的家竟是如此的复杂：属于三个父亲的三个孩子，却要生活在一个屋檐下。三个父亲，三个孩子啊！张生的儿子，老白的女儿，还有自己的寒寒，天啊，到底是怎么一回事啊！

空前的屈辱感让亓卡透不过气来。亓卡想都没想，抱起自己的枕头和一床被子，冲出家门。

身后传来冬冬兄妹的哭喊。不知是赌气还是怜悯，亓卡转回身将被子摔回床上，拎着枕头头也不回地去了老乔畜牧场的值班室。

亓卡不说话，老乔亦不说话。

天快亮的时候，亓卡人不知鬼不觉地拎着枕头又回了家。家门没关，小戏子靠门坐在一张小板凳上。她在等候亓卡的归来。

一夜过后，亓卡已经觉得家是如此的简单：张生死了，老白走了，亓卡是家里唯一的父亲，家里的孩子们离不开唯一的父亲，父亲也离不开孩子们。还有那精灵一般的小戏子，只是一夜的工夫，亓卡像离开她很久了，想念得心痛——亓卡已经非常不习惯身旁没有小戏子，没有孩子，没有家，哪怕只是短短的一个夜晚。

晨曦的曚昽中，夫妻二人沉默无语。亓卡去看望熟睡中的孩子们。小戏子扶按着膝盖从小板凳上吃力地站起，片刻之后便轻灵地去草垛扯草、烧火、做饭。

一股歉疚，温热地从亓卡心里滚过。

有了离家冰冷的一夜，和一夜过后的那股温热，亓卡想明白了很多不明白的事情。

28　真相大白

尽管臧书记做了很大努力，想把老白留下来，但老白回老家的态度很坚决。最终，老白走了。可事情并没有像老白希望的那样很快被人们淡忘。相反，谈论老白，不用再藏着掖着，取笑小戏子也不用再躲着闪着，就是当着亓卡的面也不再避讳什么，反正就那么回事了，又不是笑话亓卡。就算亓卡听到了能怎么样？那是事实，又不是造谣。何况男女犯下了这样的事自古以来就是比做任何错事都不可饶恕，比讲任何故事都津津乐道。

臧奶奶一边帮大丫搓麻绳，一边撇着嘴说："我早就说过的，那女子铁定是个狐狸精，嗯，狐狸精是一点儿也错不了的。就看她那双吊吊眼，怎么看怎么和狐狸一般。老白多大？她多大？差着一辈，她能狐媚得老白舍了前程为她去贪污。好好的一个人结果连命都丢了。可怜霜霜小小年纪就没有了亲爹，可怜亓卡戴着绿帽子心里成天塞着个楔子，一个大男人这日子可怎么过？小戏子还得了理儿似的……哎，人没有什么都不碍，就怕没有了廉耻！"

"臧奶奶，你说谁没有廉耻？"二丫一边跟乔杨下着六周棋一边问。六周是一种随时可以在地上画横五条竖五条的方格棋。乔杨小，却是下六周的高手，姐姐二丫往往不是对手。

"唉，一个七尺高的汉子，怎么抬得起头来？抬不起头来还怎么做人？要说，搁谁身上，都是要命的事。"臧奶奶自顾自地说。

"臧奶奶，你是说亓卡叔叔吧。你说错了，没廉耻的是小戏子，亓卡叔叔抬不起头来那叫失去尊严。"安医生上中学的女儿刘安娜温和地跟臧奶奶争辩着。

"廉耻、尊严终归是一样的。小戏子不做好人，连累好好的亓卡做不了好人。唉，你们小孩儿们哪懂得哟。告诉你们吧，"臧奶奶谨慎地四下望望，压低声音说，"在过去，她犯这样的丑，县太爷早判她骑木驴游街了。"

二丫问怎么骑木驴，臧奶奶说："骑木驴是过去的一种刑罚，一辆像驴的小车子，车上竖一个木橛，专门用来惩罚那些不贞节的女人的。小戏子这样的人是要被脱光了衣裳，屁眼插在木橛上，前面鸣锣开道后面推着木驴游街，直到木驴上的人断气。"

孩子们毛骨悚然。二丫甚至还夹紧了自己的双腿。

人们像老乔饲养场里的牛倒嚼肚里的草料一样反刍着有关老白、小戏子的事情，不厌其烦地从各个角度进行发挥和想象。

当然，不光传闻和闲话，也有真事。吕秘书就很正式地在党委会上提出："小戏子的户口还为她办理吗？"

大家七嘴八舌地认为：缓缓再办吧。小戏子出了那样的事，亓卡要不要她了，还两说。不要了，离婚了，办了户口还不是白白便宜了她？户口办下来了，落在亓卡家，落在场里，还不又成了一件两难、三难的难事？

这些话正是吕秘书想要的。哼，又是摘帽，又是办户口，老天爷不要太偏心了吧！

臧书记瞪着眼想说什么，却终究什么也没说，只手臂一挥："就这么着吧，散会。"很多事情，在臧书记看来，并不比扒火车打小鬼子容易。小戏子落户口的事情就拖了下来。事情就这样，办就办了，一拖往往就烟消云散般没有了头绪。

由于臧书记对办理小戏子户口的事情没有表态，所以关于亓卡就要和小戏子离婚的消息就漫天飞舞了。大家不远不近地留心观望着，猜想着小戏子将如何走出家门，是携儿带女，还是净身出户？是大吵大闹着走，还是悄无声息地走？亓卡会让她带走冬冬吗？霜霜怎么办呢？走还是不走？

然而,亓卡和小戏子家并没有像人们想象的那样发生什么,反而出奇地平静,尽管亓卡如脱胎换骨般地毛发凌乱、瘦骨嶙峋。

亓卡如常地开拖拉机、修拖拉机,小戏子如常地赶集逛店,冬冬如常地带寒寒霜霜房前屋后玩耍——亓卡一家如常地过日子。

人们忍受不了这样的平静,甚至开始愤怒:凭什么呀?一个好好的老白,就那样走了,就那样死了,这家人倒好,没事人似的。老白在,食堂的馒头多好,又大又暄,哪像现在不是硬邦邦就是酸得让人倒牙。老白在时,甭管大米稀饭还是棒子楂粥,都是香喷喷的。老白烨的马肉那叫一个香,老白的算盘打得那叫一个门儿清,老白唱的戏那叫一个好,老白对人的态度那叫一个亲……多好的老白,生生被这个狐狸精葬送了。她凭什么这样安稳、安逸啊?亓卡也是,真的是鬼迷心窍了?

小戏子家的平静激怒了大家。

于是,在畜牧场里干活的小戏子无端被其他家属指鸡骂狗辱骂。

亓卡家的门、窗玻璃被飞来的砖头、坷垃一次次击碎。

冬冬兄妹频繁地受到其他孩子的攻击。

亓卡家好好的鸡窝,顶盖被揭开……

亓卡家里终于有了动静。冬冬兄妹被其他孩子追打着跑进家门,小戏子打骂孩子的声音从门缝中传出。寒寒哭叫的声音最响,霜霜哭叫的声音最亮,间或掺杂着巴掌打在皮肉上的噼啪声,后来就是冬冬的求饶声:"妈妈,别打了,要打就打我吧。寒寒霜霜小啊。别打了……"

"干吗不打?小算什么,一群贱骨头!我的孩子我不打,留给王八犊子们打啊?我打,我打,我就打!"一阵更尖锐的哭叫声传出。

"再打,我告诉爸爸去!"冬冬的声音。

"爸爸!爸爸!"寒寒的呼喊声。

"爸爸,妈妈打我,爸爸快来呀!"霜霜的呼喊声。

"天呀,贱骨头啊,都死了算了!"小戏子的哭喊声。

大家心里畅快得不行。

为了畅快,冬冬兄妹一次次受到更猛烈的追打。

在鸡窝又一次被刚刚修好后的第二天清晨,小戏子发现鸡窝的顶盖又被掀去半边。小戏子立即恶从胆边生,从草垛上抽出一根长长的秫秸,把还没睡醒的鸡们赶出窝门。小戏子挥动秫秸,左右开弓抽打着:"畜生!一窝的畜生!滚啊,快滚!窝都没有了,还睡个鬼啊!滚,滚!"鸡们莫名其妙,扑扑棱棱连飞带跳地躲避着。亓卡冲出去,将小戏子连拖带拽地拉回家门……

亓卡默默地修好门窗,默默地为受伤的孩子上热敷,包扎伤口,默默地将鸡窝修好……亓卡不是不想强硬地站出来,但站出来干吗?跟谁吵,跟谁闹?你无从反抗的东西假如是日常的、细微的、烦琐的,那么这些日常的细微的烦琐的磨损是能置人于死地的。

亓卡怕他站出来带给孩子的是更大的伤害,亓卡选择了沉默。

一整天,人们都在兴奋中。一整天,小戏子没有去上工。一整天冬冬兄妹没有出门。

下班回家的亓卡,毛发更显杂乱了。

29　揭扁担而起

一家人沉默着,谁也没有再提早晨发生的事情。

冬冬打破了家中的沉默。

灯下,亓卡坐在一只小板凳上看书,冬冬坐在亓卡对面的小凳子上双手托腮看着亓卡说:"爸爸,你头发很长了,胡子也很长了。"

"是吗?"亓卡摸摸下巴。

"我给你端水,你刮刮胡子吧。"冬冬起身摸摸亓卡乱蓬蓬的头发。

亓卡笑笑说:"再天吧,今天有些累了。"

"不刮,不用刮,你爸他这样就好。知道你爸他这样像谁吗?"小戏子偏头端详着亓卡,嘻嘻地笑着阻止。

亓卡和冬冬吃惊地看着小戏子。小戏子已经好久不用这样的口气跟亓卡和孩子们说话了。

"你爸他像一个了不起的人呢!"小戏子走近亓卡和冬冬。

"像臧书记吗?"冬冬猜测着说。在冬冬的印象中,了不起的人都是很威严的人,臧书记就很了不起,平时很叫人怕的。

"喊!那算什么啊?你爸他这样的头脸像钟馗呢!特别像。高个子,宽肩膀,黑脸膛,长胡楂……"小戏子拍着巴掌笑道。这更是好久没有的事了。

"我不认识钟馗。"冬冬皱着眉摇摇头。

寒寒说："我不认识钟馗。"

霜霜说："我也不认识钟馗。"

"……摆列着破伞孤灯，对着那鼓乐箫笙，光灿烂剑吐寒星……为嫁妹千里赴行程，好一派喜气盈盈……"小戏子手拿一把铁饭勺，迈着四方步，比比画画地压低声音唱着男声。

亓卡知道这是《钟馗嫁妹》里《行路》的一段，小戏子演过。那时看过这场戏后，亓卡跟老白认真讨论过。老白说："这段戏词的韵脚特别好，所以唱出来更显钟馗的神韵和气韵。小戏子反串得也好。你说，也怪了，那样一个细小的小戏子，怎么可以把一个能降妖伏怪的钟馗给演活了……"

想到老白，亓卡的心痛了一下。亓卡实在没有想到自己还会那么清晰地记着老白说的这段话。

亓卡像不认识小戏子一样看着她。孩子们拍手高兴。

小戏子把霜霜抱在床上坐好，说："来，我告诉你们钟馗是谁。"小戏子活灵活现地讲述着钟馗考第一，钟馗冤死，钟馗捉鬼，钟馗嫁妹的故事。孩子们听呆了，亓卡也听呆了。小戏子说："钟馗的故事，三天三夜说不完，你们乖乖的，下回再给你们说。那些坏鬼迟早会让钟馗逮住的。"

"谁是鬼？鬼在哪里？"冬冬有些不相信。

"打碎咱们家玻璃的，拆咱们家鸡窝的，都是鬼，是见不得天日的坏鬼，迟早会被逮着的。"小戏子嘻嘻笑着，却阴阴地咬着牙。

"钟馗逮着鬼，我能看见吗？我能和钟馗一起打鬼几下吗？"寒寒说。

"我怕，我不去打鬼，我在家里。爸爸也在家里。"霜霜跑去偎在亓卡身边。亓卡用满脸胡须的脸亲着霜霜。

亓卡不知道小戏子为什么高兴。鸡窝刚刚在一家人的难过和担心中修好，家里好像并没有什么让人高兴的事。可一家人今天还就是和以往不同，就因为小戏子讲了一个让孩子们高兴的故事吗？

亓卡以为小戏子只是即兴给孩子们讲了个故事，却不知小戏子要做钟馗了。

畜牧场里，一群妇女在干活，钱振铃她妈和小戏子抬一副筐。她们今天的任务是将从圈内起出的猪粪抬到猪场墙外堆积起来，以便封泥发酵后送入大田。三个女人一台戏，一群女人，更热闹非凡。丈夫是机耕队队长，大小也算一级领导，钱振铃她妈便有一种优越感，处处显示着自己的强势，嘴巴格外刻薄，一般的人她不会放过，对小戏子就更不依不饶。

像往常一样，大家漫无边际地说笑时，小戏子不说也不笑，她觉得没什么好笑的。每次都这样，大家不逗引小戏子就很没趣，很无聊。小戏子的不理不睬总是让钱振铃她妈有一种受挫感。小戏子分明是机巧的，机巧的人不说话就透出高傲，这让钱振铃她妈很不舒服。凭什么啊？不就一个会唱戏会偷着勾引男人的小戏子嘛！

说笑了一阵子，钱振铃她妈开始领头，她挪了挪肩上的扁担问："哎，你昨天怎么没来啊？"

扁担在肩膀上搓动了几下，小戏子知道对方是问自己，便回答："没来。"

"干吗不来？在家干吗？寻思什么呢？"往常这样的话，小戏子都不回答,由人问去,由人说去。今天,小戏子回答了:"寻思得可多了。"

"是吗?"钱振铃见小戏子搭话,更加兴奋地大声说,"听见了吗,冬冬他妈在家寻思事呢!说来听听,都寻思啥?哎,大家想不想听?"

小戏子的耳边立即一片开怀的大笑和七嘴八舌的议论。

这样说笑着的时候,小戏子在筐前,钱振铃她妈在筐后,一根扁担穿起俩人,正好走在一间猪舍门前。猪舍里是一头个头很大、白色的约克夏种公猪,很凶的样子,哼哼地拱着舍门。

钱振铃她妈哈哈笑着,抬脚踢一下舍门说:"你看,老白听说你在家犯寻思,在跟你说话呢。是吧,老白。"大家放肆地哄笑起来。小戏子的呼吸加快了。

抬筐放下,上筐的人一锨一锨将黏稠的猪粪铲起拍入筐中。筐满了,二人倒回头,钱振铃她妈在前小戏子在后,上肩,起步。肩上负重,并不妨碍钱振铃她妈的兴致,走到那间猪舍前,钱振铃她妈放大声音说:"瞎拱跶啥呢老白?想骚了吧。"家属们更加放肆地大笑。小戏子双手抓着筐绳,无声地前行。

以往,小戏子只会忍着不吭声。今天,她在寻找时机。

粪堆有一人多高了,高高的粪堆横铺两条密密实实的紫穗槐条子扎成的木板,窄窄长长的木板路如高山上的分水岭分列在粪堆的两侧。满筐上,空筐下,如城市道路的单行线,各不相扰。抬着重物走木板,两边都是软软黏黏臭气熏天的猪粪,大家都很小心。

钱振铃她妈走在高高的粪堆中间,却还余兴未尽,说:"你说这老白吧,噢,我说的是那头白种猪,老白,它每天的事就是爬母猪的胯,你说它是累还是乐……"

一句话没说完,小戏子手中的筐绳一抖,肩上的扁担往前一送又一抽,扁担从钱振铃她妈的肩头滑落。失去重心的钱振铃她妈身子一歪,脚下一个趔趄,人便掉下木板落在粪堆上。小戏子怀抱扁担稳稳地站在木板上看着钱振铃她妈挣扎着大喊"救命"。眼见黏稠稀烂的猪粪没过了钱振铃她妈的脚面,又没过了小腿,并继续下陷,钱振铃她妈挣扎着伸手想抓木板,但胳膊太短,只抓住两根紫穗槐条子,一用力,条子一下就被抽了出来,抓在手里像抓住两根轻飘飘的稻草……人们看见了倒霉的钱振铃她妈,想上前去拉,一条往上走的木板可被小戏子挡着道,过不去,走另一条木板却够不着。女人们只好大喊:"冬冬她妈,还愣着干吗?快把扁担伸过去,拉她上来!快点儿伸过去,快!"

小戏子的丹凤眼飞快地环顾一下左右,嘴唇一抿,将扁担伸了过去。钱振铃他妈抓住扁担,以为抓住了救命的物件,却明显地感觉到那扁担不是拉,而是非常有力地往下戳往下压……钱振铃她妈害怕了,她紧紧抓着扁担说:"小戏子……不不,冬冬妈,下次再不敢了,求你了,冬冬妈!"

钱振铃她妈一身猪粪地回到平地上,发疯般地一头撞向小戏子说:"你个骚货,你个害人的狐狸精!"小戏子早有防备,一个轻轻的挪跳,便躲开了满身肮脏的对手,而钱振铃她妈却一个嘴啃地趴在了地上。她不甘心再扑,再躲。在小戏子的闪躲腾跳中,在大家一阵阵惊呼中,钱振铃她妈渐渐锐气不再,精疲力竭。

练过童子功、刀马旦的小戏子对付一个寻常娘们，简直太小菜一碟了。

钱振铃她妈坐在地上，双手捶胸，脚跟搓地，沙哑着嗓子抢地呼天："老天爷呀，差点儿就被小妖精给杀了啊！大家记着，我死了得叫这个天杀的小戏子偿命啊……"小戏子手扶扁担巾帼英雄般冷眼站立。钱振铃她妈继续哭喊，"又不是我一个人说笑你，干吗只对我一个人下毒手啊？开不得玩笑你招呼一声啊！你个杀人的狐狸精啊！"

小戏子声若金铃："人要是坏了良心，猪狗都不如！我下毒手？我走得好好的，谁见我推她了？好好的，我吃饱了撑的推你去粪堆？老少娘们都给我作证，是不是我拉她上来的？我好心将你拉出来，反说我害你，你不怕遭报应啊？"喧闹的人群顷刻没了动静。

事情闹到畜牧场老乔那里，老乔一听，就明白了是怎么回事。可是老娘们的事，不能说得太清楚也不能理论得太明白，各打五十大板算事。末了，老乔还说："再不注意安全生产，再惹是生非，别怪我不给你们安排活干。"

钱振铃她妈吃了哑巴亏，不能就此算完，沾一身猪粪疯子一般哭闹着又告到场部办公室，说差点儿被右派老婆杀害了，场领导一定要给做主。

场部正开会。臧书记说："老娘们的麻烦事，吕秘书出去处理一下。继续开会。"这回吕秘书却没有老乔那么聪明，看着浑身臭不可闻、狼狈不堪的钱振铃她妈，虽一头雾水，却很是振奋，问道："小戏子干吗要杀你？"

钱振铃她妈气哼哼地信口开河:"还不是狗日的老乔专拣软柿子捏,非让我跟那个狐狸精抬一副筐。我不是能爬她胯的臭流氓,她当然看着不顺眼,就恨不得杀了我呀!我那些差点儿就没有了亲娘的闺女啊!场领导一定要给我做主啊!"

这样的话让吕秘书更是丈二和尚摸不着头脑,就叫来小戏子。小戏子浑身清爽,满脸无辜,一口咬定:"我没有动她一指头,她掉下粪堆是我救她上来的。"

再问钱振铃她妈,仍然是小戏子无故找事想杀人。二人谁也不说闹架的缘由——钱振铃她妈不说,怕说出缘由自己短了理,认为不说缘由就能构成小戏子无辜推她下去的理由。小戏子不说,是实在不愿意将那些侮辱白大哥的话当众再说一遍,她不忍心拿屈死的白大哥说事。

看热闹的当然希望事情说不清道不明,热闹嘛。

吕秘书陷入僵局掰扯不清了,心想老娘们的事还真不好办。钱振铃她妈仍然哭天抢地,仍然信口开河:"老乔也不是什么好东西,偏向狐狸精,当我看不出来?各打五十大板,凭什么我命都没有了,还要打我五十大板啊?爬胯操蛋的臭流氓啊,破鞋啊……"

吕秘书有些怕了,弄不好,自己也会成为这娘们嘴里爬胯操蛋的流氓,还是应该立即结束眼前的事情。于是他清官样地责备小戏子:"你太过分了!一起好好地干活,又不是戏台演戏干吗把人折腾成那样?半年之内不安排……小……戏子你……常春兰任何活干,对,半年之内不安排活!"

小戏子却柳眉倒竖,提高嗓音:"嘀,不在戏台上也有冤死的窦娥呀——"最后的"呀"字声音很尖细,又拐了两拐——竟是台词念白的腔调!更令人吃惊的是在念白之后,小戏子亮起久违的嗓音真的唱起《窦娥冤》:

> 天地也,做得个怕硬欺软,
> 却原来也这般顺水推船。
> 地也,你不分好歹何为地!
> 天也,你错勘贤愚枉做天!
> 唉,只落得两泪涟涟……

吕秘书像白日见鬼样好半天没喘上气来,看热闹的人却有人噼噼啪啪鼓起掌来。小戏子凛然转身,扬长而去。

小戏子机巧、高傲,小戏子不合群,却好像并不锋利。今天,突然之间,小戏子锋芒四射。莫不是小戏子疯了?

亓卡和钱队长赶到场部的时候,小戏子和钱振铃她妈都已经离开了。吕秘书仍然惊魂未定,说:"亓卡,你家的那个小戏子被你惯得可不轻,再这样下去,狐狸精非变成母老虎不可。"

听完吕秘书的数落,亓卡又匆忙赶去畜牧场。

亓卡从畜牧场回到家里,小戏子正围着锅台忙,孩子们在床前桌后玩耍。家里像什么事情也没发生过一样。看亓卡进家,霜霜先迎了上去扑在亓卡身上说:"爸爸,妈妈说今天做好吃的。"

小戏子扭脸看着霜霜,嘻嘻笑着说:"馋丫头。"

亓卡已经听老乔说过事情的经过。老乔说:"钱振铃她妈是不对，她们一贯这样——欠揍。不过，你还是要说说冬冬他妈，弄不好真会出人命的。看不出来，她狠起来还真能下得去手，想想我都害怕。"亓卡没有看到真实的打斗场面，但想象得出。奇怪的是，一丝畅快从心头掠过。看到平静的小戏子和玩耍着的孩子们，亓卡深深地呼出一口气。亓卡什么也没说，什么也不用说了。

架是为老白打的。想起老白，亓卡心里交织着矛盾的情感，心里有些异样的不舒服，但小戏子用她的方式维护死去的老白，这让亓卡有些感动，也让亓卡为老白欣慰。

亓卡努力想把老白的事情忘掉，可是老白似乎一天也没离开过亓卡。是人们不让老白离开亓卡。老白死了，人们还是不肯放过老白，不放过老白，就是不放过小戏子，不放过小戏子，也就是不放过亓卡，亓卡仍然活在屈辱之中。今天，小戏子揭扁担而起，亓卡除了莫名的畅快，竟没有往日的担心和惆怅。

令亓卡和所有人没有想到的是小戏子和钱振铃她妈的打架事件，让小戏子如决堤的洪水一发而不可收。人一旦撕破脸皮，一切就都无所谓了。小戏子从此成了不要命的天不怕。

钱振铃她妈的那口恶气梗在心头出不来，好长一段时间憋得呃呃地打嗝。下班的时候，钱振铃她妈和一帮老娘们说笑着从亓卡家门前过，钱振铃她妈忽然就大起声调："这是谁家的鸡不长眼啊，到处乱拉臭屎！"

大家便七嘴八舌：踩鸡屎了？哪里有鸡屎？

钱振铃她妈便眨眨眼说："噢，不是鸡屎啊，是我看错了，是狐狸屎吧，狐狸精也拉屎啊！"

大家立马明白钱振铃她妈是在指鸡骂狗了,便都开怀大笑。这样的挑衅和玩笑不是一次了,除了赚得开心,并不会有什么麻烦。可麻烦却来了。

小戏子冲出家门应战:"我看是哪只不长眼的脚踩了俺家的鸡屎?"

大家就呆住了。

"我看是左脚还是右脚?"小戏子朗声问道。几乎同时,钱振铃她妈噢的一声坐在了地上。大家才注意到小戏子手里拿一根拇指粗的烧火棍,烧火棍随着话语准确、迅速地抽在钱振铃她妈的左右脚踝上。钱振铃她妈抱着双脚哭天抢地。正是下班的时候,大人孩子呼呼啦啦围了上来。

小戏子旁若无人,仍然朗声说道:"大姐你也老大不小的了,走路管好自己的脚,别有事没事往屎啊粪啊上头踩。鸡的屁眼没数,大姐你的眼睛得有数。今天我只是替你管管你的脚,下次再不小心,我就得管管你的眼,要它把路看得清楚些。实在管不好,我就替你把眼珠子抠出来换副新的。"

钱振铃她妈已经真实地领教了小戏子的厉害,在小戏子说到眼睛的时候,就本能地放开护脚的手去护眼睛,声音呜呜噜噜也低了下去:"凭什么要你来管,你是俺爹还是俺娘啊?"

"我不是你爹你娘,你不是早就知道我是狐狸精吗?我是千年修道成仙的狐狸精,"小戏子用烧火棍咚咚地戳打着地面,"专门下凡替天行道,专门惩治黑心烂肺的刁蛮人——谁不信,试试。"

钱振铃她妈是再也不敢试试了。两次的较量,小戏子的确是指哪打哪的人，你想斗赢，没门！都怨自己以前小瞧了她。但是她弄不明白，小戏子何以变得这样厉害了？

吃了亏的钱振铃她妈，人前还是嘴硬地说早晚得跟小戏子算账。其实她不敢再对小戏子如何，只好把一肚子委屈撒向其他家属："都是些什么东西？没事的时候，姐妹长姐妹短的，节骨眼上，都成了缩头鳖，舌头都长了火丁疮，弄得骚狐狸对我一个人下手，眼见我一人吃亏不伸手帮一把，不张嘴帮我骂一声。等着报应吧！"这样的骂，打击面太广，好多平时不错的邻居娘们都不再愿意搭理钱振铃她妈了。

二丫娘在饭桌上说："钱振铃她妈这个人，仗着爷们当个队长，她就三斤半的鸭子二斤半的嘴，老天爷第一她第二，谁也能不过她，也就小戏子这样的人能整治她。该！"

"娘不是说小戏子不是好人吗？还不让我和乔杨到他们家找冬冬玩了。小戏子和钱振铃她妈到底谁是坏人啊？小戏子整治钱振铃她妈就变成好人了吗？"乔菊歪着脑袋看着娘。

"是啊，要是小戏子是坏人，咱是不是要帮钱振铃她妈啊？"乔杨也趁机说。

二丫娘无言以对。

二丫拿筷子敲敲乔菊的碗说："吃饭吧，哪有那么多坏人。遇见冬冬还是和他玩，啊。"

娘赞许地看看二丫，又看看老乔，意思是说二丫真长大了。

二丫知道乔菊问的问题看起来简单，其实是个很复杂的问题，不光娘回答不上来，二丫也回答不上来。小戏子被那么多人围在中间的时候,二丫也在其中。看着钱振铃她妈鼻涕一把泪一把的样子,二丫觉得可笑又可怜,一个堂堂的大人,怎么可以当众那样。小戏子手拿棍棒的样子也让二丫感到完全陌生了,既不是戏台上的小戏子,也不是在教室里唱北风吹的小戏子,既不是昏倒在牌坊下的小戏子,也不是在人面前不敢抬头的小戏子。只是短短的一天,二丫记忆中的小戏子已经面目全非。

小戏子和人闹架的场面太叫人兴奋了!大家如同当年看小戏子在台上演戏一样欣赏小戏子跟人吵架。大家巴望着钱振铃她妈那样的事情再多发生几次,可惜的是钱振铃她妈受过两次严厉教训,变得聪明了,她再不会那么痛苦地演戏给别人看了。

人们不甘心。

小戏子家的鸡窝顶盖又一次被掀去了半边。是个星期天,大家不用去上学上班,早饭也懒散着吃得晚。

"哪个缺德的?缺了大德的啊!拆鸡窝算什么本事?有本事上房顶拆房扒瓦啊!有本事咱亮亮堂堂地当面锣对面鼓啊!"小戏子一声嘹亮的呼号,让大家立马群情振奋,人们蜂拥着冲出家门——这个星期天热闹啦!

亓卡用力地往屋里拉扯着小戏子,冬冬兄妹也哭叫着抱着小戏子的腿。挣扎中的小戏子声音变腔变调地嘹亮高亢:"缺了德的!跟一群小鸡作对算什么?有本事你出来!当缩头乌龟算什么能耐?做都做了,躲着不见,算人吗?"

人越聚越多。小戏子却平静下来,她对亓卡说:"亓卡,你别拉拽了,咱不能老叫人家这么欺负着活。你跟孩子们去吃饭,吃了饭,你修整鸡窝,咱是人,不能让无辜的小鸡儿无依无靠没地儿住。别的事你别管,我今天非把那个长一双贱手爪的人骂出来不可。"

亓卡扭不过,只好带孩子们进屋。小戏子继续高声叫骂。

吃过饭,亓卡修整鸡窝。小戏子仍然叫骂不止:"听好了,亓卡把鸡窝又盖好了,谁再贱着手爪给我弄坏,小心天打五雷轰!拆我鸡窝的人,我跟你前世无冤今世无仇,不申冤不报仇的,你不是犯贱是什么?上苍让你长一双手,可不是让你专门来干这种见不得人的事。有本事你大白天来拆啊,犯贱的人,你有本事来呀!"

快中午的时候,钱振铃她妈出来声明:"冬冬他妈,我是个明人不做暗事的人,拆你鸡窝的人可不是我啊!"

小戏子立即就说:"不是你干的,自然不是骂的你,你就别心惊,也别替那坏了良心的心惊!"

钱振铃她妈少见地听话,悻悻离开了。

小戏子仍然高声理论:"我知道,拆鸡窝的人你一定听得清清楚楚,不敢应承是不是?前世无冤,你拆了我家鸡窝就是我的冤;今生无仇,我骂了你就是你的仇。你我从此就结了冤仇,就是冤家。冤家宜解不宜结。今天只是给你提个醒,你想继续冤仇下去,我小戏子奉陪到底,你若就此罢手,我也不会无故再骂你。"

小戏子响亮的嗓音一整天响彻上空。在小戏子的骂声中,一整天也没有人敢出来承认破坏鸡窝的行为。

冬冬兄妹又一次遭人追打着跑回家,惊魂未定之时,小戏子已经冲出家门。看见追打的孩子,便撕扯着那孩子找上家门。对方态度好些的,就告诫一番吵骂一阵也就算了。态度不好的,小戏子绝对不会轻易算完,在人家的家门口开口大骂。人家是一家人,一家人当然不怕对付一个小戏子,于是大打出手。小戏子虽手上臂上青紫片片却也不是好惹的,尖细的十指如鹰爪铁钩似的,抓挠得男女主人满头满脸血迹斑斑。

这样的事情常常场部或场武装部处理,一般都是各打五十大板,可是最后总有一个额外的评定:这次的架是冬冬的妈挑起来的,以后冬冬的妈要注意和邻里的团结。

"怎么是我挑起来的?是他们家的孩子欺负我们家孩子!"小戏子不服。

"怎么不是?分明是你跑到人家的门口去找的事嘛!"

想想也是。

小戏子有了经验。

孩子在外边受委屈或是听到有人议论她的事,小戏子便冲出家门,却并不离开自家门口,亮起嗓门骂街。有时是不指名地骂,有时是指名道姓地骂。小戏子嗓门大调子高,扯起喉咙来,抑扬顿挫使得全场都能听得见。大家听小戏子骂街就莫名地兴奋,老老少少或远或近地围着小戏子,就像欣赏小戏子在戏台上当红娘。当然这是不被骂的人。被骂的人自然就没这么坦然,骂急了,就会出来应战,和小戏子对着骂。骂不过小戏子,就动手打。一动手就有人拉架,有些人不免偏张偏李地拉偏架。小戏子一经察觉,便连拉架的也一起骂。常常闹得亓卡家门前像峨眉山的猴子打群架。

再有人评定说小戏子扰乱秩序,小戏子马上反驳:"我在自己家门前说话,碍别人什么事?老天爷又没把天弄个盖子罩上。声音大,是我天生的本事，嫌聒得慌，扯把棉花、兔毛、驴毛、狗毛，堵上耳朵去！"再不就说："人都欺负我到家门口了，还不兴我招招架过过招啊？"小戏子吵架的技巧不断提高。

人们渐渐不敢再轻松了，小戏子是越来越厉害了。

一次吵架中，工会主席王月英端着书记夫人的架子来劝架："小戏子，冬冬他妈，现在是新社会，共产党的天下……"

一句话没说完，小戏子笑脸接了过去说："王主席呀，我也没待在旧社会里是不是？"王月英一下就被顶在了那里。小戏子却不算完，笑脸虎起，手指伸出，手臂伸直在半空指点划拉着，"本人是有名有姓的常春兰，是冬冬他妈！你听好了，还有那些爱嚼舌根子的人都听好了，我是有名有姓有根有梢的人，亓卡是我常春兰堂堂的丈夫，亓冬冬、亓寒寒、亓霜霜是我的亲生孩子。我活得透明，孩子生得敞亮，没什么见不得人的，以后谁再私孩子私孩子地满嘴乱嚼，小心他的门牙磕断，舌头长疔！"

"敞亮、透明，这样的话亏你有脸说得出口……"

工会主席一句话没说完，小戏子就炸了，说："我为什么没脸说出口，你不就是惦记着老白那点事吗？老白怎么了，老白是好人。他死了我也说老白是好人，老白的救命之恩我用一生一世去报答，老白是经过黄泉路到天堂去的好人——白大哥，你一路走好！"小戏子仰天抹一把腮边的泪水，"我跟老白的事，我不悔，我至今不悔！别人愿意怎么惦记我不管，惦记也没用。别动不动就拿老白来揭我的短，喊！有什么，我不认为是短，你揭也枉然。老白一没图财二没害命，好人一个。死了还不放过他，告诉你，你，还有你——"

小戏子手指指着不近不远围观的众人，"头顶三尺有神灵，人在做天在看，再瞎叨咕老白的不是，小心遭报应！"

小戏子不得了，竟然敢于教训众人！这无疑在所有人的心坎上点燃了一把火。这个小戏子，她还真敢作敢当！所有的人都噤了声。大家几乎都在想同一个问题：小戏子她真的是不悔还是真的不要脸了？不过大家心里就此明白一个问题：老白和小戏子的事，再说也没什么意思了。

吕秘书见小戏子骂王月英，赶紧过来拉架："大姐跟这样的人说什么？也值不当跟她生气。"

小戏子最看不惯吕秘书，吕秘书却自行找上门来。小戏子撂下气得说不出话的王月英冲吕秘书而去，说："我当是谁呢，原来是缰绳没拴牢，槽头的叫驴跑出来了。我这样的人是不值当别人生气，你这样烂了肚子坏了五脏的人倒欠教训！"

吕秘书恼羞成怒了，说："你骂谁，谁烂了肚子坏了五脏？偷人养汉千人踩万人踏的破鞋，反动右派的老婆，你有什么资格骂人？"

小戏子冷笑一声，拍着巴掌说："哟，头回听说骂人还得有资格。吕秘书你可真会说话。我是破鞋，我是偷人养汉精！你知道你算什么？你是戏文里奸、曹、拐、坏的奸白脸，你是欺男霸女的黄世仁，你是溜沟子舔眼子的马屁精。我是破鞋，对，我是千人踏万人踩的破鞋，哎，有一条，你要穿我还不给呢。你来踩踏一下试试，我一命抵一命让你万劫不复！我是右派老婆？我得谢你抬举我了。我倒想继续是呢，哎，共产党、毛主席不叫我是了，亓卡摘帽了，早摘帽啦！你有资格骂人，骂别人行，骂我你试试！你再凭空满嘴乱放狗臭屁，天理不容！不看你是颜秀春一个床上的丈夫，我今天就撕烂你！下次再听见你人前人后、这样人那样人地乱嚼舌，天皇老子，我也让他底朝天！"

吕秘书被骂得脸上红一阵白一阵，撸起袖子，往小戏子跟前凑。安医生看不过，挤过来劝道："该说什么说什么，有你这么骂人的吗？干吗见谁跟谁来，逮谁咬谁？做人得学会自重，你这算什么？三天两头地骂大街，嘴巴过瘾了是不是？赚了便宜是不是？你看看你的几个孩子，多好的孩子，被你吓成那样，你还让他们活不活？"冬冬兄妹像一群被大雨打湿的小鸡，怯怯的。

吕秘书和王月英趁机溜了。

小戏子哇地哭了起来，边哭边数落："安医生你是不知道啊，人善被人欺马善被人骑啊。我不好，冲我来啊，亓卡他得罪谁了？孩子们又有什么错？一家人成天窝囊得喘不过来气啊！"声音渐渐小下去。

同是劝架人，小戏子不骂安医生，是因为安医生人好。亓卡很多次在半夜里把安医生叫起来为冬冬或寒寒霜霜看病，安医生从未拒绝过，安医生不歧视她的几个孩子。

二丫在跟着别人看热闹的时候，都会不由自主地用眼睛扫视周围。亓卡叔叔呢？小戏子跟人打架，亓卡叔叔怎么不在场？二丫还曾悄悄离开人群去寻找亓卡叔叔。二丫知道亓卡叔叔一定很难过。

亓卡家门前最热闹的时候，也是亓卡最孤独的时候。

二丫溜溜达达地转悠着，发现亓卡在修理车间。看见二丫，亓卡竟然咧嘴笑了一下。只是瞬间的一下，亓卡叔叔厚厚的嘴唇就紧紧地抿住了。二丫轻轻地叫："亓卡叔叔。"

"亓卡叔叔像座山,他在小戏子山呼海啸的骂声中,平静得纹丝不动。看不见他笑,也不见他难过。也许正是这种平静,支撑着小戏子火山喷发般地活着。"很多年后,成为学者的二丫,不,大名乔兰在回顾当时的情景时这样写道。但乔兰知道,这样的描述很不准确,记忆也是有偏见的。

好几次,二丫都看见在小戏子骂人的时候,亓卡并不驻足于喧闹的人群中,如外人样看也不看,平常样去草垛扯草,去井台打水,不一会儿,家里就升起了炊烟,就飘出了饭菜的味道。但二丫知道亓卡叔叔心里并不好过,因为有一次二丫亲眼看见亓卡叔叔在小戏子响亮的骂声中蹲在草垛旁,双手抱住脑袋……

亓卡是在独自舔舐滴血的伤口。

二丫印象中的亓卡叔叔可不是这样蹲在草垛旁的样子,而是另一番情景:阳光中,亓卡叔叔一身蓝色工装,脖子上挂一条白毛巾,驼色深腰翻毛皮鞋,一只脚搭在另一只脚上,站在履带式拖拉机旁,高大、潇洒、阳刚……

小戏子又一次跳脚骂人的时候,臧书记来了。臧书记经常骂人,但那是男子汉的火气,对娘们骂街、打架这样的事,臧书记从来不屑一顾。他认为老娘们就这点儿能耐。可是小戏子三天两头地高声叫骂,让臧书记心头蹿火,说:"堂堂的国营农场像什么样!子龙,你脾气好,你去管管——哎,管的时候别当亓卡的面啊。"

在畜牧场干活的小戏子被叫到老乔办公的地方,那里有桌有凳,不像吵架的地方。刘场长态度也好,说:"坐吧。"

小戏子说："不用，站着吧。场长，你和安医生都是好人，我知道。"

刘场长吃惊中一时竟不知道说什么好。

"刘场长，知道你是来劝我的，不用劝。你肯定知道一句话，'人善被人欺，马善被人骑'……"刘场长笑了。"刘场长你别笑，你一定会说我现在不是善人也不是善马，可是我是被人欺负过的善人和善马。现在不想被人欺负了，所以才变成这样了。"

"你是说事出有因是吗？那你也不能只怪那些说闲话的人吧……"刘场长一句话还没说完，小戏子的声音就高了上去："我当然是事出有因，不就是我和白大哥的事吗？他人都死了，为什么还不肯放过他？他是为我的过错死的。兴那些坏了良心的人污损他，却不许我护一护他的在天之灵吗？"

"好，既然你说到老白，我就说两句。老白已经死了，但亓卡还活着，你的孩子们还要长大，你得为他们着想。"

"场长，你别说了。我不能因为有恩于我的白大哥死了，我就忘了他，任别人脏口烂舌地污损他。我对白大哥的恩情是现世现报。对亓卡的恩情，我不光要现世报，来生也报。报恩的办法有很多，我挑中的是我活在世上就不能让他们老被人欺负着活。"

"我承认，我的谈话无效。你还真别小瞧了这个小戏子。"事后，刘场长对臧书记说。

"她还知道事出有因？这女人脸皮还真够厚的。"

"是啊，就是这个事出有因，还真把我弄得没话说了。我就想啊，老白和她做了那样的事，为什么？往深了想啊……我们……"

刘场长沉吟了。

"我还就不相信,一个小娘们能翻了天去!"

臧书记决定亲自出面管一管。

在小戏子又一次的叫骂中,臧书记叉着腰,声音不高但透着不可侵犯的凛然:"还反了你了。告诉你小戏子,你别以为谁都治不了你,你就是日本鬼子能怎么样,照样赶回东洋去。从今天起,再有第二回,立马捆了轰出去!"

小戏子愣了神住了嘴。都以为小戏子被吓住了的时候,小戏子却突然爆发了:"你捆啊,你轰啊!小日本还有个东洋好回,小戏子我是树杈上结的、石头缝里蹦的,有本事你臧书记就再把我挂树杈上塞石头缝去!今天你不捆,你不轰,你就不是姓臧的书记!今天你不捆,你不轰,就别怨我小戏子不讲理!"

小戏子接着说:"你是一场之尊不假,小戏子我可不是你的属下。我的事按说不关你什么事,可是,你的人欺负我,你不管,还不许我应声,还有没有天理?今天就是你不来管,我也要找你门上讨个说法。还是那句话,头顶三尺有神灵,我知道老天有眼。我一不伤天,二不害理,当然也不允许伤天害理的人欺负我家。你若是公道的青天大老爷就明断是非。许别人欺负我,也得许我骂!"

小戏子一点儿也没有在威严的臧书记面前打半点儿磕巴,酣畅地边高声叫板边向臧书记步步逼近,臧书记只能步步后退着。曾经爬上飞快的火车打鬼子立战功,曾经跟随百万雄师过大江,曾经驯服桀骜的蒙古马,曾经带领职工让黏土地连年丰收的臧书记……对这样一个小戏子却束手无策。

一个小戏子搅和得四邻不睦、全场不安。

领教过小戏子的厉害,大家便再也不敢招惹她。再说到和小戏子有关的事,大家就如同地下工作者接头,打手势使眼神,窃窃地私语,生怕小戏子听见。好像有错误的不是小戏子而是自己,是自己见不得人一般。

党员会上,大家也专门为小戏子的事进行讨论。不是学习党报社论,也不是讨论国家大事,而是讨论大家感兴趣的话题——如何对付小戏子。因此大家都很放得开。

大家忽而为小戏子的骂人义愤填膺,忽而又说到小戏子的柳琴唱得好。说小戏子如果不骂人,兴许让她成立个剧团,让她天天专门为职工唱,会极大丰富职工生活。反正骂人和唱戏一样用力,而小戏子的嗓子是不管怎么用力都不带倒的。

大家说小戏子骂人都是一套一套的。小戏子不识字,有些话连大学生知识分子都未必能说得出来呢——噢,忘了,小戏子是唱戏的出身,戏文里当然有最好的词句了。

说到小戏子骂人,大家就很热闹地回顾小戏子一回回不同的骂人方式和过程。然后就说到亓卡,说亓卡那样一个人,怎么就娶了小戏子,他又听不懂小戏子唱的戏,不像老白,不光能听懂还会唱。

这样一说,就自然想起了老白,说老白要不是迷上小戏子,挺不错的一个人也不会倒这么大的霉。好一阵子大家就开始七嘴八舌地猜想老白在老家的日子,是不是想念小戏子,是不是挂念他和小戏子生的女儿。

大家说小戏子骂街的时候说头顶三尺有神灵,不知道老白会不会真在上面往下看,听不听得到小戏子骂街。又猜想,如果让老白来管小戏子,小戏子是不是就不骂人了。七拐八歪地讨论着,话题就引申开去,说老白是因为当司务长,有米有面才能管住小戏子。有人说那还不容易,就让小马去啊。

小马是接替老白当司务长的人,一个刚从财校分来的中专生。有人就说,小马有米有面却没有那个胆,要是小戏子上了他的床,他不尿下才怪。

说完小马,又说吕秘书是最合适去管小戏子的人选。说吕秘书沉稳,又会做思想工作,一定能完成劝说小戏子不骂人的任务。小马不是党员不在党员会上,吕秘书在场,大家就不像说小马那样毫无顾忌,没有玩笑的意思,比较严肃、正经。

吕秘书却摇头摆手推辞:"我怎么能跟那种人打交道?别说交道,就是想起来都觉得脏了脑子。"大家就想起,原来吕秘书跟小戏子是打过交道的。吕秘书不行,就再想别人,但这个别人轮到谁头上,谁都摇头推辞。

有人推举说,老乔去吧,老乔和亓卡关系不错。又有人说,那又怎么样?老乔和亓卡好又不是和小戏子好,就算老乔说通亓卡,小戏子想骂人,亓卡也挡不住。想来想去,还真是没有好法。

大家又都说,便宜了老白,粮食是他偷的,奸情是他和小戏子合作的,现在倒好,他一个人拍拍屁股去了天堂,扔下小戏子,不骂人干什么?更倒霉的还不是那么多无缘无故挨骂的人?于是大家又都开始怨恨老白。讨论来讨论去的,任谁也没有想出更好的办法。

臧书记铁青着脸对大家说:"堂堂的国营农场,成天骂声不断,成何体统！党员带头，回家关起门来教训自己的老婆去，不要再去招惹小戏子！也是，闲来没事，干点儿什么不好，去拆人家鸡窝，能耐的！还有，各人管好自己的孩子，不准再去欺负小戏子的孩子！哼，多大点儿事，天塌下来有地接着，不信一个小戏子，还真塌天啦？"臧书记抖动着肩膀让快要滑落的旧军衣往上蹿了蹿。

有了臧书记那样的号召，人们不再敢轻易招惹小戏子和她的孩子们了，鸡窝的顶盖也不再被人揭起，小戏子的孩子们也没人追打了。小戏子没有了骂人的机会，骂声渐渐少了。

日子就这样，有故事的时候少，没故事的时候多。有故事的时候，人们提着胆担着心，在没故事的时候大家又总是盼望着有故事的日子。所以大家还是关注着小戏子家的动静。

30　小院养鸡

小戏子每天清晨放鸡的时候，手拿一把笤帚或握一根长长的秫秸，高声吆喝着吓唬着把鸡们赶得飞奔着离开家门去远处觅食。

亓卡家的鸡有十五六只，扑棱着咯咯叫着连飞带跑很是壮观。场里不安排小戏子干活，小戏子就在家里养鸡。小戏子清晨将鸡们轰出很远，想要鸡回来的时候，就当当地敲那只鸡们小时住过的饼干筒。饼干筒的声音原是鸡们从小就熟悉的，所以，在很远庄稼地吃粮食吃虫子的鸡们听到饼干桶的敲击声便像听到鸣金一般，飞奔着收兵了。

鸡赶回来的时候正是别人家喂鸡的时候,在野外已经吃得嗉囊歪起来的鸡们斗志正旺,所以再去争抢一份邻家的喂食,吃不吃得到在其次,争一份热闹也是很不错的嘛——小戏子家的鸡们能飞善跑,会打能斗,贼得很。所有人都这样认为。

小戏子家的鸡一茬茬长得飞快,羽毛油亮、精神异常。最初卖鸡人送的那只奄奄一息的小鸡已经出落成一只很威武的大红公鸡了。红公鸡声音高亢嘹亮,就算全场的公鸡一起啼鸣,人们也能从中分辨出红公鸡的叫声。大红公鸡除了像亓卡父子期望的那样特别会打鸣外,还特别会踩母鸡。想踩鸡了,便在母鸡面前张开一片五彩翅膀罩在提起的一只金黄腿上,做一串漂亮的单腿旋转。母鸡受了惊吓样拉着跑开的架势,红公鸡却很不客气地追逐上去,一口揪住母鸡的冠毛,母鸡咯咯叫着很无奈地俯卧在地上……

小戏子轰鸡出去、招鸡回家的热闹,很快成了大家眼中的一道风景。很多人家想效仿学习,不知是人的原因还是鸡的原因,终归达不到小戏子这样。

小戏子家鸡群的兴旺发达是小戏子的"无理霸道"争取而来的。

家属区挨着的是一条宽阔的机耕道,机耕道对面是麦和稻轮作的二号条田。小戏子把鸡赶向条田,鸡们吃虫子,但更多的时候是吃庄稼。庄稼还嫩的时候吃叶子,庄稼半熟的时候吃穗头,庄稼成熟的时候吃籽粒。总之,鸡对大田的危害很大,场里就派了专人看管庄稼。看管庄稼的人手拿长竹竿,看到越上机耕道的鸡便往回轰赶。别人家的鸡,一经轰赶便掉头返回,唯独小戏子家的鸡,怎么赶都赶不回,看着赶回去了,一回头,那些鸡们已经在跳脚啄食庄稼了。

原来，小戏子也拿一根竹竿在轰赶。小戏子一边轰赶一边大着声调振振有词："什么东西，你白做了鸡头啊？几只母鸡也管不好！狗记千，猫记万，小鸡只记二里半。我看你是二里半也记不得！天生的吃货！天生欠揍的东西！看我今天怎么收拾你！"话落手起，竹竿呼呼有声，大红公鸡被轰赶得飞跑，母鸡们紧随其后，眨眼的工夫就没入茫茫条田不见踪影。

负责看管条田的人明知小戏子指鸡骂人，也不敢轻易招惹，只好返回场部告状。场里也没有什么好办法，大家只好睁一眼闭一眼地跟无理霸道的小戏子妥协。后来，生产计划室只得在下一个耕作季节改变种植计划，将宿舍区周围条田的矮秆作物改种高秆作物，不承想高秆作物形成的青纱帐让小戏子的鸡们更有了用武之地，钻进田地更加无影无踪。别人家的鸡不行，小戏子家的鸡仍然每天嗦囊鼓鼓地满载而归。

场里各家的鸡越喂越多，庄稼遭了殃，虽是高秆庄稼，可庄稼还没有长到高秆的时候就被鸡们剃成了秃头。

于是场里做出决定：每家按人头养鸡，五口家养五只，六口家养六只，最多养六只，超过十口的家也是六只。决定还说，三天后，场里专门派人堵各家鸡窝检查，多余的没收归食堂处理。

这样的规定，没人有异议。

检查到亓卡家，偌大的鸡窝里走出的只有那只红公鸡。红公鸡虽昂首挺胸却很是莫名其妙，它不知道它的一群妻妾去了哪里。

小戏子对前来检查的人说："亓卡的鸡，公的，一只。"

检查的人奇怪小戏子家为何只有一只鸡，说："你家按规定可以喂五只。"

小戏子变戏法似的拿开堵在鸡窝上层门上的几块砖头，迫不及待的一群母鸡争先恐后地冲出鸡窝围在红公鸡的周围。

"母鸡十四只，是我和孩子们的。"小戏子说。

"那不行，按规定要处理掉十只！"检查的人说。

"规定？那是对场里的职工和家属。亓卡是职工，他听话，只养一只。我和孩子，嘻嘻，没有户口，算不得家属，养多少只场里管不着……嘻嘻。"

"那不行，住在场里，就要按场里的规定办。"

小戏子拉下脸来，说："就得按规定办？我就不，就不！你去告诉出规定的人，他要能给我和孩子办好户口，我就听说听道地按规定办。否则，哼，没门！"好久没有人敢招惹小戏子了，检查的人同样不敢。

同小戏子说不通，吕秘书就代表领导去找亓卡。亓卡是职工，而且是爱场如家的职工，当然会配合场里的各项工作。

亓卡深知那群鸡对家意味着什么。在母鸡们咯咯嗒嗒的叫声中，冬冬兄妹不再瘦小，开始红润着脸庞噌噌蹿个儿。小戏子也不用发愁着家里缺盐少油了——小戏子会将攒下的鸡蛋拿到集市上卖掉，换回一家人的盐、火柴、肥皂，甚至买回给孩子做衣服的各色棉布。有了那群鸡，亓卡家的生活宽松了许多。现在要把下蛋的鸡处理掉，不光小戏子不答应，亓卡从心里也是不情愿的。可是鸡糟蹋场里的粮田也的确是个问题。在这之前，亓卡已经好几次反对过小戏子将鸡往大田里轰赶，小戏子只嘻嘻笑着说："靠山吃山，靠海吃海，靠着农场还能不吃农场吗？再说，那么大的地方，鸡能吃多少？再说，去庄稼地也不光是咱一家的鸡。"亓卡只好作罢。

有了规定，就不能一味地迁就小戏子，否则还要规定干啥。但不迁就，坚决按场里的规定杀掉十只鸡，那不把小戏子彻底惹恼了？于是场里就跟小戏子商量是不是可以把多出的鸡拿到集市上卖掉，也是可以得到一些钱的。

小戏子不干，对亓卡说："咱家的鸡正是下蛋的好时候，这一阵子差不多每天要下十二三个。就算每天下十个，吃五个，还剩五个。咱家的鸡蛋大，每个能卖到八分钱，五个就是四毛，可以买两斤大米。不买米把钱攒下来，一个月十好几块，真正救穷的银行呢。杀鸡能解一时之馋，卖鸡得到的是一把死钱。而有了鸡就有鸡蛋，鸡蛋源源不断。"一番账算下来，对鸡的去留亓卡已经没什么好说的了。家里的现状的确非常需要下蛋的鸡。

冬冬知道家里面临的情况非常严峻，瞪着大而黑的眼睛不声不吭，暗下决心：坚决不让鸡们遭遇杀身之祸。寒寒和霜霜看哥哥小心翼翼的，也万分乖巧起来，紧紧看护着鸡们。

亓卡还有另一份担心：处理了鸡，没有了额外收入，小戏子没准又去干什么让人意外的事。

急中生智，亓卡想出了连小戏子也很满意的主意。

一夜之间，草垛移开，小戏子的鸡窝门前用排列整齐的秫秸围起一个七八平方米的小院——鸡窝楼变成有庭有院的别墅了。小院里的鸡们悠闲地踱步、吃食——小戏子家的鸡不是能飞善跑，会打能斗,贼得很吗?怎么忽然之间乖乖地待在小小的天地里了?

原来鸡们的两条腿用细麻绳连在了一起,两只被连在一起的鸡爪,踱步行,要飞跑、跳跃却不能。再细看,鸡们的翅膀也被剪掉一截,鸡们想飞出小院也是不可能的。冬冬扒开秫秸往里看,说:"咱家的鸡真可怜。"

寒寒和霜霜也跟着哥哥说:"真可怜!"

小戏子向鸡群撒一把粮食说:"可怜什么?总比杀了强吧。这叫什么?好死不如赖活着。"

冬冬眨眨漂亮的大眼睛,想起了什么,对小戏子说:"妈妈,不是说活着要'站则顶天立地'吗?"

小戏子想也没想,说:"臭小子,倒是好记性。一码事,赖活着照样能顶天立地。"

冬冬想起的话,亓卡也记得,是一次小戏子跟人打架,冬冬和弟弟妹妹被吓得瑟缩在亓卡身边抽泣。打架结束后,小戏子走进家门,看见家中的情景,很干脆地拽过冬冬教训道:"不许这般没出息的样子,你早晚得长成男子汉,成天哭哭啼啼像什么话?妈妈有理走遍天下,用不着怕谁。记着,人活着要'站则顶天立地',弯腰塌背不行!咱不去招惹谁,谁随便招惹咱咱也不怕!记着了?"冬冬似懂非懂,胆怯地点点头。

小戏子对冬冬说的这些话,让亓卡琢磨了好一阵子。

负责检查鸡的人员,将检查情况报告给场部,问臧书记小戏子那样喂鸡行不行。臧书记说:"小戏子能自觉管好自家的鸡已经很不错了。"

检查人员听臧书记这样说，就说出了自己的为难，他说："她一家养那么多鸡，就怕别人家攀扯，一攀扯，准乱套。"

臧书记说："这个小戏子，净给我出难题……这样吧，再去找找亓卡，就说我说的，让他再杀几只鸡，要不没法管别人。"臧书记明白，说也白说，亓卡怎么可能管得了小戏子？

这回，小戏子没有让臧书记为难，她管住了大家。

小戏子趁下午下班的时候，站在自家门口，亮起嗓门高声叫板："哎，大家听好了，今天我不骂任何人，我只说我喂鸡的事。鸡是我想喂的，跟亓卡，跟孩子，跟任何人没有什么挂连。有想操心的，就来看看，我家的鸡就这样听说听道地养着。我说话算话，从今天起我家的鸡不吃我家以外的粮食，不去别家门口拉屎，不碍任何人的事，也用不着任何人咸吃萝卜淡操心地到处去攀扯、去告状。攀扯、告状我也不怕，我一没户口，二没工资，书记管不着，场长说不着。要想找亓卡的事，尽管找，嘿嘿，大不了亓卡的右派帽子再戴一回，我就跟亓卡再戴一回右派老婆的帽子……"

这一回，小戏子轻易被亓卡和冬冬拉回了家里。

小戏子懂得见好就收，小戏子懂得适可而止。她并不想把事情闹得太大，闹大了，真到了胳膊拧不过大腿的地步，鸡真的被杀掉，再骂也没有什么用了。

亓卡想出的办法不错，小戏子没有理由不依亓卡的办法退让一步。但小戏子想到，亓卡的办法要让全场人都知道，所以她用她独特的方式跟所有人进行沟通。

这一回，钱振铃她妈一边做饭一边撇嘴叨咕："狐狸精，谁闲得没事去攀扯你,吃饱了撑的?"

场里下令处理鸡,钱振铃她妈既心疼又生气却没有办法抵制。小戏子能想出这个办法,让钱振铃她妈感到由衷的畅快。

跟小戏子闹过的家属说:"谁跟你一样,没事找事。攀扯你?攀扯着也去当右派?"

"书记管不着,喊,那是不稀得管,破货。"

……

这样的议论都是背地的,甚至是不出声的,谁没事去找骂啊。

这一回,在小戏子的喊叫中臧书记紧锁的眉头舒展开了,一脸笑意地说:"这个小戏子,还真有她的。"

王月英和臧奶奶对看一眼,不知道他们的当家人今天这是怎么了。往日,小戏子骂街,臧书记总是铁青了一张脸。

果真没有人攀扯小戏子,很长一段时间,大家都相安无事地按场里的规定养鸡。相安无事中,大家关注的仍然是小戏子,具体地说,是关注着小戏子秫秸小院内的鸡。

"把鸡的腿用麻绳连着,脚镣一般。母鸡好说,公鸡怎么办?"有这样的疑问,就有人找机会偷偷跑去看——半点儿悬念都没有,红公鸡的两腿之间没有连线,却有一根长长的麻绳绑在公鸡的一条腿上。麻绳足够长,可以从小院的一端通向另一端。麻绳的一头被一截牢牢揳在地上的木橛拴着,公鸡出不得小院,却并不妨碍红公鸡雄赳赳气昂昂地统领母鸡们。因为母鸡们被羁绊着,红公鸡更容易也更方便地踩到任何一只母鸡——大家就猜,这样的主意一定是小戏子而不是亓卡想出来的。大家的意识里,公鸡踩蛋总是带点儿流氓色彩的。

母鸡们很方便地被公鸡踩蛋,那就不会妨碍下蛋,可是,母鸡的双脚被麻绳连着,如何到鸡窝的二层楼上下蛋呢?于是又有人偷偷去瞧,依然没有什么悬念:二层楼的下面搁了很平整的砖头,砖头成了母鸡去二楼的阶梯,就算两腿之间有"脚镣",母鸡照样能轻松地上楼下楼。

办法都简单,一看就明白,可是,除了小戏子,谁又能想出这样巧妙的办法呢?小戏子实在鬼精灵——其实,大家看到的好主意都是亓卡想出来的,亓卡是想给劳苦功高的鸡们更多一点儿自由。

可是小戏子并不满意。鸡们被圈了起来,喂养成本就加大了。每天投进小院的许多粮食,让小戏子心疼不已。家里的粮食本来就不宽松,尽管粮食喂了鸡,鸡下了蛋,蛋可以换成钱,小戏子觉得还是不划算。在撒喂粮食的时候,小戏子恨不能将鸡们一竿子再轰出去。恨恨之中,小戏子看着手里的粮食,忽然就来了主意:鸡可以下蛋,粮食也可以生粮食啊,粮食不是从地里长出来的吗?

小戏子将家中的黄豆、绿豆、高粱、小麦各色粮食抓一些放在衣袋里,拿一把镢头来到房前屋后的空地上、渠水沟边上。刨一下,撒上几粒粮食,刨一下,撒上几粒粮食……小戏子从没有种过庄稼,不知道眼下的季节该种什么,不该种什么,反正先种下再说。

回家的时候,小戏子顺便拔了一些杂草、野菜,随手扔进小院。鸡们原是在外打惯了野食的,看到青绿的食物,疯了样争抢着啄食。小戏子高兴极了——大田的青草、野菜多得是,鸡们捞不着出去打食我替它们去!

大夏天的，光照充足，雨水充沛，小戏子种的"粮食"发芽、盘根、拔节，长得飞快。不是种麦子的季节，小戏子的麦子在很矮小的时候就秀穗结籽了，穗很小，籽也很少。小戏子并不在乎，连根拔了扔小院里，鸡们也不在乎，连叶带籽吃得不亦乐乎。

小戏子除了经常赶集，就是每天家里地里地忙活。小戏子在房前屋后种粮食，吕秘书在有关会议上提出过，可是大家没有太去在意。农场就是种粮食的地方，小戏子胡乱种点儿无伤大雅——也就不了了之，由小戏子去了。

看到小戏子被太阳晒得脸色通红，从大田里背负成捆的青草和自己种的成熟或半成熟的庄稼回家喂鸡，大家就说，小戏子家的鸡变成羊了？

小戏子家的鸡仍然是鸡。小戏子家的鸡特别能生蛋，几乎就没有歇窝的时候。每天，秫秸小院里母鸡们欢快地咯咯嗒、咯咯嗒的叫声此起彼伏。

最先意识到小戏子家的母鸡比自己家的母鸡强的人是钱振铃她妈。钱振铃家的五只老母鸡每天跩着个大屁股，跑不快，走不远，扭扭搭搭地在门口转来转去。场里要求杀鸡的时候，钱振铃她妈权衡了一阵子，就卖了不下蛋的半大小鸡，杀了那只芦花大公鸡，留下了老母鸡。

本以为没有了争食的小鸡、公鸡，母鸡会比以前下的蛋多，谁知，本来就不怎么肯下蛋的母鸡们蛋下得更少了，下一个两个蛋就要歇好几天窝。自己家的鸡了无声息，就更显得小戏子家的鸡热闹。钱振铃她妈听着小戏子家的鸡下蛋，就骂着自家不下蛋的鸡："一群光急等着踩蛋的贱货！"钱振铃她妈嘴里骂着鸡，心里不无恶意地骂着小戏子，"狐狸精，喂个鸡也比人家强！都说鸡多不下蛋，纯扯他娘的蛋，狐狸精家的鸡比谁家的都多，照样咯咯嗒！"

越不下蛋，事情还越多，一只母鸡闹着要抱窝了。"都要立秋了，还再抱什么窝？找死啊！"钱振铃她妈一把抓起抱窝的母鸡，三下两下在鸡尾巴上绑上一根拇指粗的木棍，木棍上用破布条胡乱缠绕些包装化肥的破牛皮纸，然后撒开母鸡。木棍上的牛皮纸哗哗作响，母鸡以为怪物附身，咯咯地叫着，笨拙地扇动翅膀慌不择路地飞跑着钻草垛、跳水坑。钱振铃她妈哈哈笑着跟在后面一边追打一边说："叫你犯贱！不下蛋，还想抱窝，有本事自己下出一窝蛋来我就让你抱！"

小戏子双手托五六只鸡蛋，从小院中走出说："哟，大姐这是唱的哪一出？"

钱振铃她妈一下愣住了："……冬冬她妈……不关你的事……不关你的事，我家母鸡要抱窝……"尝过小戏子厉害，她还真怕小戏子误会。

小戏子看着冤跑着的胖母鸡，笑得直不起腰来，说："大姐也真是，它要抱窝就让它抱呗。"小戏子看出钱振铃她妈这次的确没有骂人的意思。

"抱什么窝，二十一天出鸡，抱出小鸡什么年月了？再说，场里也不许喂。吓唬吓唬，让它醒过来下蛋，下一个是一个，要不白喂了。"

"吓唬就能不抱窝了？它又不是人。"小戏子又笑。

"谁知道呢，从老辈就是这样吓唬的。这只鸡本来就不怎么肯下蛋，再抱窝就更不下蛋了。哪像你家的鸡，一天到晚都咯咯嗒。"钱振铃她妈看着小戏子手里白花花的鸡蛋。

"这几个鸡蛋给你，你让它抱，不够我再给你攒几个。"小戏子很大方地将鸡蛋捧送在钱振铃她妈眼前。

钱振铃她妈就受宠若惊了，说："可不行，可不行，我怎么能要你的鸡蛋呢？……你多不容易。"

"嘻嘻……没事，我家鸡下蛋多，你刚才还说一天到晚都咯咯嗒。"

"那不行……可不行……我……你。"钱振铃她妈激动得满脸通红，孩子般快速地摆动两只手，做出不能接受的动作。平常快言快语、伶牙俐齿的人竟有些语无伦次了。

小戏子看钱振铃她妈那样，又想起了一个主意，说："大姐，你看这样行不行，把你家母鸡借给我，我让它抱窝，抱出小鸡来咱两家平半分。"

"能行？公家能愿意？"看得出钱振铃她妈已经很愿意了。

"公家不让喂，就不用喂得多大。有好的，你就把不下蛋的母鸡替换下来杀着吃。明年开春，小鸡就能下蛋了。不中意的，不用长多大，就杀着吃，好歹是孩子们的一道菜。"

"平半分可不行，三一三十一吧，我只要一份。我可不想叫人家说我爱占小便宜。"

"怎么是你占便宜，分明是我占了便宜。"小戏子又笑得直不起腰来，"就这么着吧，大姐这回听我的，小鸡平半分。"

钱振铃她妈也一起毫无芥蒂地大笑着说："听你的，平半就平半！"

当天，钱振铃家的胖母鸡就住进了小戏子家门后的柴筐。小戏子将二十一只鸡蛋搁在胖母鸡的身下——本想再多放几只，胖母鸡却是揽不过来了。冬冬兄妹围在柴筐边高兴地看母鸡孵蛋。已上小学一年级的亓冬冬向妈妈提出一个算不出的算术题："妈妈，二十一只小鸡没法分开的。"

小戏子从锅台边抬起身子，她没有明白儿子在说什么。

冬冬指着摆在地上的两撮草棍说："你看，一边十一根，一边十根，我数了好几遍了，都不能分成一般多。小鸡出来了，是给钱振铃她妈十一只呢，还是给十只？"

小戏子笑了，说："傻小子，二十一个蛋中会有寡蛋，噢，就是不会出小鸡的蛋，也许是一个，也许是五个。能出几只鸡，现在谁也说不好，等小鸡出来后再说。小孩子瞎操心。"

"要是二十一个蛋都出小鸡怎么办？"冬冬仍固执地问。

小戏子手里正忙着，没有在意冬冬的追问。

亓卡下班回来。同样的问题，冬冬又去问亓卡。亓卡说："当然是给钱振铃家十一只了。"

冬冬说："鸡蛋是咱们家的，又在咱家抱的窝，凭什么给她们家十一只啊。"

亓卡说："那就给她们家十只。"

冬冬半天不说话。亓卡就问冬冬怎么了。冬冬低下头，又扬起脸小声说："给她们家十只，那钱振铃她妈不会骂咱们家吧？"

小戏子就愣住了。亓卡抬眼看小戏子,小戏子眼里一下就盈满泪水。

原来,冬冬高兴的背后隐藏着深深的不安,这样的不安让小戏子心疼。

寒寒小嘴叭叭的:"怕什么,钱振铃她妈骂咱们家,妈妈就去骂她们家!"

小戏子擦擦眼泪说:"要是出了二十一只小鸡,就给钱振铃她妈十一只。想想啊,鸡蛋虽是咱们家的,要是没有胖母鸡,鸡蛋多久都不会变成鸡。还有,胖母鸡多辛苦,整天这么卧着,要卧二十一天呢。"

"那就给钱振铃妈妈十一只!"冬冬立即就想通了。

"记着啊,以后不要钱振铃她妈、钱振铃她妈的。她姓马,要叫马大姨。要没有马大姨,胖母鸡怎么会来咱们家抱窝?"

亓卡也很高兴:"听妈妈话,要有礼貌。"

关于小鸡的分配,冬冬又有了新想法:"妈妈,小鸡要是出来了,我想给乔菊两只行吗?"

小戏子就说:"行啊,就给乔菊两只。乔菊从小跟冬冬玩得最好。"

"不是。我和乔菊都上学了,乔杨在家没人玩,小鸡跟乔杨做伴。"冬冬分辩道。

这样的决定亓卡当然赞同,说:"小鸡一定要给乔菊两只!"亓卡不能忘记乔菊陪伴冬冬的日子。

看哥哥的要求得到批准,霜霜也提出了自己的要求:"我也要给吕建华一只。"吕建华是吕秘书和颜秀春的女儿,比霜霜小一岁多,最喜欢跟霜霜一起玩。

小戏子立即就答应了女儿的要求,说:"给。要给就得给两只,一只小鸡喂不活,要两只做着伴才好,就像你跟吕建华一样。"霜霜欢天喜地跑去告诉吕建华了。

寒寒看哥哥和妹妹的请求得到批准,也提出了自己的请求:"给臧建国两只吧,给他两只他就不会欺负我和寒寒了,就会让保国跟我玩了。"

小戏子说:"臧建国就算了。他爸当书记,他妈当主席,不会乱要别人的东西的。保国不跟你玩,就跟别的小孩子玩。"

寒寒立即说出另外的理由:"臧奶奶也很喜欢小鸡的。臧建国撵我,臧奶奶看见了还吵呼臧建国,说他那么大了还欺负人家小孩子。"

小戏子动情地揽过寒寒说:"好,就听寒寒的。臧奶奶喜欢,还可以多送两只。臧奶奶是好人。"寒寒立即高兴了。

几个孩子中,寒寒最顽皮,可是小戏子似乎对寒寒最好。而亓卡却总是有些偏袒冬冬和霜霜,尤其对霜霜。亓卡对此的解释是霜霜最小,又是女孩子,女孩子总是需要人疼爱的。这是理由,但亓卡知道并不完全是。

冬冬眼前代表着自家小鸡的草棍只剩下很少的几根了,可是一家人反倒像得到许多鸡一样高兴。

一时间,大家都知道小戏子用钱振铃她妈的母鸡抱小鸡了。

下雨天不出工,钱振铃她妈来串门,给胖母鸡带了半碗碎米。

见胖母鸡像不认识她一样专心孵蛋的样子,她就拍着巴掌笑呵呵地骂道:"没良心的东西,把你从小喂到大的是我,分开一时倒和老娘生分了,仔细抱出小鸡我杀了你炖肉吃。"

小戏子和亓卡结婚后,钱振铃她妈从没到小戏子家串过门,她打心眼瞧不起生了私孩子的小戏子,怎么看怎么不顺眼。合伙抱鸡后,再看小戏子,还真没什么不顺眼的地方。她知道别人背后议论她是欺软怕硬的人,说她是欠揍的人。就连怕老婆的钱振铃她爸都说:"我看你们还是离得远点儿。不招惹她倒也罢了,还合伙抱鸡,仔细狐狸精变脸。"

钱振铃她妈说:"放心吧,我不变脸,人家就不会变脸。"

说完,心里竟然一片透亮:还真应了那句不打不相识的老话了?连她自己也奇怪,为什么现在不那么厌烦小戏子了?钱振铃她妈不承认自己是欺软怕硬的人,也不承认是挨了打才认识了小戏子。她相信的是两好轧一好。

见小戏子正纳着孩子的鞋底,钱振铃她妈就拿起挂在墙上的一大把麻皮说:"下雨天没事,这些麻我拿回去帮你搓。不吹牛,喂鸡不如你,搓麻线我可是比你强。"

小戏子并不客气,说:"太好了,我最愁搓麻线了,巴巴结结地一点儿也搓不好。大姐能搓,就帮我多搓几根。"

钱振铃她妈是那种能说能干的人,立马撸起裤腿,往床沿上一坐,脚翘在一只板凳上,长长的麻皮在肉乎乎的小腿上被手搓得哧溜哧溜响,一会儿工夫,一根三尺长的麻线就搓成了。在小戏子的赞叹中,钱振铃她妈拿着麻,端着碗,高高兴兴地回家了。

霜霜怯怯地跑进家门问:"钱振铃她妈真的不骂咱了?"

"叫马大姨妈,没规矩!"小戏子嘻嘻笑着在霜霜的屁股上拍了一巴掌。

过去,也有人家的老母鸡在春季抱过小鸡,但从没有人关注过。小戏子家抱鸡就不同了,因为天还热,却已入秋了,这样的季节已经没有人家抱鸡。于是小戏子家门后柴筐里的胖母鸡引起了大家十二分的关注。

不时有人来看母鸡抱窝,就便也看一下小戏子的家,看一下秋秸小院。家没有什么特别的,小院也没有什么好看的,大家就是想看看。再后来,就有人送一把小米,说小鸡快出来了,刚出壳的小鸡一定得吃小米。还有人送两捧黄豆,说鸡不吃豆,外甥不打舅,老话这么说,母鸡卧了二十多天亏空太多,豆泡涨了压碎,掺和着吃,可以补补。更多的是许多孩子,把放学路上拔来的草一把把投进小院,顺便看一眼小院里胖母鸡怎样抱窝。

不负众望,二十一只雏鸡破壳而出——二十一个鸡蛋竟无一个寡蛋。

钱振铃她妈在小鸡出壳后,对小戏子由衷的第一句话竟是:"娘啊,难不成你真是个狐狸精?"惹得小戏子大笑不止。

二十一只小鸡在胖母鸡的带领下,在小戏子的小院里茁壮成长。待到长出硬翅膀后,被分在了好几家人家。钱振铃她妈也跟冬冬一样把属于她的十一只小鸡中的六只分给了她愿意给的人家。她对接收小鸡的人家说:"一定得拴着喂,别到处撒啊。这可是好鸡,能下蛋,还皮实好活。二十一个蛋出二十一只鸡,你没见过吧?拴着喂啊，别让场里查了去。拴着喂，可别杀啊，留着下蛋。"千叮咛万嘱咐的。

人们很奇怪，还从没见过钱振铃她妈对什么事这么上心过。

冬天，大雪封门，别人家的鸡不生蛋了，小戏子家的鸡窝还不时跳下生了蛋的母鸡，咯咯嗒咯咯嗒地宣扬着自己的与众不同。钱振铃她妈听见了，嘴上骂着狐狸精，心里羡慕得不行。很多人家都羡慕得不行。

来年春天的时候，好几户人家的母鸡开始抱窝，抱窝鸡的女主人就想起小戏子家能出鸡的好鸡蛋，就用盆或瓢端了一二十个鸡蛋来托钱振铃她妈找小戏子换鸡蛋。说是跟小戏子有过节，不好意思去找人家。钱振铃她妈就说："怕什么，人家冬冬她妈身上没长瘆人毛，去就是，保证没事。"

果然，鸡蛋很顺利地换过了。

自认为鸡蛋大的，就一个换一个，小戏子不说什么，很高兴地拿出鸡蛋跟人家换。有的觉得自家的鸡蛋小就十二个或十五个鸡蛋换十个，小戏子同样不说什么，高兴地将鸡蛋换给人家。

亓卡知道后，心里非常不安，就说："是邻居，不要多要人家的鸡蛋。不好。"

小戏子却嘻嘻地笑着说："这有什么不好？理之当然，受之非过嘛。"亓卡吃惊地瞪着眼睛：怪不得她能每天心安理得地将鸡蛋数来数去。道理亓卡懂，却并不清楚鸡蛋中有什么理和过。

看亓卡愣着，冬冬有些担心，就问亓卡："妈妈说什么？我听不懂。"

亓卡就说:"我说不好,去问妈妈。"

小戏子说:"没什么,小时候跟大人学来的俗语,我随口说着玩的。你看呀,这些是胖胖家的鸡蛋,很小吧?"小戏子拿起一个刚从鸡窝里掏回的鸡蛋比给冬冬看,说:"这是咱家的鸡蛋,是不是比胖胖家的鸡蛋大好多?胖胖她妈要换咱家的鸡蛋抱小鸡,一个换一个,她觉得她是得了便宜亏了咱家。她不想赚这个便宜,就用二十个鸡蛋换了咱家的十五个鸡蛋。咱要是不要呢,胖胖她妈就会觉得欠了咱家的情,就会不自在——没有什么比欠人家情叫人不自在了。她不自在了,咱不是也不好受?再说,鸡蛋大和小,不是咱家说的,换不换鸡蛋,也不是咱要跟人家换的,是人家自愿的。多几个鸡蛋,大小就扯平了,谁也不欠谁的,没什么不好。"

冬冬似懂非懂。亓卡一时也很难将"理之当然,受之非过"这样的深刻道理和眼下大鸡蛋、小鸡蛋联系在一起。不过亓卡坦然起来。小戏子做事有小戏子的道理,有道理也就不失做人的准则。

"什么样的道理能让老白和小戏子那样呢?"亓卡脑子里忽然就蹦出这样的问题。亓卡实在不愿在这样的时候想起老白,可是,想不想老白,不是他能左右得了的。在老白的事情上,小戏子是不是也心存着这样的道理呢?这样的问题,亓卡不能和任何人去讨论。是老白还是小戏子"理之当然,受之非过"呢?不过,他在小戏子身上切实看到的是不卑不亢中蕴含着的亲和力。小戏子几年来的所作所为,虽然很多是被迫或是无奈的,很多事情让人无地自容,不过时过境迁,细想来,小戏子是以她的方式与她身边的世界融合、沟通。不像自己,不愿意给别人找麻烦,就会一味地不去理睬人家,颜秀春、老乔、老白，包括臧书记在内，都是自己很不错的朋友，可现在距离都远得快跟陌生人差不多了，陌生得让人心寒。亓卡的心很痛。

不断地有人来家里换鸡蛋。有时鸡蛋够数，小戏子就马上换给人家，有时鸡蛋不够，小戏子就让人家等一天或两天再过来。换鸡蛋的时候互相还要说很多好听的恭维话。事情很简单，娘们之间的友谊就这么好建立。亓卡有股暖意在心里升起。

车间里，颜秀春跟亓卡说："亓霜霜送吕建华的两只小鸡长得可好了。那可是吕建华的宝贝，睡觉恨不能抱上床，吃饭恨不能抱上桌，把姓吕的恨得不行，又拿吕建华没办法。吕建华比我有本事。"姓吕的，颜秀春一直这样称呼吕秘书。

颜秀春边说边开怀地大笑，亓卡也难得地笑了。

31　风雨之声

一场变革来临的时候，起初大家都没有觉得会发生什么太大的事情。"文化革命"嘛，自然是文化上的事，跟学校有关，大不了再宽泛点儿，跟文教卫生行业沾边，跟种地打粮食的农场没什么太大的关系。的确，一切是从"文化"发生起来的，但是号角一经吹响，很快就席卷一切。吕秘书带头戴上了红卫兵袖章，拉起了一个叫"捍卫毛泽东思想红卫兵指挥部"的组织，大家才觉着"文化大革命"来到了自己面前，但仍感觉到搞文化的事就得是吕秘书这样的

"酸味"文人来领着弄。

吕秘书很是那么回事地将报刊上的文章用毛笔蘸浓重的墨抄写在白光纸上，贴在饭堂内的墙壁上。大家端着饭碗边吃边看，连声夸赞吕秘书的毛笔字写得好，猜想吕秘书是不是经过私塾先生的教导。大家并未特别关心大字报的内容。

"捍卫毛泽东思想红卫兵指挥部"的司令是老乔，副司令是吕秘书，场武装部田部长兼职指挥部的武装部长，食堂的小马是观察员兼联络员，以下还有大队长、中队长、小队长等各职。老乔做梦也没有想到自己会当司令，也不知道自己该干什么。赶马车老乔最得心应手，安排饲养场的各项工作老乔游刃有余，当红卫兵的司令老乔完全摸不着头脑。老乔对臧书记、刘场长说："还是你们当算了，我天生不是当司令的料。"

臧书记说："上面说了，红卫兵是群众组织，我们怎么好当群众组织的司令呢？不过，我们会全面支持红卫兵的工作。"

刘场长也说："老乔你就别客气了。你是优秀的群众代表，你当司令更有号召力。小吕需要跟着你学习锻炼。"

老乔就当上了"红指"的司令，不过，老乔仍然以饲养场的工作为主。老乔认为那样的指挥部不过是一个没什么实际意义的群众组织，顶在自己头上的司令头衔和真正的司令是无法类比的。可是人们不管老乔的感受如何，见面就司令长司令短地打趣老乔，就连回到家里，听到的也是乔杨、乔菊在争论。

"司令比饲养场场长的官大。"乔菊说。

"还是饲养场场长的官大，那么一大片地都归爸管呢！"乔杨说。

"地大算什么呀？都是猪啊，马啊。司令可大了，吕建华她爸都得听咱爸的呢，咱爸是正司令，她爸是副司令！"

很少对孩子发脾气的老乔生气了，说："小孩子乱说什么呢？以后谁也不许说什么司令的话，再让我听见我可真打你们啊！"

老乔熟知的许世友、杨得志那些身经百战令人敬仰的司令，才是真司令，而自己被称为司令，他只感到羞愧。

老乔对司令的身份不以为然，指挥部的实际工作就落在了副司令吕秘书的头上，吕秘书才是指挥部的真正司令。食堂管理员小马倒是尽心尽职地"观察"和"联络"着——司令要开会，小马立即各处下通知，说好话，请大家去指挥部开会；司令要贴大字报，小马赶快开单子取面粉打糨糊——这也是当初提议小马担当这一职位的原因，食堂管理员小马拿取面粉打糨糊比任何人都方便。

很快大家都戴上了红卫兵袖章，很快农场所有显眼的地方都刷上了大标语，人们很兴奋地到处奔走观看着。

"将无产阶级文化大革命进行到底""无产阶级文化大革命万岁"这两条标语就刷在场部党委办公室两侧窗下的墙壁上。场长刘子龙后退一段距离，手托下巴读着标语，对吕秘书说："哎，我说小吕，不对吧。"

吕秘书就有些紧张。吕秘书在臧书记和刘场长面前的紧张是本能的，但又有些不同。吕秘书在臧书记面前是迁就型的恭顺，臧书记太强大了，在臧书记的叱咤风云面前你不能不低眉顺眼地恭顺。而对刘场长，吕秘书便不只是简单的顺从，那是一种发自心底的敬畏。刘场长是齐鲁大学的高才生，吕秘书是中专的普通毕业生，大学高才生和中专普通生的区别，聪明的吕秘书绝对比较得出来。看起来谦和的刘场长其实是威严的，刘场长的威严大概来自他的人格魅力吧。

农场之所以这样红红火火，就是因为有刘场长和臧书记这样一文一武一对搭档。心底里，吕秘书把刘场长列为高高在上的高贵人，包括刘场长的夫人，场医务室的安黛医生，都是属于那种高高在上的人。

吕秘书见刘场长说出不对的话，赶忙也后退几步端详着自己的"书法"问："场长，哪里错了？"

"'到底'是什么意思？'万岁'是什么意思？两个词是不是矛盾了？"

吕秘书长出一口气。心底的压抑感却腾腾升起：我还要被这种高高在上压制多久呢？

吕秘书却没有勇气分辩。看吕秘书为难着答不上来，臧书记呵呵地笑着走上前来说："秀才遇见兵了吧！连我这个大老粗都知道'到底'就是完事了呗。"

四周已经围上不少看热闹的人，吕秘书就有些尴尬。臧书记为吕秘书出了个主意："既然矛盾的词让咱刘场长不舒服，那吕秘书以后就不要把这两条标语写在一起，分开写刘场长就捞不着对比着看毛病了。"

一旁的观察员小马一边连声说臧书记的主意好，一边将另一幅"金猴奋起千钧棒，玉宇澄清万里埃"的标语覆盖在"无产阶级文化大革命万岁"之上。

"破四旧，立四新"刷在饲养场的马棚外。司令老乔看着巨大的白纸黑字，就想弄明白大字的意思。

小马拉着老乔去了场医务室。医务室的外墙写的是"彻底扫除旧思想、旧文化、旧风俗、旧习惯"。小马说："这就是'四旧'。"

老乔就说："以后写这样的标语要写得明白，不要东一榔头西一棒槌的，看明白一句话还要跑那么远的路。"

小马很不服气：标语又不是写文章，是司令你自己不知道"四旧"嘛！不过，小马只在心里嘀咕，嘴巴是不敢说什么的。老乔毕竟是老革命，又是自己的"司令"。

其实小马以及很多人都不明白"旧思想、旧文化、旧风俗、旧习惯"究竟是什么。

以往干巴巴、光秃秃的墙壁上忽然有了很多内容，很多人毫无色彩的衣袖上多了一抹耀眼的红，让全场的大人孩子们感到新奇和兴奋。

破"四旧"得有具体内容，可农场没有亭台楼阁可拆，没有古碑庙门可砸，娘们的长头发就成了破四旧的目标。颜秀春盘在工作帽里的一对大辫子、臧奶奶脑后挽着的纂儿（发髻）都被剪掉了。追赶逼迫大人们剪头发的是臧建国、二丫、钱振铃这帮半大孩子。孩子们已经上了中学，而学校已经停课，停课的学生纷纷加入红卫兵戴上红袖章蜂拥着走上街头"破四旧"，妇女们编着的、盘着的、挽着的长头发首当其冲地成了封建残余，是"四旧"。臧奶奶对着镜子看着自己被剪成半长不短的"二道毛子"发式，直骂自己的孙子不是东西。

臧奶奶挽了大半辈子的头发被齐脖剪掉，就对破四旧有了很深刻的领会，吃饭的时候当着书记儿子、主席儿媳的面问红卫兵孙子臧建国："吃饭算不算旧习惯？要说旧，吃饭可比我脑后的纂儿年岁多了，那该怎么个破法？"臧建国不说自己不知道却举着筷子高声呼喊："奶奶反对'文化大革命'，打倒奶奶！"臧书记、王主席气得直喘粗气。

臧建国喊完口号就跑了出去。臧建国已经好几年不挨揍了，他个子已蹿过爸爸，妈妈早已不是他的对手了。窜跑出去的臧建国是去找二丫探讨吃饭算不算旧习惯的问题——高高个子的臧建国其实是个傻大个，钱振铃经常这样说。

篮球场一夜工夫就被一个大棚罩上了，成为贴大字报的专用场所。大棚类似今天所看到的遍布乡间的蔬菜大棚：用一些粗大的杉木做立柱，毛竹做横梁，苇席围着固定在立柱、横梁上，简易的大棚就搭建好了，道道铁丝横拉竖拽扎在大棚内。

开始，大字报并不是很多，大都是吕秘书抄录的报纸社论，这种内容的大字报如旗帜样悬挂在铁丝上，既彰显着吕秘书的书法，又具有很强的号召力。后来大字报的数量快速增加，书法也不再只是吕秘书的专利，小马以及勉强可以写毛笔字的人都拿起毛笔饱蘸墨汁加入其中，大棚内大字报便铺天盖地起来。大字报与大字报之间形成迷宫样的通道，观看大字报的人就在迷宫中游走穿行着。

建大棚的主意是老乔提议的，老乔认为大字报贴在露天的墙壁上，一夜雨半夜风的，大字报就脱落了。大字报脱落了，又得重新写，重新写大字报又得纸又得墨，还要面粉打糨糊，更要出人去张贴,费工费时又费物。有一个固定的地方风刮不着,雨淋不着,一劳永逸,省得麻烦,多好。

老乔是想,建大棚的木桩、竹竿、苇席又不会坏掉,等"文化革命"这阵风过去了,大棚拆掉了,所用物资该干吗干吗去。老乔想不到的是"文化革命"这阵风一刮就是十年,农场的大灾大难似乎都是从这个简易的大棚而起。老乔懊悔终生。

铺天盖地的大字报内容繁多,批判某某电影是封资修,批判某某书是大毒草。后来大家就互相攻击,谁谁看了某某封资修的电影后说了什么赞美的话,赞美封资修电影的人就反击某某看了某某大毒草后如何广泛传播。

再后来,有人揭发某某曾经是国民党兵被解放军俘虏,被揭发为"俘虏兵"的人立即反击对方某某曾替四不清分子老白喊冤叫屈……用大字报互相攻击的人立即仇人一般,两家的老婆孩子也成了对立面。

老乔很生气,就找到副司令吕秘书,说:"'文化大革命'应该对事不对人,这算什么?要这样的话,拆掉大棚算了!"

不等老乔把话说完,吕秘书就说:"你想拆掉就拆掉?难道大棚是你家的?"大棚当然不是老乔自家的,却是老乔主张建的。此时老乔有口难辩。

吕秘书接着说:"毛主席教导我们说,你们要关心国家大事,要把'无产阶级文化大革命'进行到底。你反对大字报我不管,反对毛主席号召,可不成!"老乔干生气,说不出话来。

老乔去找臧书记。臧书记安慰说:"年轻人嘛,喜欢出风头,就让他出一阵子嘛。你不用去跟他计较,时间不会太长。"

老乔说:"我不想当这个司令了!"

臧书记说:"那可不行,无产阶级阵地还是要坚守的。你不当这个司令,司令就让给了别人,那不更无法无天了?"

臧书记的话让老乔信服。老乔决定继续坚持下去。

亓卡是摘帽右派,没有资格参加红卫兵,也没有资格去大棚贴大字报。小戏子的头发在早几年就已经达到破"四旧"的水平,所以没有人追赶着为她剪头,一家人平常样上班、喂鸡、赶集。

但是"星星之火,可以燎原",大火很快烧到了亓卡的家门口:打倒右派亓卡!右派不投降就叫他灭亡!大幅标语冲出大棚贴在亓卡家门两边的墙壁上。老乔很吃惊,问:"亓卡不是早就摘帽了吗?"

吕秘书很严肃地说:"摘帽就不是右派了?那些右派言论搁什么时候也是右派言论。摘帽?那是党对他的宽大,并不是他没有犯过右派错误。"吕秘书知道老乔是老革命,但老乔这个老革命和臧书记刘场长的老革命不同,他只是管猪马牛羊的小"官",从当上秘书的那天起他就不再把老乔这样的"官"看在眼里了,更何况眼下。

看老乔欲言又止的样子,一股快意涌上吕秘书心头——老乔是司令,却不堪一击。所以吕秘书紧接着说:"你是老党员了,关键时刻要立场坚定,不要感情用事。亓卡一家之所以长时间能称王称霸为所欲为,跟你们这些人的一贯庇护有关……"

不等吕秘书把话说完,老乔拍案而起,说:"你说话注意点儿!什么叫庇护?党的政策是英明的,党为亓卡摘帽自有党的道理,我说了不算,你也说了不算。你把那样的大字报贴在人家门口是什么意思？我看你唯恐天下不乱！"

"你说对了，天下大乱才能达到天下大治。谁说的知道吗？是伟大领袖！"老乔已经气得说不出话来了，吕秘书又说，"老乔，你也别成天处处一副老革命的姿态教训人。你看不惯，你可以退出红卫兵，我和部下们保证敲锣打鼓热烈欢送。"

"你想得美！要想我放弃无产阶级阵地，除非太阳从西边出！"

"好啊，东方红太阳升，中国出了个毛泽东，你敢说太阳从西边出，你到底是什么人？我今天算是看清了，其实我早就看清了。你最要好的两个人一个是四不清坏分子老白，一个就是右派亓卡。你是什么样的人，还不一目了然了吗？"吕秘书起初伸出一个手指，点指着老乔，随着讲话内容的升级，手指缩回变成了拳头。吕秘书振臂高呼："打倒现行反革命分子乔庆广！"一伙人跟着振臂高呼："打倒现行反革命分子乔庆广！"

老乔很生气，却并不惧怕这样的呼喊，说："你流氓！颜秀春瞎了眼！一干人的眼睛都瞎掉了！"老乔这次的湖南话任谁都明白。

老乔的态度反而让吕秘书释然。既然撕开了脸，还管什么资格不资格！老乔时时处处的干扰早就让副司令吕秘书很不舒服，是决裂的时候了。

既然撵不走老乔，那自己走好了。说走就走，吕秘书当天下午就重新拉起了一支红卫兵队伍，队伍的名称叫"井冈山造反兵团"。自封司令。

大字报更加猛烈地铺天盖地起来。

"红指（被打上红叉）是右派的黑色保护伞""乔庆广（被打上

红叉）是混入革命队伍的投机分子""欢迎广大群众认清革命道路，反戈一击有功"……

跟吕秘书的人有一大批，跟老乔的人也是一大批。

老乔不知道什么叫反戈一击，找机会问刘子龙场长。刘场长摸着下巴笑着对老乔讲戈和反戈的古老故事，老乔则跟着故事用手比量着反戈一击的动作。

颜秀春坚决反对吕秘书的倒行逆施，仍然留在老乔领导的"红指"。夫妻同在一个屋檐下，却仇人样只吵架不说话，说话就吵架。颜秀春着魔样和所有劝解的人说："别劝了，我不会加入姓吕的那个破组织，和那种不吃人粮食、不长人肠子的东西没话好说。"

老乔听颜秀春这样骂自己的丈夫，就琢磨：这算不算反戈一击呢？

吕秘书知道颜秀春同情亓卡，心里就酸溜，越发地想把亓卡打翻在地，踏上一只脚叫他永世不得翻身！

"井冈山"组建后的第一件事就是拿右派亓卡开刀。

大棚中，吕秘书主持的红卫兵大会上，亓卡一下就被几个年轻红卫兵反剪双臂揪上了台。亓卡在反右斗争中的一些言论又被翻了出来，添油加醋变本加厉地把这些言论扣上更加反动的帽子。这些红卫兵是近几年陆续分来的大中专生，还有一些是从济南、青岛招来的社会青年，长年的本职工作或田间劳动让他们感到既辛苦又乏味。参加了红卫兵，只开会不干活，工资照拿，又有一个大活人可以随意打斗着玩，让年轻人兴高采烈。

出去赶集的小戏子还没进得家门就被扭拽着拖进会场，不知发生了什么的小戏子叫骂着还没等着站稳，脖颈上就被挂上了一串破鞋，臂膀被人从后背用力抓握着高高掀起。剧痛中小戏子高声叫骂着，身子却深深弯了下去。

"打倒右派亓卡！"有人领呼。

"打倒右派亓卡！"山呼海啸的呼喊！

小戏子立即清醒了，说："亓卡摘帽了！亓卡是好人！"

揪到小戏子，令所有的人感到兴奋和激昂。小戏子的头发被人揪着，脸朝后仰着。

"遭天杀的！欺负好人天地不容！"小戏子的声音不再清亮，声音沙哑着从脖颈里挤压而出！

啪的一声，小戏子的脸挨了重重的一耳光。

"遭天杀的……"小戏子骂道。

更重的几个耳光接连打来。小戏子低头躲避，无奈，头发被人揪着，臂膀被人架着，只有嘴巴可以反抗。反抗的结果是更密集的耳光。亓卡声嘶力竭："不要骂了啊！求你，不要，不要啊！"

啪的一声，是拳头打在皮肉上的声音。小戏子侧目望去，亓卡就在自己的身边，胳膊也被人高高地架起，那一响就是拳头落在亓卡身上发出的。

小戏子心痛了，说："凭什么打人？亓卡怎么着你了？"小戏子挣扎着连声呼喊。

上来几个人，不管三七二十一将小戏子摁住，噌噌地将头发剃掉半边。可能是剃刀不快，或是剃刀太快，反正小戏子半个发青的头皮一时鲜血淋漓。

亓卡挣扎着想靠近小戏子，换来的却是啪啪的击打。头破血流的小戏子在拳打脚踢中泼上命地叫骂："欺负好人伤天害理啊！残害百姓天打五雷轰啊！无法无天不是人的狗东西啊……"

有些人更怒了，大叫着："破鞋，撕烂破鞋！右派老婆还逞强骂人，再骂，往她嘴里灌粪！"

还真有人用水舀子盛来稀薄的大粪水，劈头盖脸浇在小戏子身上。整个会场立即臭气熏天。数双扭揪亓卡夫妇的手松开了，捂紧了自己的鼻子。

吕秘书皱紧眉头正不知如何收场，老乔带领自己的队伍冲了进来。老乔当胸一把揪起吕秘书的衣服说："想革命也没有你这样革法的，有本事你去杀美帝打苏修啊！这算什么？想把社会主义搞臭，没门！看清楚了，这是社会主义的阵地，不是你耍地痞流氓的地方！滚！"老乔厉害起来还真不是善茬。

只是短暂的慌乱，吕秘书很快稳住阵脚，说："我们就是要造反，就是要把反党反社会主义的右派斗倒批臭！欢迎革命战友随时光临指导！"吕秘书知道自己面对的是什么样的人，知难而退地招呼自己的部下："走，将右派亓卡带回武装部听候处理！"

满身粪水的小戏子从地上爬了起来去追亓卡，被老乔喝断："干什么你，还嫌自己不臭？还不赶紧回家冲洗！"

32 悄然出走

老乔终止了一场批斗，却阻止不了整个事态的"深入发展"。

摘帽右派亓卡被"井冈山"严密地关押控制着。吕秘书把亓卡作为一个战略突破口，轻易地将老乔的"红指"防线突破了。"踢开党委闹革命""打倒走资本主义道路的当权派"的口号和标语一时铺天盖地。

臧书记是场里最大的当权派，首当其冲被揪了出来。刘场长是混进革命队伍中的走资派也被揪了出来。刘场长的爱人安黛医生也被揪了出来，罪名是混进革命队伍的资本家小姐。工会主席王月英也被揪了出来……颜秀春、钱振铃她爸等老乔队伍里的人也被冠上"黑劳模、黑干将"的头衔多次被批斗会攻击批判。

"打倒右派的保护伞、走资派脏坏人（臧书记的名字叫臧怀仁）""社会主义的天下绝不允许走资派和右派分子狼狈为奸""走资派不投降就叫他灭亡"等大幅标语铺天盖地刷满全场包括马棚猪场在内高高低低的墙壁。臧书记、刘场长、亓卡、王主席、安黛医生等人的脖颈被挂上沉重的写有走资派、右派等的牌子游街示众。吕秘书终于毫无忌惮地扬眉吐气了。

老乔气愤不过，大字报呼吁：要文斗不要武斗！

吕秘书当然看得懂，立即呼应：革命不是请客吃饭！井冈山誓和保皇派决战到底！

在全国"打倒、夺权"的热潮中，老乔并不敢在夺权的问题上太过纠缠，也无法为保护臧书记等人挺身而出，那么就冲锋吧。揪出挂羊头卖狗肉的驴大头（吕秘书的名字叫吕大同）！打倒走资派的走狗驴大头（吕大同曾经是党委秘书）！这是老乔那一派的口号。

"驴大头"三个黑字歪斜着被打上血红的大叉。

吕秘书一副不屑一顾的姿态：辱骂和恐吓绝不是战斗！

老乔一方立即回应：人不骂我，我不骂人；人若骂我，我必不饶！

两派斗争你来我往，形势风起云涌。

旧党委瘫痪了，让很多事情也随之颠覆了。往日低眉顺眼的人摇身变成不可一世的造反首领，平时不好好干活、工作的人成了红极一时的造反积极分子，而南征北战又任劳任怨的老乔却成了"保皇派"。帽子一扣，很多人立即"反戈一击"，扔下"红指"的红袖章，加入吕秘书的造反兵团。老乔的队伍越来越薄弱了。老乔看着得意扬扬的吕秘书，看着轰轰烈烈的吕秘书的造反队伍，心想：都叫这狗日的"造反兵团"弄的。

在又一次的揭发批斗会上，亓卡被两个大汉将双臂扭在背后跪在台上。亓卡的身旁是同样跪着的一排人：臧书记、刘场长、王月英、安黛……却没有小戏子。去揪拿小戏子的人回来说，小戏子不在家。吕秘书问亓卡，小戏子去哪里了。亓卡想也没想就说："去赶集了。"亓卡知道，家里的粮食该买了，再说，除了赶集，小戏子没有别的地方好去。尽管好多天没有见到小戏子了，亓卡还是一下断定她去赶集了。可是揪拿小戏子的人说，不像去赶集的样子。

吕秘书带一帮人押了亓卡去亓卡家。家门紧锁。解下亓卡腰带上的钥匙打开房门，亓卡紧张起来——几天不回，家不像那个家了，小戏子的确走了，她不仅带走了床上的被褥，还带走了冬冬、寒寒、霜霜三兄妹！

没有了妻儿的家，让亓卡满心充满绝望。在接下来的搜查中，家被翻抄得七零八落，油灯、水缸被打翻，平时爱惜备至的书和几件破衣服被扔出家门。

忽然亓卡紧张绝望的情绪却在震天的口号声中渐渐平静下来。亓卡发现，在被扔出的东西里，没有爷爷留下的线装《聊斋志异》和那幅《大清国疆域图》。再细看，被抄的东西里那只归国时带回来的皮质衣箱也不在其中。

这样的发现让亓卡悬着的心放了下来，甚至有些欣慰——嘿，那个漆黑深夜冒风踏雪探望儿子的小戏子啊，狐狸一般神出鬼没的小戏子啊！

更大的惊奇是小院里的那群鸡也都不见了。小戏子带走行李和孩子可能，一群欢蹦乱跳的鸡怎么可能带得走？亓卡差点儿就笑出了声——我的法力无边的小戏子！

欣慰的亓卡定下心来，唯愿妻儿一切安好！不过心中充满对妻儿的思念——他们能去了哪里呢？

审亓卡，亓卡说不知道。亓卡的确不知道，亓卡每天被很多人轮流值班看守，不可能有机会帮小戏子逃走。

问老乔，老乔说："我是保皇派，小戏子是皇上吗？用得着我去帮她逃？我还认为是你们帮她逃走的呢。"

审问臧书记，臧书记幸灾乐祸地说："我一个打鬼子的游击队员都被你们看住了，一个小戏子能跑哪去？"

餐桌上，吕建华一边喂着霜霜送给她的鸡一边愁眉不展地说："没有霜霜一起玩，一点儿意思也没有。"吕秘书抬头瞪一眼吕建华，没有吭声。

颜秀春安慰说："你想啊，霜霜的爸被人家斗，霜霜的妈不走也会被斗，霜霜不走就会被人欺负。霜霜跟她妈她哥一起逃走了，别人想斗就斗不着了，想欺负也欺负不着了，咱得为霜霜高兴才是。"

吕建华小大人样地叹一口气说："唉，就是，我就是不愿意霜霜被人欺负。"

吕秘书饭碗一推，筷子啪地搁下说："什么欺负不欺负的，是你死我活的阶级斗争！霜霜的爸是右派就该斗，小戏子是道德败坏的流氓坏分子，更该斗！他们逃避斗争，畏罪潜逃，抓回来得枪毙了她——哎，你那么高兴，不是你帮小戏子逃跑的吧？"

颜秀春用鼻子哼了哼说："你以为我有那么能！我倒是想帮，可惜没那么大本事。"

"你以为你还不够能的，保皇派当得多气势！"吕秘书一想到颜秀春始终不肯退出老乔的队伍就气不打一处来。

颜秀春一副懒得搭理的样子说："没本事有良心的人当保皇派，有本事坏良心的人才去造反。两股道上跑车，井水不犯河水。不吃你的，不穿你的，我的事你少管！"

吕建华在一旁说："造反派还总吃妈妈做的饭，下次别吃。"

吕秘书一把拎起吕建华，巴掌照屁股打去说："小贱货，生叫你妈教坏了!"吕建华屁股被打得生疼,咧咧嘴却并不哭,嘴巴一张抑扬顿挫念出一段童谣:"驴大头的头像尿罐,驴大头的眼睛像琉璃蛋,驴大头的鼻子像蒜瓣,驴大头的嘴巴像肉片。吃肉片,就蒜瓣,玩琉璃蛋,砸烂驴大头的破尿罐!"

"这日子没法过了!"吕秘书摔门而去。

刚出门,就碰上也刚出门的臧奶奶和臧爱国,吕秘书惯性驱使竟咧嘴朝前书记的老母亲拉拉嘴角笑笑。笑容一出,又意识到不对,笑意就僵在脸上。看臧奶奶提着抱着东西就警惕地问:"干什么去?"

"给我儿子、媳妇送饭去。"看不出臧奶奶高兴还是不高兴。

"怎么还用家里送饭,吃饭的事每天有人管。"

臧奶奶仍然不阴不阳地说:"家里做的饭可口,吃饱了,有精神挨斗。"

臧爱国也说:"我爸最愿意吃我奶奶做的饭了。"

吕秘书心里不舒服嘴上却又说不出什么,就快走几步超过臧奶奶。又想起什么,停住脚步转身问臧奶奶:"小戏子逃走的事情,你大概听说了吧?"吕秘书知道臧奶奶愿意打听事也愿意传播事,小戏子的事说不定她知道。

"噢,听说了,恁大的事咋能不听说呢。人命关天的大事啊,生不见人死不见尸的,一家子大活人啊。你说,好好的,跑什么呢?这个小戏子,命不好,但怪能耐的,生生地跑了,看不住的,造反派也看不住。吕秘书,你说,是不是有人帮她逃走的?谁呢,恁大胆,只有老白会帮她,老白疼惜小戏子呢。可老白死了哇,真阴魂不散?……狐狸精啊……来无影去无踪的……"

既然打听不到什么，吕秘书便无心再听臧奶奶絮叨，继续向前走。快到关押臧书记的武装部的时候，吕秘书又停住了脚步，他觉得在小戏子逃跑的问题上，他忽视了一群人。对，只有这些人能帮小戏子逃走，特别是她的那群鸡，除了那帮人，没人能干得了。

吕秘书去了自己的办公室，对手下人说："去把臧建国、二丫找来。"

好半天，手下人才回来说，臧建国老早就去外地串联了，二丫这会儿正帮大丫摊煎饼，得等忙完了才能过来。

吕秘书摆摆手，手下退了出去。他感到很棘手：这样的事情少了臧建国，怎么可能办得成？就是臧建国在，他可能去帮小戏子吗？

小戏子逃跑的事情，一时沸沸扬扬地到处传着，比当年亓卡捡了冬冬还邪乎。说小戏子是大狐狸，三个小孩是小狐狸，借着月黑风高夜，驾云而去……吕秘书嗅到了新动向：这是阶级斗争的大事啊！一个小戏子没什么，关键是谁能夯着胆子跟造反派唱对台戏，敢顶风帮右派老婆、坏分子小戏子逃脱无产阶级专政？

没有人知道小戏子去了哪里，但所有人都知道一定是有人帮助小戏子逃走了。不然，一个女人，就算她长着三头六臂，手眼通天也不可能一夜之间带着三个孩子和一群活蹦乱跳的鸡跑出人们的视线，除非——她真的是狐狸精！

在吕秘书的内心，小戏子声名狼藉，怎么会有人去帮那样一个臭名远扬的女人？而事实是剃了阴阳头、浑身被浇过粪水的小戏子的确失踪了，和小戏子一起失踪的还有她的三个儿女以及家里的一群鸡。

这让处于鼎盛中的吕秘书忽然有一种挫败感。

吕秘书当然不甘心,他要坚持斗争大方向,不获全胜决不收兵!

有人揭发说亓卡从国外带回了一套线装书,一定是特务电台联络的密电码,和密电码放在一起的还有一张联络图。那套书和那张图场里很多人都见过,吕秘书当然也见过,当时却没有放在心上。一套昏昏黄黄的破书和一幅模糊不清的破图才没有什么好在意的,吕秘书在意的是亓卡腕上的那块闪闪发亮的英纳格手表——太好看了,戴上那样的手表才是真正的男人。吕秘书好长时间都在盘算着,自己手腕上什么时候也能有一块那样闪光耀眼的手表呢?

过去没怎么在意上心的线装书、古地图,现在却让吕秘书像抓到宝贝一样攥在手里。

夜幕下,亓卡被双手紧缚双脚离地吊了起来。亓卡抬起头说:"我不是特务,我没有密电码和联络图,书和图是爷爷留给我的《聊斋》和《大清国疆域图》,不是秘密,很多人都知道的。"说这样话的时候,亓卡身上痛苦,心里却是无比的欣慰:如果不是小戏子机智,《聊斋》和《大清国疆域图》一定会和家里的其他东西一样被抄或烧。由于欣慰,身上的痛苦似乎减低了很多。

"既然不是秘密,那就别藏着掖着,拿出来鉴定一下便知!"吕秘书吼道。

"我拿不出来。"

吕秘书当然知道拿不出来,但拿不出来也要审,拿不出来才正好审。缺乏证据的事情想说啥是啥,说你有密电码你就有密电码,说你有联络图你就有联络图,说你是特务你就是特务——亓卡右派的帽子上又可以多潜伏特务这一头衔。

臧书记既然任用亓卡开拖拉机,就是包庇他,也就脱不了包庇潜伏特务的干系。

审臧书记。臧书记被两个人架着双臂,弯腰站在门窗被严密遮挡的一间屋子里。臧书记侧脸看一眼端坐着的吕秘书,很严肃地说:"弄错了吧。我是走资派,知道的是资本主义的事情,不知道特务的事情。"

吕秘书拍着桌子说:"臧怀仁,包庇亓卡的事情你不要耍花招进行抵赖。要知道,抵赖也是抵赖不过去的,全场的革命职工,谁不知道你处处维护亓卡。为什么维护,只有你心里最清楚!"

臧书记说:"我不清楚。我糊涂。"

"你是脑子不清楚。你看看你都弄些什么人来!老白,大流氓,四不清分子。亓卡,右派。嗯?"

"司令你忘了,你也是我从财校要来的。我老眼昏花,我看人分不出好坏。"

吕秘书有些恼,说:"别扯得太远,现在问你为什么处处维护亓卡,在这个问题上你必须老老实实交代!"

"亓卡是雁湖农场的职工,我是雁湖农场的党委书记,书记维护职工,就这样。"

"亓卡是右派,维护亓卡就是维护右派!"听吕司令这样说,架着臧书记胳膊的俩人齐心合力地用力将胳膊往上抬了抬。

臧书记的话从疼痛中挤出:"亓卡不是从生下来就是右派……抗日的时候,我还……"

一阵拳打脚踢，臧书记昏死过去。

夜更深了，人们在兴奋的疲惫中睡去。早晨的时候，臧书记不见了。和臧书记一起不见的还有刘子龙场长、王月英主席、割腕自杀未遂的安黛医生……

原来，老乔指挥部下夜间抢走了场里的走资派，并要名正言顺、大张旗鼓地进行"批斗"。台子也搭好了，扯出的横幅是：雁湖农场批斗走资派大会。

"井冈山"没有理由不让"红指"批斗走资派。

"走资派"们不分男女地被"红指"严密地看守在一座空粮仓里。

粮仓很高很大，砖和水泥砌墙，圆形，尖顶，没有窗户。水泥墙上开有数个拳头大的通风口和一个一开到顶的落地门，门只有窄窄的一尺多宽，门扇是一些随时可以加高或放低的横木板。粮食存放的时候，随粮食的增多，木板不断加高，粮仓满了，门也就被封死了。粮食运走的时候，从上面层层抽出木板，人站在仓里用木锨往外抛粮，粮食就水样地流出来。粮仓是农场初建时期为国库暂时储备粮食建立的，后来，全国粮食紧张，农场存粮的时间越来越短，存粮也越来越少，这样的粮仓就闲置了。使用的是那种更加短期的秫秸或芦苇编织的"折子"粮仓，"折子"二十厘米宽，几米十几米长，随着粮食的加高一圈圈盘在粮食的外面，粮仓可以盘得很高，一块大大的篷布往上一苫，篷布下面坠上石块，风雨不透——这样的粮仓可大可小，随用随建，粮走仓撤，"折子"被一盘盘卷起，码放整齐，下次再用——闲置的粮仓如今被利用起来，成为易守难攻的堡垒。和敌人真枪真刀拼杀过的老乔和臧书记都明白。

粮仓里铺了厚厚的新鲜麦秸，半死的臧书记放心地仰躺在这些麦秸上。王月英就像当年救助解放军伤员一样看护着躺在麦秸上的丈夫。忽然臧书记豹子样大吼一声："老子要拉出一支队伍上马陵山，打游击去！"

"能得你！倒驴不倒架。"王月英制止着丈夫。

"子龙、亓卡，你们走不走？"臧书记瞪着发红的眼睛转头看着倚墙而坐的几个人。看大家不说话，臧书记继续说，"我还不信了，一帮出生入死过的老革命还赶不上一个唱戏的小娘们！"

如雷贯耳！大家为之一振，都想到了小戏子。臧书记挣扎着坐起说："看看咱这些人，一个个伤痕累累灰头土脸。还有安黛，你真能，会自杀，你不怕死是不是？我比你更不怕死。打鬼子的时候就是把脑袋别在裤腰上的人怕什么死？但是就是要活着，要活出个样来！叫上老乔，咱一起上马陵山！"

亓卡问："上马陵山干什么？"

臧书记说："打游击！"

"打谁？"亓卡问得很认真。

臧书记有些不耐烦，说："打游击，你没打过仗，跟你说不清。"

"不是跟亓卡说不清，你跟你自己说得清吗？拉队伍、打游击，打谁？跟谁打？跟吕大同打吗？吕大同是日寇还是国民党反动派？"刘场长说。

"反正不是什么好鸟！"

"当然，吕大同的确不是好人，不过，拉队伍打游击可不行。这片土地,包括马陵山,那是咱们解放了的土地,在解放了的土地上再拉队伍打游击,是什么性质,你想过没有?"刘子龙场长一如平时做报告,说得冷静、坦然。

臧书记拧着脖颈说:"我不管什么性质不性质,大道理我讲不过你。亓卡已经妻离子散,你也差点家破人亡,我被折磨得几乎没命,不都是实情吗?再待下去,真就不如小戏子了。"

"老跟她比,你还真有点儿出息了!"王月英看一眼亓卡,"关键时刻,自己先逃了,算什么呀!亓卡,我不是在说你啊。"

亓卡张张嘴想说什么,没说得出来。

刘场长并不接臧书记和王月英的话茬,只环视着高高的粮仓说:"建这个粮仓的时候,就是希望打更多的粮食。我说建两个,你说两个哪够,得建四个。我说咱这里的粮仓是临时的,粮食终归是要交付国库的。你说一定得多建两座,免得打多了粮食没地方放,有备无患。"

"哪想到粮仓成了监狱,所以我的气就不打一处来!就得上山打游击!"臧书记拍打着身边的麦秸扑扑作响。

"是避难所,怎么是监狱?"王月英说。

"老臧,安黛她自杀,你去打游击,看起来都是勇敢,其实是软弱,是逃避。"刘子龙说,"这粮仓以外是什么?是大片的土地,是千辛万苦开垦的土地。党和国家把这些土地交给咱们,干什么?坚守土地,继续打粮!你们刚才说小戏子,我也在想小戏子。小戏子真的很不简单啊,这许多年她过得有多艰难,咱们谁不清楚?一个从小唱戏的女人,唱戏唱得好,也一心想把日子过得好,可她一个女人拖儿带女远走他乡，该有多难！还有那个帮小戏子逃走的人，该有多勇敢，多智慧！不管他出于什么样的目的，我都由衷地佩服这样不惧神、不怕鬼的人。小戏子的走绝不是像你想去打游击那么简单，依我看，小戏子绝不是逃，简直就是战略转移——小戏子的阵地就是她的家，她保护她的家，最好也是唯一的办法就是逃跑。小戏子这样一走，给亓卡减轻了大负担，身体的，精神的，是不是亓卡？"

亓卡点头。亓卡想对大家说小戏子还带走了《聊斋》和《大清国疆域图》，以证明小戏子不是懦弱地自己逃生，而是为了保护亓卡，保护孩子，保护家，保护很多、很多，但亓卡最终还是咽下了想说的话。

"照你说的，小戏子还成了英雄了，咱们这些出生入死过的人还得向她学习喽？"王月英撇撇嘴，怎么说她都不相信小戏子能有什么高的境界。

"娘们见识！有事说事，跟学习谁没有关系。"臧书记对待老婆永远都是一副颐指气使的面孔。

王月英又撇嘴，没有继续争辩。

刘子龙继续说："我说的是小戏子为保护她个人的家，才逃离了。可我们不一样，我们是有能力保护别人的人……我觉得我们的确需要检讨……为何毫无招架能力忽然就被打倒了？是，我们有缺点，有错误，工作方法、工作态度……是要检讨，可是……那样一个吕大同……"刘子龙沉吟着，话语变成自语，"吕大同曾经是多么勤勉又谦恭的一个人，怎么就成了打人的头头？……还有柔弱的小戏子，曾经也变成了悍妇……"

"小戏子身上有些说不出的东西还真得好好琢磨琢磨。都说小戏子是狐狸精，其实，那是因为人觉得狐比人美好；而狐狸精看人，一定觉得狐不如人。在咱们看来，狐狸精自由，想骂就骂，想逃就逃；而狐狸精未必就不羡慕人有家有舍活得踏实。在人看来，鬼狐法力无边；在鬼狐看来，平凡是福……"刘子龙的话充满哲理。

安黛偏头看一眼丈夫，又垂眼看一眼包扎着血迹斑斑的绷带的手腕。不知怎么的就想起她和小戏子不多的交往。

她想起有一次冬冬发烧，小戏子带冬冬去医务室打针。打完针冬冬先跑回家了，小戏子等着拿药。小戏子忽然就说："安医生你是好人。"

安黛明白小戏子说这话有讨好的意思，所以随口说："我是医生，病人面前都一样。"

"冬冬不一样，你能一样看待，我才说你是好人。"听小戏子说出这样的话，安黛有些吃惊。

本来不想跟小戏子多说什么的安黛，一边把包好的药递给小戏子一边开口说："知道冬冬不一样，就该好好地疼惜，你成天满世界……大吵大闹……"

"安医生，"小戏子打断安黛，"我知道你是说我名声不好，我怎么会不知道呢？一个人的名声跟命一样要紧，正因为要紧，才金贵着拿去换命，才金贵着拿去报恩——我走了，回家按您的嘱咐给冬冬吃药去。"

有别的病人来了，小戏子匆匆走了。安黛当初也没有太过在意小戏子说的话。如今经历过与死神的抗衡，安黛忽然就想明白了许多事情，由衷地感叹道："小戏子其实是一个明事理的人，她太不容易了。她甚至懂得名声的重要，所以——亓卡你别在意啊——小戏子真的是一个很好的女人呢！"

"所以小戏子她走得值。我觉得小戏子的走是一种坚守。我们是为建雁湖农场而来，坚守农场，就是坚守阵地，同样值！"听完刘场长一番话，臧书记颇有收获。

这样的时刻这样的地点，大家一起称赞小戏子，令亓卡欣慰。饱受磨难的亓卡此刻非常非常想念自己的几个孩子，想念小戏子，比任何时候都想念。小戏子吊着丹凤眼嘻嘻笑着的样子就在眼前，小戏子"亓卡亓卡"的呢喃犹在耳旁……可是，她去了哪里呢？

33　结局

当然是一个大团圆的结局。

离休后的臧书记在打鬼子、扒火车的口头禅后又自豪地加上了"蹲仓"的经历："牛棚算什么？老子还蹲仓了！年轻人啊，那算什么苦，老子当年蹲仓那样的苦不也过来了。"听口气蹲仓的事特别英雄。

蹲过仓的人在臧书记眼里也是英雄，说："亓卡、子龙，都了不起！那是和老子一起蹲过仓的人！"

一说蹲仓的往事，臧书记就会滔滔不绝："幸亏早年建了粮仓，不然,还真没地方去。也多亏了老乔,要不是老乔把我从吕大同手里夺回来关进粮仓避难,恐怕命都没有了。"

说多了,孙女——臧建国的女儿,听出了门道,说:"爷爷,你为什么蹲粮仓啊?"臧书记就有些糊涂了。是啊,蹲粮仓到底是好还是不好呢?蹲仓的事到底是不能和打鬼子扒火车的事相提并论。蹲仓是跟谁斗?打败谁?终归说不清。臧书记咳嗽起来。

小孙女见爷爷光咳嗽不回答,就拍着巴掌说:"爷爷不知道了吧,我去问太奶奶去!"

臧奶奶正躺在一张特制的床上。床是孙子建国不知道在哪里定做的,有轱辘,床头能摇起能放下。臧奶奶根据需要随时能坐起能躺下,还能被推到她想去的地方。九十岁的臧奶奶已经不便行走,脑子仍好使,最喜欢小戏子来串门。小戏子来了,臧奶奶会乐呵呵地抬手指点着说:"冬冬妈啊,小戏子,你个狐狸精,搁新中国成立前,你得骑木驴啊……"

小戏子并不生气,问:"那新中国成立后呢?"

臧奶奶说:"你有功,给你立牌坊。跟亓卡说,叫他给立,他有外国家产。"

"哪有什么家产,那份遗产亓卡不是不要吗?噢,叫放弃,放弃继承权。"

"那还不是为你,亓卡恋着你。不是你,亓卡早好腿搁前边跑回国外去了。"

"哟,亓卡还有不好的腿呀?也就您老这样说,要是我这样说亓卡,您又该骂我了。"小戏子说着先大笑了。

岁月并没有在小戏子身上留下太多的痕迹。一双凤眼虽不像年轻时那样高高吊起却也不像一般女人那样，到了这般年龄就眼皮松弛眼角耷拉，所以小戏子并不老相，声音也如少女般响亮。笑过了，小戏子继续对臧奶奶说："亓卡哪是恋着我一个人，臧奶奶、臧书记、老乔、刘场长、安医生、颜秀春，哪个他不恋着呢？就是那些不见影了的粮仓、大食堂、六号条田，也都是装在他心里、长在他肉里，随血流淌全身的东西。"

"说的是，那可都是随亓卡吃苦遭罪的物件。唉，就是这些人和这些物件，亓卡才没有白回来走一遭。可惜了六号条田，亓卡出了多少力，光那里一年就打好些个粮食。"臧奶奶还记得六号条田。

小戏子说："得感谢你们家建国，你看现在住得多宽敞，建国才是有功的人。"

说到孙子，臧奶奶满脸已经笑开了花。

臧建国在 20 世纪 80 年代中期下海经商。臧建国小时功课不好，却不影响他成为商人，而且是一个很成功的商人。臧建国几乎买下了整个雁湖农场，大片的房地产、商铺都建在农场旧址上。对此，臧书记十分不满意，看见或看不见儿子他都生气，说："整个一个资本家。老子当年打倒地主、资本家，现在老子的家里倒生出一个资本家来，买走了我的国营大农场。"

臧建国作为开发商，接受了农场老一辈开发者的条件，特别是老书记臧怀仁说："不能把跟我干了一辈子的职工撵得没地方去，也不准把我的职工弄得四分五裂，我想见见不着。"所以，原来雁湖农场的在职职工大部分都被安置在新开发的项目中工作，离退休人员都住在一处公寓里，公寓冠名雁湖花园。雁湖花园公寓的规格都不低，复式的、独栋的都有。农场的人们大都回迁住在一起。

臧书记对雁湖花园的名字很不以为然："花园？宿舍叫花园，那花园叫啥？"

在众多的投资中，臧建国最得意的是一所儿童福利院，福利院的院长是小瘫子乔杨。乔杨腿不好，并不妨碍他把福利院管理得生机勃勃。福利院面向社会，收养的是孤儿和智障孩子。没事的时候，臧建国愿意到福利院看望孩子。院里的孩子穿的衣服都是绿色的：春夏淡绿色，女孩子淡绿裙装，男孩子淡绿文化衫。秋冬，女孩男孩穿深浅绿色搭配的运动装、羽绒服——孩子们身着绿色服装，从室内跑到室外，或从室外跑向室内，欢声笑语不断。臧建国指挥孩子们："哎，来来来，排好队，排好队，绿油油地走进教室了，绿油油地走出教室了。"

学者乔兰在钱振铃的陪同下，随臧建国到福利院参观。臧建国又绿油油绿油油地跟孩子玩耍。

乔兰笑了。

钱振铃说："大老爷们的，还真好意思！"钱振铃是臧建国的媳妇儿，是从小打到老的一对冤家夫妻。

臧建国不以为然，说："有什么不好意思的，二丫——"钱振铃打一巴掌臧建国，臧建国改口道，"乔兰，乔兰又不是不知道我的那些糗事。宋老师说我句子造错了，为这个错了的句子我没少跟人打架。其实，我跟绿油油有缘，还真是喜欢绿油油的那种感觉。生机一片，希望满眼啊。"

钱振铃撇撇嘴说:"知道吗乔兰,臧建国打小最喜欢最惦记的人是谁?"

"那还用说,是臧奶奶呗!"

"我不是说那种惦记,我是说那个……心上人。这个家伙,我知道他吃着碗里望着锅里的,直到现在念念不忘的是二丫。"钱振铃从小就爱漂亮,现在也还是喜欢打扮,眉毛修得细细弯弯,脸上始终被粉和胭脂弄得粉嘟嘟的。

"你吃饱了撑的,再老婆舌头,看我揍扁了你!"臧建国扬起巴掌,钱振铃却一脸幸福,臧建国说,"说我惦记乔兰,是人家乔兰有让我惦记的地方,比如当年乔兰和秀春姨一起帮小戏子逃跑的事,搁你,还不转脸就嚷嚷得满世界都知道了。人家乔兰,好多年硬是一个字没吐。你,哼,和你妈一个德行,长舌头!"

"哎哎,骂我就骂我,怎么又拐弯到我妈身上了。没良心的,我妈多疼你!"

"疼归疼,她给我生养了这样一个老婆,我还是不能原谅她!"臧建国一脸正经。

"乔兰,别说建国心里惦记着你,你还就是不一样。当年你哪里就有那么大的胆去帮小戏子逃走?就连建国他爸说起你来都佩服得不行呢——那可是打过日本鬼子的人,一辈子没服气过谁——'一个小丫头片子,竟然敢和人去做下那么要命的一件大事。'"钱振铃说。

"哪里是我,是秀春姨。她把拖拉机开出来,停在小戏子的家门口——那天也巧,所有的人都去开批斗会了,高音喇叭哇哇的。我一开门正碰上秀春姨、小戏子她们往拖拉机上搬东西,我想也没想就过去帮忙。那些鸡的确是我帮着抓上车的。我把鸡用麻绳拴住,拴成两串。使劲提起那些拴鸡的麻绳,一手一串——一只鸡就算三斤,也好几十斤了,我一下就提了起来扔进车里。当时不知道怎么那么有劲。我是想小戏子要走,得把这些鸡带走。亓卡叔叔不能回家,小戏子再走了,那些鸡就没人管了。就这样。"

"说得轻巧。当年,我还真以为小戏子是有大本事的狐狸精呢,好长一段时间晚上都不敢出门,生怕让狐狸精给抓了去。"钱振铃说。

臧建国讽刺道:"你看钱振铃多可爱,多上档次。"

"说起来,还就是多亏秀春姨的拖拉机,不然小戏子走不到机耕路就会被抓住了。秀春姨开得那个快,我的心还在扑扑跳的时候,拖拉机转眼就不见了。"乔兰捂着胸口说。

正说着,颜秀春拎一大袋糖果走进福利院,三人赶忙叫着"秀春姨"迎上前去。"我们仨正说您,可巧您就来了。又来看孩子们呢?"钱振铃快言快语。

"来看看孩子们,几天不来就想得不行。说我什么呢?"颜秀春的大辫子早已不知去向,取而代之的是花白的"运动式"短发,倒也不显得过分老相。

"正说您当年帮小戏子逃走的事。说您很机智勇敢,那年月能那样帮人,多不简单。"钱振铃嘴巴甜甜地抢着说。

"有什么呢,做就做了。当年那样做也是生姓吕的气,那人做事太绝!小戏子一跟我说想逃出去,我就知道是个好主意。小戏子要是不走，说不定就给折磨死了，小戏子要是死了，姓吕的今天也就没命了。搁我的脾气，早跟姓吕的离婚了。想想算了，好时候早过去了，人怎么不是一辈子呢。吕大同不好，我总不能狗咬人一口，人再去咬狗一口吧，凑合着过吧。"颜秀春已经到了说话爱唠叨的年纪了，一唠叨，当年甩两条大辫子的女拖拉机手的形象荡然无存。

吕秘书因为造反有功成为县革委会副主任兼雁湖农场革委会主任，那时候，是吕秘书最为显赫的时候。而臧书记作为被解放的老干部结合进农场革委会任委员，成为吕秘书的部下。臧书记不服，说："老子跟着毛主席共产党打倒反动派解放全中国，倒要毛没长全的人来解放，不是奇了怪了？"

"文化大革命"结束后，吕秘书被送回原单位接受监督劳动。臧书记看到曾经的造反司令，总是将一口唾沫很重地啐在地上说："呸，狗日的造反司令，不是看在颜秀春的面上，老子开除你的球籍！"

其实，大家都知道颜秀春帮小戏子逃走还有一个原因，心里装着亓卡。帮小戏子就是帮亓卡。颜秀春的心里一辈子装着的一定是亓卡。吕秘书——大家还是习惯地管吕大同叫吕秘书，吕秘书这辈子别想征服颜秀春的心，有亓卡比着呢。

小戏子逃走，不仅保存了她和亓卡的家，还保留了亓卡爷爷留下的《聊斋志异》和《大清国疆域图》。她的初衷只是想为亓卡保存些什么，没想到这两样东西都是宝。如今，古老的线装《聊斋志异》已经被保存在聊斋博物馆，专家说原以为那个版本已经绝世，却又意外地发现了。《大清国疆域图》更是国宝级文物被省博物馆收藏。

作为文物,都应有清晰的来龙去脉,讲究的是传承有序,所以两件文物的曲折经历和亓卡以及亓卡爷爷、小戏子常春兰的名字都和文物一起交织成一段佳话,载入史册。

那只亓卡带回国又跟随小戏子逃跑的牛皮衣箱,霜霜想用。她去地区柳琴剧团报到的时候,将自己的几件衣服收拾了搁牛皮衣箱里。小戏子看到了,很果断地将霜霜的衣服从衣箱里拿出放进一个白色柳条箱内。小戏子执意将牛皮衣箱给寒寒。寒寒不要,说:"给霜霜吧,霜霜小,又是女孩子。"

小戏子虎下脸来说:"爸爸活着谁也不许动衣箱,爸爸不在了,衣箱是一定要留给寒寒的。"小戏子还说,"原来是想把那只英纳格手表给寒寒的,谁知没有保护好,'文革'时不知被什么人抢去了,传给寒寒的只有这只皮箱了。"

后来,寒寒出国留学,就是带着那只皮箱走的。

小戏子逃走的那几年,到底住在哪里呢?

说起来是个奇迹,是老白的爹娘和秃头媳妇接纳了小戏子以及小戏子的一窝孩子一群鸡。老白村里人不认识小戏子,对当年跟老白一起来探亲和为老白送殡的颜秀春却有很深的印象。老白媳妇更是像见到亲姐妹一样接待着颜秀春。颜秀春顾不得许多,只向老白一家介绍着小戏子:"还记得那年同我和老白一起来的那位朋友吗?这就是那位朋友的妻儿,如今遭难来投靠你们……"

老白的家族在村里是大家族,家族的人们像当年不在意老白是功臣一样不在意颜秀春送来的这一家子右派家属,看重的是老白生前单位的熟人、朋友。在老白不在人世的情况下,还想着投奔老白,可见老白人缘不错。老白有好人缘就是给家族挣了面子，冲这点也要好生善待老白生前熟人托付的人家。小戏子一家就在老白老家住下了。那时老白的父母还在，虽老弱，看着有儿有女的一大家子，精神就好了许多。

逃难中的小戏子，善解人意，每天把鸡们新下出的蛋拣两颗让霜霜给老人送过去。霜霜原是白家的骨肉，住在一起虽彼此不知，却没有半点儿生分。霜霜的小嘴很甜，爷爷奶奶叫得欢。老白媳妇没有生育，更是把小戏子的孩子特别是霜霜视同己出。

后来经小戏子提议，在族人的主持下，霜霜就过继给老白媳妇当女儿，霜霜名正言顺地成为白家的孙女。老白爹娘相继去世，都是小戏子和她的儿女披麻戴孝为老人守灵送终，村里人都说，老两口有福气。

转眼就是近十年。风平浪静的时候，小戏子带着她的已经长大的儿女还有更大的一群鸡回到农场。跟小戏子一同回来的还有老白媳妇。小戏子说："这么多年全凭嫂子关照。白大哥不在了，我得替他照顾着嫂子。"

钱振铃她妈说："小戏子，真有你的。当年咱们都吃过老白蒸的馒头、熬的菜，老白的媳妇咱都得管，你可不能不让我管啊！"

霜霜说："我是亲闺女，不劳别人操心。"

大家都意识到了什么，却没有人认为霜霜的话有什么不妥。

老白媳妇已是双泪横流了。

关于小戏子，大家似乎没有早些年那么关注了。也是，现在世界变化快了，需要关注的事情太多了，大家对发生在身边的事情很少再一惊一乍的了。但是对霜霜过五关斩六将地考取地区柳琴剧团的事,大家还是热烈地议论了一番:根里带的,别忘了人家霜霜她妈就是唱柳琴的名角。

可不是嘛,小戏子,迷倒了多少人!再说,还有老白呢,那可是个真心喜欢柳琴戏的人,亲闺女还不铁随了去……

小戏子的鸡群越来越大,后来就干脆办起了个体养鸡场。冬冬辞去了化肥厂的工作当上了养鸡场的场长。养鸡场分三部分,孵化场、肉食鸡场和蛋鸡场,存栏鸡以十几万计数。早年为一只死去的小鸡哭鼻子的冬冬,把偌大的鸡场管理得红红火火。开始跟小戏子一起养鸡的钱振铃他妈、二丫娘等人现在都成了养鸡场的股东,不用干活还能分红。

亓卡觉得此生最对不起的人是冬冬:"冬冬吃了太多的苦,该上学的时候却没有机会好好读书,耽误了。冬冬最聪明,本可以上大学,到国外读博士。"

冬冬说:"爸爸,从小到大我最怕的事就是离开爸爸,每天能跟您在一起我很幸福了。不读博士,一样也能干自己想干的事情。"

乔兰专门去拜访过亓卡叔叔。乔兰很轻松的样子,但乔兰知道自己并不轻松。乔兰说:"亓卡叔叔,我是二丫。"

亓卡说:"噢,是饿丫啊。"

"不对,是二丫,不是饿丫!二——丫——"

二人都笑了,看起来笑得很甜。

乔兰心情很复杂地说到当年的老白叔叔,亓卡却好像没有太多的复杂感情:"老白啊,满腹经纶的老白,我怎能不知道他是因我而死呢?"

乔兰震惊了：我的亓卡叔叔，尽管你一辈子都没有说好一口故国话，你的心却大如故国，整个的你也早已融于故国！

亓卡没事的时候，最愿意去的地方就是六号条田。其实，昔日的六号条田已经消失在一座座崛起的工厂、宾馆、街道中，工厂、宾馆、街道又统统被笼罩在模糊不清的迷蒙中。与六号条田一同消失的还有蔚蓝的青天，曼妙的白云，碧绿的麦地，金黄的菜花和清亮的渠水。

满头白发的亓卡仍然固执地站在六号条田的一端，无视眼下遮挡了视线的层层高楼和大厦，去追忆心目中那难以忘怀的地平线……

乔兰写过很多部书了，独立著作的，和别人合著的都有，但乔兰最想写的也是很早就想写的是，一部学术以外、对乔兰来说远比学术著作更重要的书。很怪，别的事情最重要的往往要放在首要，而这部书，却恰恰相反，一拖再拖地放到了最后。她时时忐忑地想：该做了，该做了。乔兰知道迟迟不做不是因为自己懒惰，而是不敢，不敢盲目。那是需要经过深思熟虑，需要一个时机才能开始做的事情。

童年的记忆就像乔兰头脑中的一个梦，依稀记得却永远无法真切。乔兰知道，这种无法真切的感觉源于自己对往事的逐步理解，理解的过程也是复述的过程，在不断理解和复述的过程中，历史已经无法还原。乔兰觉得可惜，却也毫无办法。就像自己的乳名二丫，每当回忆那些梦一样的记忆时，乔兰都觉得二丫是曾经认识的一个从遥远年代走来的小女孩，而不是自己。

这一晚狂风大作飞沙走石。乔兰躺在雁湖花园老乔名下的复式宿舍里，感受到由于大作的狂风而沙尘飞舞、石子游走和树枝折断的激荡。天亮了，风明显小了，窗外却是昏黄一片。老乔说："沙尘暴。中央台已经预报有沙尘暴的，来得还真快。"

老乔每天看电视时，睡着的时候多，醒着的时候少——电视剧、访谈节目再热闹也不妨碍老乔坐沙发上打呼噜，但新闻联播和联播以后的天气预报老乔却无比清楚。所以老乔在外人面前总是宝刀不老的样子，一副秀才不出门便知天下事的姿态。

福利院院长乔杨摇着轮椅坚持说："爸，中央台预报的沙尘暴和咱这里不是一回事。咱这里的沙尘一定是大风刮起了鲁西南黄河故道的黄沙，中央电视台报的沙尘暴源头是西部地区，离这里几千公里呢，过不来的。"乔杨所言证据充分，老乔不再争辩，悻悻出门。

而当天的新闻联播却这样播报：一股来自内蒙古阿拉善左旗的强劲沙尘暴袭击了甘肃、青海和整个华北地区以及河南、山东、江苏等地……包括乔杨在内的人吃惊地发现——老乔是对的。

乔兰感慨地把手伸出窗外——窗外的空气依然有些浑浊。来自遥远的沙尘，长途奔袭数千公里的沙尘，就像乔兰心中的记忆，漂浮着，游走着，眷恋着，在如戏的粉墨舞台上，在历史的长河中……

王沂力

2019 年 6 月于临沂

2021 年 5 月修改于北京

后　记

　　书的初稿完成至今好几年了，每当闲暇的时候便打开电脑修订一番。书稿从最初的30余万字成为15万字、13万字直至后来的21万字，为何如此颠三倒四、缩来增去，我本人说不清楚。修改的原因在最终的书稿中似乎能找到答案吧。

　　在写作的时候，我常常走神，面对电脑半天打不出一个字。而走神的事却又和眼前正写着的内容八竿子都打不着，想中断那些无用的走神，却不能，只好离开电脑去厨房收拾垃圾或去小园子侍弄花草。好在断掉的思绪总是暂时的，写作还能继续，只是慢了。那有什么，大千世界的变化又不会因为你的缓慢而缓慢，这样想着就很坦然了。这样的妥协不是现在才有的，一来就是这样。

　　上中学的时候，家庭条件好的都早早被招进工厂当了工人，我条件不好，只好在羡慕别人中继续上学。我有一个要好的同学，家庭条件也不好，我们经常在一起说悄悄话。她长得好看，歌声甜美，字也写得好，而我一无所长，只会上课好好听讲，学工学农时卖力劳动，不知为什么我们却能有很多话题。

　　她常常语出惊人。她说：我要退学了。

　　我吃惊：你要去当工人了？可是高中才刚刚开始啊！说好了的要一起上完高中的。

　　她说：上完高中又能怎样？

　　我说：当工人啊，当个好工人。

她说：你以为当工人是我唯一的出路吗？我可不想当满手油灰的车工、钳工，也不想穿那套油渍麻花的工作服。

啊？你竟然不想当工人！

好朋友退学了，我还得继续上学。常常想念，在想念的时候会发呆，发呆的时候脑袋里想的却是一些与好朋友八竿子也打不着的事情……没办法，只好把学校发下的代替课本的油印代数、几何习题再做一遍。那时并不知道自己在向自己无法改变的事情妥协。

这样的妥协或者说是思维方式，一旦形成很难改变，我恨自己不能特别专注地去做或去想一件事情。可是后来发现，我应该做的事情竟然在不是很专注的情况下没有太糟糕地实现或完成了。我甚至暗自庆幸，还把我的这种不专注总结为"慢热"，自己是有能力适应环境的人。于是就更放心大胆地去天马行空，去做、去想一些八竿子打不着的事。既然做不好需要思想专注的科学家或企业家，那就随心所欲地乱写瞎画了。后来，发现写作其实很需要专注的，不专注你根本就无法随心所欲。

生命日渐老去，自以为经历早已被匆匆前行的脚步踏过成为过往。其实没有，偶然回眸，以为远去的过往仍然清晰地伫立在你的视野中，清晰得就像刚刚被雨水淋过的树叶，润泽清新，一点儿也不显老。记忆是有生命力的，只是囿于惯常的思维方式，所以水平受限，我永远达不到那种爆发式的"语不惊人誓不休"的境地，只能在一些八竿子打不着的杂乱思绪中慢慢理出一些头绪，把发生在我生命历程中的难以忘怀、难以割舍的记忆变成文字。我是想用文学的方式讲述我所经历的特殊年代所发生的独特故事，以期对那个时代的人们所承载的责任、苦难、欢乐以及所具有的勇气表达出一种肃穆的纪念。《粉墨归尘》大约就是在这样的心态下完成的。

每部书出版时，我都会在后记里把为出版事宜给予过帮助的人感谢一番，此次仍不例外。书稿初期，就让恩师何镇邦老师过目，老师在第一时间肯定了书稿，并提出了中肯的修改意见。

第一次和山东文艺出版社的杨智副总编电话"见面"的时候，我说：作为山东籍本土作家希望自己的《粉墨归尘》能在山东出版。杨副总编说：也是我的希望。是真话，所以共识很容易达成。于是《粉墨归尘》的出版工作很快启动。更幸运的是《粉墨归尘》的责任编辑是杨智！

我的小叔子刘永和，一名退役军官，以他军人特有的睿智、豪爽和热情为《粉墨归尘》的出版事宜忙前忙后。

……

一部小说，就像作者的亲生孩子，悉心呵护照料，一旦成年，走出家门，便对孩儿的命运无从把控。或无声无息于芸芸众生，或脱颖而出飞黄腾达，似乎都与含辛茹苦的母亲无关了。其实儿行千里母担忧，这种担忧会化作一份永久的记忆，这份记忆起码会同母亲的生命一样长。

2019 年 8 月于山东临沂

又 记

  书稿又拖了一年多,是新冠肺炎疫情的原因。疫情是直接的,也有一些疫情派生出的其他原因。无论如何,《粉墨归尘》还是要面见读者了。谢谢所有关心此书的人的同时,也谢谢自己。

2020 年 10 月于北京